楚簡逸詩

——《上博簡》《清華簡》詩篇輯注

胡寧 著

本書爲國家社會科學後期資助項目
“楚簡詩類文獻與詩經學要論叢考”[16FZS047]階段性成果。

弁　言

所謂"楚簡逸詩",即楚簡文獻中所載的逸詩,本書是對"楚簡逸詩"的輯録和注解。近二三十年楚簡不斷面世,新文獻出現的頻次之高、數量之多,幾令人有目不暇接之感,不僅在學界引起很大的反響,也引起了社會的廣泛關注,楚簡研究迅速成爲一門"顯學"。從事文史研究,文獻材料當然不厭其多,但短時期内連續出現大量的新材料,固然是相關領域研究者的福氣,同時也是對研究者的考驗和挑戰。衆所矚目,掀起研究的熱潮,固然有利於相關問題的討論解決,但一方面歧見紛出,往往令人無所適從,另一方面追新逐異,一批文獻的探析和利用尚未深入尚未充分,研究熱點又因新一批文獻的面世而轉移。

出土簡牘文獻的研究可以説是一個"接力"的過程:首先是清理和保存,這是考古學和博物館學的工作;接下來是文字的釋讀和簡牘的編連,這主要是文字學的工作,也就是把簡牘上的字辨識出來,以楷書寫出,依據簡牘本身的提示和對字句含義的理解將一枚枚簡牘上的文字連貫成篇,作適當的斷句;接下來是對簡牘文獻的内容進行考釋辨析,揭示一詞、一句乃至整篇的意旨;最後是從文史哲等不同學科的角度評析簡牘文獻的價值,並運用簡牘文獻研究不同學科的問題。這四步當然不是截然分開的,清理保存簡牘的時候就要注意保留相關出土信息，或者注意簡牘的初步分類，釋讀、編連的過程通常已經包含初步的文獻考釋，而考釋辨析文獻内容當然也需要相關不同學科的知識積累。簡牘文獻的研究者，往往也具備不同學科的知識和技能，兼有不同的“身份”，既辨識文字又考釋文獻，還運用之以探究某些理論問題。但總的來説，需要承認並尊重學者的“術業有專攻”，做前一步工作的學者要有積極爲後一步學者服務的意識，做後一步工作的學者要充分尊重前一步或前幾步的工作。

新文獻的大量出現，歷史上也曾經有過，漢初除挾書律，天下衆書往往頗出，後有孔壁中書之出、河間獻王德以金帛易書等，才有了兩漢經學的繁榮。西晉時期，汲郡人不準盜掘魏襄王墓，發現竹簡數十車，經荀勖、束皙等整理釋讀，寫定爲先秦古書十餘種七十五篇，此即所謂“汲冢竹書”，對當時學者也産生了很大影響。古人受條件的限制，文獻往往經少數人整理、校對（包括删去重複）、隸釋就寫爲定本，傳抄、研習、引用皆以此爲準。站在我們今天的角度去看，當然寧願那些原始的簡牘文獻都能原樣保存下來，哪怕有大量的重複，一字之異也彌足珍貴，那是因爲目前信息技術的發達讓我們在“保存文獻”這個層面上已經不用考慮“選擇”的問題，而且教育的大衆化、知識的普及和信息傳播的便利，讓古文獻研討可以有更大的範圍和規模。我們不僅不能以今人之所望苛求古人，而且應該在古人“迫不得已”之所爲中獲得教益和啓發。若古人在隸定環節便久議不決，一來文獻可能尚未流布開來便遭遇變故損毁，二來也不能及時發揮文獻應有的作用。我們今天面對豐富的出土簡牘文獻，也應該顧及文獻功用的發揮效率，把握住一個

“度”,既避免考釋未清就亂用的現象,又能夠在一種文獻考釋工作已經基本完成(不排除個别地方存在釋讀盲區和較大争議)的情況下,及時提供較爲嚴謹而又便於閲讀、使用的文本。

筆者正是希望以此書作爲引玉之磚,就楚簡文獻所載逸詩這一類,爲需要閲讀和運用這些材料的人提供一個簡便的注本,這是寫作的初衷所在。所收内容主要是楚簡逸詩較爲完整者,公布最早的是《上海博物館藏戰國楚竹書(四)·逸詩》所載的兩首詩,時在2004年,距今已十餘載。公布最晚的是《清華大學藏戰國竹簡(叁)·周公之琴舞、芮良夫毖》所載之詩,時在2012年,距今也有五年了。文字釋讀已經過了討論的熱潮期,有争議之處大多或者已經有了較爲統一的意見,或者幾乎所有可能的釋讀方式都已被提出,每種載有逸詩的文獻都已有了至少一種《集釋》,而對這些文獻價值的評估和材料的運用則方興未艾。值得注意的是,對這些文獻作進一步較爲宏觀和具有更强理論性研究的學者,不少就是前期釋讀和研究的參與者,而在作進一步研究時,往往也會將較大的篇幅放在文字釋讀上。與之恰成對比的是,一些研究領域與這些文獻具有密切關係的學者卻對新材料的運用較爲滯後,甚至完全不用。筆者認爲在目前這個時候,需要相關材料的簡明讀本,也已經具備了出版這樣讀本的條件。這不僅是爲《詩經》研究、先秦史和先秦文獻研究等領域的更多研究者服務,也是爲文、史、哲等專業其他一些有所關涉之領域的研究者服務,還是爲更多的文史愛好者服務。同時也以此爲契機,將寫作和出版這種讀本,作爲一個淺薄不成熟的建議,提供給廣大的出土文獻研究者,希望能有更多的人從事這方面的工作,讓出土文獻得到更進一步的普及,從而使其價值得到更多角度、更多層面的發掘。

本書所輯所注者是楚簡逸詩，需要對“逸詩”概念作一説明，“逸詩”又可稱爲“佚詩”，顧名思義即亡佚散失之詩。但若真的遺失不見，毫無影響，則不唯無從注釋研究，亦不知其“逸”。故“逸詩”云爾，實就某一文獻而言，而非就全部文獻而言。即以“唐詩”言之，所謂“輯佚”工作，係搜羅唐人所作、《全唐詩》未録而見於其他文獻之詩，若他書亦不載，固無從知其有，亦無從論其“逸”。輯先秦逸詩，專就“詩三百”之逸篇而言，其他類型的詩歌如楚辭體、歌謡等皆不當視爲逸詩，不應在輯佚之列。觀《左傳》《國語》等所載戰國以前貴族社會，凡稱“詩”者，所指的是儀式樂歌，而並不包括其他詩歌形式。再觀戰國諸家引詩論詩，“詩”仍是指“詩三百”，雖偶有引其他内容而稱之爲“詩”的，但極其少見，並不能反映當時普遍的、主流的觀念。經學興起之後，有關逸詩之論是與“孔子删詩”這一詩經學重要問題緊密聯繫在一起的，孔穎達質疑“孔子删詩”，説：“《書》《傳》所引之詩，見在者多，亡逸者少；則孔子所録，不容十分去九，遷言未可信也。”是以逸詩少爲依據。歐陽修認爲“孔子删詩”是可信的，曰：“以《詩譜》推之，有更十君而取一篇者，有二十餘君而取一篇者。由是言之，何啻三千。”根據《詩經》所涉時代推論，在如此長的歷史時期裏，逸詩一定有很多。鄭樵、方岳等人又從《貍首》等逸詩具有很高價值的角度出發，認爲逸詩並不是孔子故意删去的。

因此，無論從先秦時期的使用常規來看，還是從逸詩研究與詩經學的緊密聯繫來看，逸詩的收集都理應以《詩經》中的詩篇爲標準。楚簡文獻中所載的逸詩，上博簡《逸詩》載有兩首，清華簡《耆夜》載有四首，清華簡《周公之琴舞》載有九首，清華簡《芮良夫毖》載有兩首，共十七首，大多完整，少數有缺失但亦可成篇，與《詩經》中的詩篇形式、用語皆極相近，且與《唐風・蟋蟀》《周頌・敬之》同出，可確定爲逸詩無疑，玆輯爲一帙，以今字寫定，並注解之，所做的實際上是前文所言第二階段與第三階段之間銜接的工作。《蟋蟀》《敬之》兩首，雖見於《詩經》，簡本與今本差異較大，且與同出之逸詩在文獻中並列爲一組，不應割裂不顧，故也順帶收録并注解，共爲十九首，恰合後世所輯"古詩十九首"之數，亦巧合也。

凡　　例

本書主體部分輯録、注解楚簡文獻中的十九首詩，具體如下：

《上海博物館藏戰國楚竹書（四）·逸詩》中的《交交鳴鶩》和《多薪》；

《清華大學藏戰國竹簡（壹）·耆夜》中的《樂樂旨酒》《輶乘》《贔贔》《明明上帝》和《蟋蟀》。

《清華大學藏戰國竹簡（叁）·周公之琴舞》中周公、成王所作"琴舞九終"十首詩。

《清華大學藏戰國竹簡（叁）·芮良夫毖》中芮良夫所作"毖"詩兩首。

對每一首詩的輯注，分爲四個部分：

一、釋讀。以原整理者釋文爲基礎，參照已有諸家意見。與原整理者釋文不同之處則出注，注文格式爲：取某研究者釋讀則説明"整理者原釋爲或讀爲某字，從某某説改"，若出諸筆者己意則説明"整理者原釋爲或讀爲某字，不從"。

二、分章。只針對詩原文需要分章而其他研究者並未分章的情況，若不需要分章或者已有合理分章，則不設這一部分。

三、注解。直接對以今字寫定的詩原文作注解，以一章爲一單位。注號標於所要注解的一句最後一個字後、標點符號前。本書並非“集釋”，詩中某句詮釋有多種意見的，不一一列出，僅擇取其中一種，或徑抒筆者與諸家意見皆不同之己意。只在某句已有較統一的詮釋而本書不予取用時，方引該詮釋並辨析之。

四、附論。針對詩所涉及的重要問題，不能在注解中詳論的，在注解原文後單獨論述。如無，則不設這一部分。

屬於同一篇楚簡文獻的幾首詩，分別注釋完畢後，如果該楚簡文獻不僅録詩，還有其他相關内容，則對楚簡文獻全篇進行釋讀，格式與每首詩的“釋讀”部分相同。如果有與詩直接相關的重要名詞，則對這些名詞作出注解。

十九首皆注釋完畢後，將與楚簡逸詩相關的論文論著編爲目録，凡在“釋讀”、“注解”中所用諸家意見，出處皆在其中，便於讀者如有需要可參照目録進行更廣泛的閲讀和探究。

本書有與“逸詩”相關的“附録”五篇：

附録一“上博簡《采風曲目》所録詩名解”，是對《上海博物館藏戰國楚竹書（四）・采風曲目》所録樂歌名也就是詩名的詮釋，這些很可能是逸詩之名。

附録二“郭店楚簡所引逸詩零句一則考釋”，是對郭店楚簡《緇衣》中所引逸詩零句（兩句）的詮釋，兼及郭店楚簡《唐虞之道》所引“虞詩曰”和馬王堆漢墓帛書所引逸詩零句（兩句）。

附録三“香港中文大學文物館藏楚簡拾詩”，是從港中大所藏戰國零簡内容中鉤沉出逸詩零句兩則，包含完整句三句和殘句三句。

將附録一、二、三與本書主體部分並觀，可以對簡帛文獻所涉逸詩有一個總體的了解。

附録四"傳世文獻所見逸詩詩名、詩句箋釋",是對傳世文獻所見逸詩詩名、零句的輯録和詮釋,分爲"詩名、零句皆存""僅存詩名""僅存零句"三類。

附録五"原壤所歌：逸詩《貍首》考",是一篇專門考證射禮用詩《貍首》及其文化内涵的論文。

將附録五篇與本書主體部分並觀,可以對逸詩的整體情況有一個了解。

目　　録

上博簡（四）·逸詩

交交鳴鶩　附論

多薪

交交鳴鶩

説明： 此詩與下一首《多薪》皆出自《上海博物館藏戰國楚竹書（四）·逸詩》，2004年公布，原簡有6支，殘損較嚴重，但基本内容可辨。包括兩首詩：一首有殘簡4支，整理者判斷原詩分三章，每章十句，命名爲《交交鳴鶩》；另一首僅存殘簡2支，應爲原詩中兩章的部分詩句，整理者命名爲《多薪》。

【釋讀】

【交=（交交）鳴鶩，集于中】汈（梁），戧（豈）[1]俤（弟）君子，若玉若英。君子相好，吕（以）自爲戹（長）[2]。戧（豈）敚（孍）[3]是好，1【隹（惟）心是□。阴（閒、間）卝（關）思（謀）刣（始），】皆芋（華）皆英。

交=（交交）鳴鶩，集于中渚，戧（豈）俤（弟）君子，若豹若虎。君子2【相好，吕（以）自爲□。】戧（豈）敚（孍）是好，隹（惟）心是藇。阴（閒、間）卝（關）思（謀）[4]刣（始）[5]，皆上皆下。

交=（交交）鳴鶩，集于中湡（厲）[6]，戧（豈）3【俤（弟）君子，若□若】貝。君子相好，吕（以）自爲戣（衛）[7]。戧（豈）敚（孍）是好，隹（惟）心是萬（厲）[8]。阴（閒、間）卝（關）思（謀）刣（始），皆少（小）皆大。4

① 此字整理者隸爲"戔",疑爲"剴"之或體。魏宜輝、孟蓬生等皆認爲原字从豈、幾二省,當隸爲"豈幾",甚是。劉洪濤依據幾、几古通,認爲豈幾是凱的異體,有理。

② 此字整理者隸爲"㞋",據王寧説改。

③ 此字整理者隸爲"紋",據董珊、劉洪濤説改。

④ 此字整理者未釋,據季旭昇説補。

⑤ 此字整理者隸爲"司",據劉洪濤説改。

⑥ 此字整理者讀爲"漫",據季旭昇、秦樺林説改。

⑦ 此字整理者讀爲"慧",據季旭昇説改。

⑧ 此字整理者讀爲"勸",據秦樺林説改。

【注解】

交交鳴鷖[1],集于中梁[2]。豈弟君子[3],若玉若英[4]。君子相好[5],以自爲長[6]。豈孅是好[7],惟心是□。間關謀始[8],皆華皆英[9]。

[1]　鷖,鳥名,从鳥於聲,整理者認爲是"烏"的古文,王寧認爲是楚文字"烏"的獨特寫法。廖名春釋爲"鴦",訓爲鳳凰。曹建國讀爲"鷖",也訓爲鳳凰。關於鳥名所指的辨析,詳見本詩"附論"。

[2]　梁,《説文》:"水橋也。"段玉裁注:"梁之字用木跨水,則今之橋也。《孟子》'十一月輿梁成'、《國語》引《夏令》曰'九月除道,十月成梁'、《大雅》'造舟爲梁',皆今之橋制。見於經傳者,言

梁不言橋也。若《爾雅》'堤謂之梁'、《毛傳》'石絶水曰梁',謂所以堰塞取魚者,亦取亘於水中之義謂之梁。凡《毛詩》自'造舟爲梁'外,多言魚梁。"此處也是指魚梁。中梁,即梁中。

［3］　豈弟,又寫作"愷悌",和樂平易的樣子。"豈弟"見於《詩經》中的七首詩:《齊風·載驅》,《小雅·蓼蕭》《湛露》《青蠅》,《大雅·旱麓》《泂酌》《卷阿》,用例大多爲"豈弟君子"。如《青蠅》"豈弟君子,無信讒言",鄭箋:"豈弟,樂易也。"

［4］　英,同"瑛",美玉。《詩經·魏風·汾沮洳》:"彼其之子,美如英。"俞樾《群經平議·毛詩二》:"英,亦玉也。"《穆天子傳》卷二:"天子于是得玉榮枝斯之英。"郭璞注:"英,玉之精華也。"

［5］　相好,兩見於《詩經》:《邶風·日月》:"乃如之人兮,逝不相好。"毛傳:"不及我以相好。"鄭箋:"其所以接及我者,不以相好之恩情,甚於己薄也。"《小雅·斯干》:"兄及弟矣,式相好矣,無相猶矣。"鄭箋:"言時人骨肉用是相愛好,無相詬病也。"這裏是指君子之間相親相近。

［6］　長,先。《國語·吴語》"吴晉争長未成"韋昭注:"長,先也。"先(前)、後、左、右都有輔弼之意,而先(前)更側重於前驅引導。《詩經·大雅·緜》"予曰有先後"鄭箋:"相道前後曰先後。"《周禮·秋官·士師》:"以五戒先後刑罰。"鄭玄注:"先後猶左右也。"孫詒讓正義:"《爾雅·釋詁》云:'韶、亮、左右、相,導也。韶、相、導、左右、助,勴也。'是'先後'與上文'左右'同爲相道亮助之義。謂豫教導之,使民知避罪也。"《大戴禮記·保傅》:"道者,導天子以道者也;常立於前,是周公也。誠立而敢斷,輔善而相義者,謂之充;充者,充天子之志也;常立於左,是太公也。絜廉而切直,匡

過而諫邪者，謂之弼；弼者，拂天子之過者也；常立於右，是召公也。博聞强記，接給而善對者，謂之承；承者，承天子之遺忘者也；常立於後，是史佚也。故成王中立而聽朝，則四聖維之。”即以“前”、“左”、“右”、“後”言武王的輔弼重臣。“以自爲長”即以自爲先，是“君子相好”的表現，把自己作爲對方的前驅引導者，也就是相啓導。

［7］　豈，即“愷”，和樂。媺，同“美”。李曉梅（2015：35－36）説：“從讀音上看，‘愷媺’可能是個連綿詞。愷從豈得聲，古音溪母微部。《説文・豈部》：‘豈，从豆，微省聲。’媺從敚得聲，古音明母微部，《説文・人部》：‘敚，从人从攴，豈省聲。’二者疊韻連綿。劉洪濤認爲‘愷媺’語意與‘愷悌’相近，信之。”

［8］　間關，輾轉。《詩經・小雅・車舝》“間關車之舝兮”，毛傳：“間關，設舝也。”馬瑞辰《通釋》：“間關二字疊韻，《後漢書・荀彧傳論》曰：‘荀君乃越河冀，間關以從曹氏。’注：‘間關，猶展轉也。’阮氏福曰：‘車之設舝則婉轉如意，亦猶人之周流四方，動而不息，故《論》以爲間關以從曹氏，《注》以爲猶展轉也。間關言貌而不言聲，當从毛傳爲是。”始，謀。《詩經・大雅・緜》：“爰始爰謀，爰契我龜。”馬瑞辰《通釋》：“始，亦謀也。始謀謂之始，猶終謀謂之究，‘爰始爰謀’猶言‘是究是圖’也。《爾雅》基、肇皆訓爲始，又皆訓謀，則始與謀義正相成耳。”“謀始”見於《周易・訟卦・象辭》：“天與水違行，訟。君子以作事謀始。”王弼注：“无訟在於謀始，謀始在於作制。”孔穎達疏：“凡欲興作其事，先須謀慮其始。”皆以始終之始解之，實非。“天與水違行”象徵人與人之間的矛盾衝突，故有争訟。所以君子作事，重在謀劃。並不是只要謀劃開始階段就

行,因爲矛盾衝突是隨時可能發生的,故"謀始"之"始"亦當訓爲"謀"。此處"間關謀始",就是輾轉謀劃的意思。

[9]　皆,整理者訓爲諧,甚是。英、華本皆指花,可以互訓,《詩經·鄭風·有女同車》首章言"顔如舜華",次章言"顔如舜英",毛傳:"英,猶華也。"又都可以用來指玉石,《齊風·著》首章言"尚之以瓊華乎而",末章言"尚之以瓊英乎而",毛傳:"瓊華,美石,士之服也。""瓊英,美石似玉者,人君之服也。"重章疊句,换字换韻,所指實同,並非有等級區分。二字可以連用,指花,如《大戴禮記·少間》:"苟本正,則華英必得其節以秀孚矣。"盧辯注:"言專務其本,則華英得陰陽之秀孚矣。"也指玉色,如《楚辭·遠遊》:"吸飛泉之微液兮,懷琬琰之華英。"又表示華飾璀璨,如《楚辭·大招》:"瓊轂錯衡,英華假只。"朱熹集注:"言所乘之車,以玉飾轂,以金錯衡,英華照耀,大有光明也。"又用以形容人美好的外在表現,如《禮記·樂記》:"和順積中,而英華發外。"此處指君子如花似玉的威儀神采,"諧華諧英"即英華相諧也。

交交鳴鶩,集于中渚[1]。豈弟君子,若豹若虎[2]。君子相好,以自爲□。豈嬒是好,惟心是奠[3]。間關謀始,皆上皆下[4]。

[1]　渚,水中小塊陸地。《爾雅·釋水》:"小洲曰渚。"《詩經·召南·江有汜》"江有渚"毛傳:"渚,小洲也。水岐成渚。"中渚,即渚中。

［2］ 整理者引《尚書·牧誓》"如虎如貔"等釋此句，認爲此句説的是君子的勇猛威武。這樣解釋，與上章"若玉若英"、下章"若□若貝"不類，與詩的整體格調不諧，非是。廖名春（2005a：15）譯爲："（君子的裝束）就像漂亮的豹子和老虎。"可謂得旨。《論語·顔淵》："棘子成曰：'君子質而已矣，何以文爲？'子貢曰：'惜乎！夫子之説君子也。駟不及舌。文猶質也，質猶文也，虎豹之鞟猶犬羊之鞟。'"劉寶楠《正義》："虎豹、犬羊，皆獸名。鄭注云：'鞟，革也。革者，皮也。'《詩·載馳》正義引《説文》：'鞟，革也。'今本《説文》作'鞹'，云：'皮去毛也。'與《詩》疏所引異。然'鞟'爲'革'，凡去毛不去毛，皆得稱之，不必專主去毛一訓。《周易·象下傳》：'大人虎變，其文炳也；君子豹變，其文蔚也。'"黄懷信按語："'文猶質也，質猶文也'二句爲假設之義，故孔釋以'今使'。後人不解，反謂文質等，以非子貢，謬矣。"虎豹之皮與犬羊之皮不同，正因其文采，可以喻君子之儀文，"若華若英""若豹若虎""若□若貝"都是比喻儀文的。

［3］ 《詩經·小雅·伐木》："伐木許許，釃酒有藇。"毛傳："藇，美貌。"但這裏的"藇"應是一個動詞，疑當讀爲"有"。藇字從與得聲，與可讀爲有，《淮南子·人間》"夫虞之與虢"，《韓非子·十過》作"夫虞之有虢"。與是喻紐魚部字，有是匣紐之部字，之魚旁轉。《論語·憲問》："子擊磬於衛。有荷蕢而過孔氏之門者，曰：'有心哉，擊磬乎！'"劉寶楠《正義》："《御覽》五百七十六引《論語》注云：'子擊磬者，樂也。蕢，草器也。荷此器，賢人辟世也。有心哉，善其音有所病於世。'不言注爲何人，諸家皆以爲鄭注。"又《詩經·小雅·巧言》："他人有心，予忖度之。"《大雅·皇矣》："其維愚

人,覆謂我僭,民各有心。”都是指對現實(社會的或個人的)有自己的打算、意願、意圖。“惟心是藇”即惟心是有,承下“間關謀始”而言,有針對現實的打算而後有積極的謀劃。

[4] 皆,讀爲諧。諧上諧下,即上下相諧。

交交鳴鷟,集于中厲[1]。豈弟君子,若□若貝[2]。君子相好,以自爲衛[3]。豈孅是好,惟心是厲[4]。間關謀始,皆小皆大[5]。

[1] 厲,李零(2004:334)讀爲瀨,當從。《詩經·衛風·有狐》:“有狐綏綏,在彼淇厲。”胡承珙曰:“實則此‘厲’當爲‘瀨’之借字。《史記·南越傳》‘爲戈船下厲將軍’,《漢書》作‘下瀨’。《説文》:‘瀨,水流沙上也。《楚辭》:“石瀨兮淺淺。”’是瀨爲水流沙石間,當在由深而淺之處。上章‘石絶水曰梁’,爲水深之所;次章言‘厲’,爲水淺之所;三章言‘側’,則在岸矣。立言次序如此。”此詩也是一章言梁、一章言厲。中厲,即厲中。

[2] □,廖名春(2005a:15)補作“珠”,季旭昇(2005)補作“金”,秦樺林(2005)補作“錦”。

[3] 衛,《説文》:“宿衛也。”《周易·大畜》:“閑輿衛。”王弼注:“衛,護也。”“以自爲衛”就是把自己作爲對方的護衛,也就是相衛護的意思。

[4] 厲,砥礪,磨練。《列女傳·賢明·柳下惠妻》“永能厲兮”王照圓補注:“厲,摩厲也。”《漢書·儒林傳》“以厲賢材焉”顔師

古注:“厲,砥厲也。”《漢書・董仲舒傳》“士素不厲也”顔師古注:“厲謂勸勉之也。一曰砥礪其行也。”又郭店楚簡《性自命出》:“萬(厲)眚(性)者,宜(義)也。”凡操行、心性,皆可言“厲”。

［5］ 皆,讀爲諧。諧小諧大,即小大相諧。

附論

上博簡逸詩《交交鳴鶩》"鶩"名考

原考釋將此篇命名爲"逸詩",就是將篇中所載《交交鳴鶩》和《多薪》兩首詩視爲"詩三百"的編外之作,也就是説與《詩經》中的三百零五篇同爲周詩,只是因爲某種原因而没有流傳下來,直到上博簡的出現才又重新爲人所知。而曹建國先生則從對"鶩"字的考釋出發,認爲《逸詩》所載乃是楚人仿《詩》而作,是楚詩而非周詩,此觀點得到了一些學者的贊同。是周詩還是楚詩,關乎我們如何看待和運用這篇文獻,不可不辨。

《逸詩》公布以後,"鶩"字就成爲討論的焦點之一。馬承源先生原考釋認爲此字從鳥於聲,是"烏之古文"①。廖名春先生認爲"可以視爲'鳥'之繁文,上部的'於'可以看作是'羽'的假借","這樣,'鳥'就多了一個'羽'的義符,就好像'翟'字一樣"。若依此論則"交交鳴鶩"即"交交鳴鳥",廖先生又引用《尚書·君奭》:"耇造德不降,我則鳴鳥不聞,矧曰其有能格?"孫星衍注引馬融曰:"鳴鳥,謂鳳凰也。"《山海經·大荒西經》:"有弇州之山,五采之鳥仰天,名曰鳴鳥。"郝懿行曰:"鳴鳥,蓋鳳屬也。"等書證,認爲"鳴鳥"

① 馬承源主編:《上海博物館藏戰國楚竹書(四)》,上海古籍出版社,2005年,第175—176頁。

就是指鳳凰[①]。以字的構件通假爲理論基礎,又將"鳴鳥"整個視爲鳳凰的異名,似乎有些迂曲牽强,何昆益先生駁之甚詳[②]。得到較廣泛認同的是李鋭先生的觀點,他同意鴍即烏,進一步認爲是指褐河烏,"褐河烏通體幾乎純黑褐色……棲息於山谷溪流間,多成對活動,也見於大江沿岸"[③]。

另外一種較有影響的觀點則是曹建國先生提出的,他也從字音通假着眼,認爲鴍當讀爲"鷖","《説文》:'鷖,鳧屬。从鳥,殹聲。'但在《楚辭》和《山海經》中,'鷖'都被當作了鳳凰,所以詩中的'鷖'當爲鳳凰類的鳥。詩以鳳凰起興頌詠君子,與楚人鳳崇拜文化有關",並進一步認爲此詩是楚人仿照《雅》詩創作的[④]。曹先生此論不僅僅是詮釋字義,而且關涉詩歌創作者、創作背景等方面,有需要商榷之處。首先,將鴍字釋爲鷖,依據僅僅是"於"和"鷖"音近。其次,將"鷖"視爲"鳳凰類的鳥",是擇取"鷖"的兩種含義之一,其另一義是"鳧屬",即野鴨的一種。而詩中興辭,此句之下言"集於……",《説文》訓"集"字曰:"本作雧,群鳥在木上也。"誠如何昆益先生所言:"不但文獻中的鳳凰似無群聚的説法,而且'中梁''中渚''中澫'似與鳳凰棲息的形象不合。"倒是與"鳧屬"水鳥更符合。最後,即便我們將鴍視爲鳳,也承認楚人確有鳳崇拜文化,恐怕也很難由此推論詩作者是楚人。《詩經·大雅·卷阿》兩言"鳳凰于飛",一言"鳳凰鳴矣",難道也是楚人所作?由此可見,曹先生

① 廖名春:《也説"交交鳴鴍"》,清華大學簡帛研究網,2005年2月21日。
② 何昆益:《〈上博(四)〉逸詩〈交交鳴鴍〉析論》,《詩經研究叢刊》2011年第2期。
③ 李鋭:《讀上博(四)札記(一)》,清華大學簡帛研究網,2005年2月16日。
④ 曹建國:《楚簡逸詩〈交交鳴鴍〉考論》,《考古與文物》2010年第5期。

的論證鏈條是：鴦與鷖通假→鷖指鳳凰→此詩與楚人鳳崇拜有關，每個環節都有很大的不確定性。如果"上博簡《逸詩》所録爲楚人仿照《詩經》詩篇所作"這樣重要的觀點建立在如此薄弱的論證之上，焉能令人信服？

鴦字以"於"爲聲符，"於"上古音在影母魚部，與"烏"同音，鴦、烏通假是没有問題的。詩以"交交鳴鴦"起興，"交交"何意，也有歧説。原整理者馬承源先生認爲是"飛翔往來"之意[1]，蓋取《詩經·小雅·桑扈》"交交桑扈"鄭箋"飛往來貌"和《詩經·秦風·黄鳥》"交交黄鳥"朱熹集傳"往來之貌"。秦樺林先生則引《詩經·邶風·匏有苦葉》"雝雝鳴雁"毛傳"雝雝，雁聲和也"爲據，認爲"亦當與鳴聲有關"[2]。從《詩經》中找證據，是正確的思路，但"交交鳴鴦"明確點出"鳴"，與"交交黄鳥"、"交交桑扈"不同，卻正與"雝雝鳴雁"的句式相同，且《黄鳥》"交交黄鳥"一句，馬瑞辰《毛詩傳箋通釋》曰："通咬咬，謂鳥聲也。"因此，"交交"當指鴦聲而不是"飛翔往來"。既言"交交鳴鴦"，則鴦必是善鳴之鳥。

"鴦"究竟是哪一種善鳴之鳥，可以引發有關君子品性、儀文和友好情誼的聯想呢？筆者認爲就是中國古代詩歌常用之物象——烏臼鳥。《爾雅·釋鳥》："鵖鴔，鵧鷑。"郭璞注："小黑鳥，鳴自呼。江東名爲烏鴟。"即此鳥。明楊慎《丹鉛録》："烏臼，五更鳴架架格格者也。如燕，黑色，長尾有岐。"李時珍《本草綱目·禽三·伯勞》："鵖鴔，《爾雅》名鵧鷑……江東謂之烏臼。"又稱鵶舅、鶪類、催

① 馬承源主編：《上海博物館藏戰國楚竹書(四)》，第175—176頁。

② 秦樺林：《楚簡逸詩〈交交鳴鴦〉札記》，簡帛網，2005年2月20日。

明、喚起、夏舌、鵲鵊、隔燈、鴐犁、鴉兢、烏舅、榨油郎等。形似燕子，略小於烏鴉，黑色、長尾，黎明時分，架架咯咯，鳴叫不停。烏臼鳥喜食烏桕樹籽，樹以鳥名。古代詩歌，尤其是帶有民歌色彩的詩歌，慣提此鳥之鳴。玆舉數例如下：

南北朝《讀曲歌》：打殺長鳴雞，彈去烏臼鳥。願得連暝不復曙，一年都一曉。

唐溫庭筠《西洲曲》：門前烏桕樹，慘澹天將曙。鵲鵊飛復還，郎隨早帆去。

宋陸遊《寓舍聞禽聲》：日暖林梢鶻鵊鳴，稻陂無處不青青。老農睡足猶慵起，支枕東窗盡意聽。

《聊齋》中綠衣女歌：樹上烏臼鳥，賺奴中夜散。不怨繡鞋濕，只恐郎無伴。

多　　薪

【釋讀】

……兇(兄)及弟斯,鮮我二人。

多=新=[多新(薪)多新(薪)],莫奴(如)雚葦。多=人=(多人多人),莫奴(如)兇(兄)1【弟】

【多=新=[多新(薪)多新(薪)],莫奴(如)□□。多=人=(多人多人),】莫奴(如)同生(姓)。

多=新=[多新(薪)多新(薪)],莫奴(如)松杍(梓)。多=人=(多人多人),莫奴(如)同父母。2

【注解】

……兄及弟斯,鮮我二人[1]。

[1]　此二句,似與《詩經・鄭風・揚之水》"終鮮兄弟,維予二人"相近,但"終鮮兄弟"說的是兄弟寡少,"鮮我二人"之"鮮"若釋爲寡少,則句意殊不可通。故廖名春(2005b)疑書手誤乙"斯"、"鮮"二字,將原句改爲"兄及弟鮮,緊我二人";劉洪濤(2007a)疑第一句"兄"前少一字,應讀斷爲"□兄及弟,斯鮮我二人"。前者改動原文,不足憑信;後者並沒有真正解決問題。其實這兩句與《揚之

水》中的兩句貌似而實異，不可據後者理解前者。“兄弟”可以不止兩人，而言“兄及弟”，在這裏就是指“哥哥與弟弟”兩個人，也就是“我二人”。鮮，季旭昇(2007：46)訓爲“善”，甚是。《詩經》中“鮮”字數見，位於句首者有兩例，皆不訓爲寡少。一是《小雅・北山》：“嘉我未老，鮮我方將。”“嘉”與“鮮”，鄭箋：“皆善也。”“將”，毛傳：“壯也。”“方將”即“未老”。還有一處是《小雅・車舝》：“鮮我覯爾，我心寫兮。”鄭箋：“鮮，善。覯，見也。善乎，我得見女如是，則我心中之憂除去也。”《車舝》是與婚禮有關的詩，“鮮我覯爾”實爲倒裝句，即“我覯爾鮮”，以今語言之，就是“我看到你好”，怎樣好，即下一章所言“覯爾新昏”的“新昏”。“鮮”訓爲“善”，是“好”的意思。“鮮我二人”當是倒裝句，即“我二人鮮”，“鮮”也應訓爲“善”。與上句連在一起，意思是説兄弟二人感情深厚。《小雅・斯干》：“兄及弟矣，式相好矣，無相猶矣。”“鮮我二人”意同“式相好矣”。

多薪多薪[1]，莫如雚葦[2]。多人多人，莫如兄弟。

［1］ 薪，研究者皆認爲指柴薪。實則此詩之“薪”，泛指草木，蓋草木皆可伐以爲柴薪。《元包經・仲陰》“炎燎其薪”李江注：“薪，木也。”《孟子・離婁下》“毁傷其薪木”趙岐注：“恐其傷我薪草樹木也。”詩中雚葦是草、松梓是木，都包括在“薪”中。

［2］ 雚葦，即蘆葦。《淮南子・説林》：“橘柚有鄉，雚葦有叢。”楊樹達曰：“雚字，景宋本同，劉家立《集證》作‘萑’，是也。”《集釋》：“《説文》：‘萑，薍也。从艸，萑聲。胡官切。’《詩・七月》‘八月萑葦’，毛傳：‘薍爲萑，葭爲葦。’《釋文》：‘萑，户官反。’與《説文》

合。《廣韻》:'萑,葦。《易》亦作"萑",俗作"雚",雚本自音灌。'又《説文》蒹字段注:'凡經言萑、葦,言蒹、葭,言葭、菼,皆并舉二物。蒹、菼、萑一也,今人所謂荻也。葭、葦一也,今人所謂蘆也。'"雚葦叢生,詩人蓋取以喻兄弟相互依傍。《詩經·大雅·行葦》亦用"敦彼行葦,牛羊勿踐履。方苞方體,維葉泥泥"興"戚戚兄弟,莫遠具爾"。

多薪多薪,莫如□□。多人多人,莫如同姓[1]。

[1] "同姓"在這裏專指兄弟,重章疊句改换表述以换韻耳。

多薪多薪,莫如松梓[1]。多人多人,莫如同父母。

[1] 松、梓皆樹木名。《字説》:"松,百木之長。"《禮記·禮器》:"如松柏之有心也,二者居天下之大端矣,故貫四時而不改柯易葉。"《埤雅》:"梓爲木王,蓋木莫良於梓,故《書》以'梓材'名篇,《禮》以'梓人'名匠也。"《尚書大傳》:"橋者父道也,梓者子道也。"《詩經·小雅·斯干》:"如竹苞矣,如松茂矣,兄及弟矣,式相好矣,無相猶矣。"此"竹"並非竹子,當與《衛風·淇奥》"緑竹猗猗"之"竹"同。"緑竹猗猗"毛傳:"緑,王芻也。竹,萹竹也。"馬瑞辰《通釋》:"《爾雅》:'菉,王芻。'《説文》:'菉,王芻也。'引《詩》'菉竹猗猗'。《毛詩》作緑者,菉之假借。《爾雅》:'竹,萹蓄。'竹本作茿。《説文》:'茿,萹茿也。'"萹蓄是一種野草,《爾雅》郭璞注:"萹蓄似小藜,赤莖節,好生道旁,可食,又殺蟲。"《本草圖經》:"篇蓄,今在

處有之。春中布地生道傍,苗似瞿麥,葉細緑如竹,赤莖如釵股,節間花出,甚細微,青黄色,根如蒿根。”則《斯干》是用蒹蓄之方苞與松木之茂盛興兄弟之好,此詩用蘿葦與松梓爲興辭,正與之相類。

清華簡（壹）·耆夜

樂樂旨酒

説明：此詩及下面《輶乘》《贔贔》《明明上帝》《蟋蟀》皆出自《清華大學藏戰國竹簡(壹)·耆夜》。《耆夜》於 2010 年公布，有 14 支簡，僅 4 支有殘缺，内容基本完整。第 14 支簡背面有"郘夜"二字，"郘"是邦國名，即傳世文獻中的"黎"或"耆"。《耆夜》以"武王八年，征伐耆，大戡之"開頭，緊接着是敘述還師後在"文大室"行飲至之禮。參與者除王以外有畢公高、召公保奭、周公叔旦、辛公謳甲、作册逸、吕尚父。宴饗作歌的過程爲：先由王舉爵醻畢公，作歌一終，名爲《樂樂旨酒》，八句；然後舉爵醻周公，作歌一終，名爲《輶乘》，八句。接着是周公作詩，周公先舉爵醻畢公，作歌一終，名《贔贔》，八句；又舉爵醻王，作祝誦一終，名《明明上帝》，八句；秉爵未飲，見蟋蟀在堂，於是又作歌一終，名《蟋蟀》，與《詩經·唐風·蟋蟀》内容大體相同。

【釋讀】

藥(樂)藥(樂)脂(旨)酉(酒)①，恳(宴)㠯(以)二公。紝(任)②巳(仁)跓(兄)俤(弟)，3 庶民和同。方臧(壯)方武，穆＝(穆穆)克邦。嘉篧(爵)速歆(飲)，逡(後)篧(爵)乃從。4

① 此句原與詩名合在一起,用重文號表示重複,爲“藥₌藥₌脂₌西₌”,即“《藥(樂)藥(樂)脂(旨)西(酒)》: 藥(樂)藥(樂)脂(旨)西(酒)”。

② 此字整理者讀爲“恁”,據伏俊璉、冷江山説改。

【注解】

樂樂旨酒[1],宴以二公[2]。任仁兄弟[3],庶民和同[4]。方壯方武[5],穆穆克邦[6]。嘉爵速飲[7],後爵乃從。

[1] 樂,喜樂。旨酒,甘美的酒。酒以“旨”修飾,典籍中常見。以“樂”修飾,見於《詩經・小雅・頍弁》“樂酒今夕”,鄭箋:“且今夕喜樂此酒。”又《詩經・大雅・鳧鷖》“旨酒欣欣”,毛傳:“欣欣然樂也。”欣欣猶言樂樂,“樂樂旨酒”與“旨酒欣欣”同,語正語倒,不過適應押韻的需要罷了。

[2] 二公,指畢公與周公。

[3] 任,相互信賴。《詩經・邶風・燕燕》“仲氏任只”,鄭箋:“任者,以恩相親信也。”《周禮・地官・大司徒》:“二曰六行: 孝、友、睦、婣、任、恤。”鄭玄注:“任,信於友道。”仁,二人相與。《説文》:“仁,親也。”《中庸》:“仁者,人也。”鄭玄注:“人也,讀如相人偶之人。以人意相存問之言。”“任”與“仁”説的都是相互之間的關係,即畢公和周公兩兄弟之間的互信互愛。

[4] 庶民,即衆民,四見於《詩經》,《小雅・節南山》:“弗躬弗親,庶民弗信。弗問弗仕,勿罔君子。式夷式已,無小人殆。”“庶民”與“小人”同義。

［5］　壯,《説文》:“大也。从士爿聲。”段玉裁注:“《方言》曰:‘凡人大謂之奘,或謂之壯。’尋《説文》之例,當云‘大士也’,故下云‘从士’,此蓋淺人刪‘士’字。”《廣雅》:“壯,健也。”《周易·大壯·彖辭》:“大壯,大者壯也。”鄭玄注:“壯,氣力浸强之名。”武,《玉篇·戈部》:“健也。一曰威也,斷也。”《廣雅·釋詁二》:“勇也。”“武”與“壯”義近。《説文》“武”字條下引楚莊王曰:“夫武,定功戢兵。故止戈爲武。”(原文在《左傳》宣公十二年)段玉裁注:“古莊、壯通用,謚法固取壯非取艸。《周書》:‘兵甲亟作,莊。睿圉克服,莊。勝敵志强,莊。武而不遂,莊。’皆壯字也。”《逸周書·謚法解》又曰:“剛彊直理曰武,威彊叡德曰武,克定禍亂曰武,刑民克服曰武。”與“莊”字諸條意旨相近。

［6］　穆穆,典籍中常見,不同語境下有側重點不同的詮釋,有美、敬、和等。愚意以爲此處穆穆當取“和”義,因前文就“兄弟”而言。克,《説文》:“肩也。”段玉裁注:“肩謂任。任事以肩,故任謂之肩,亦謂之克。”《周易·蒙卦》九二爻辭:“包蒙,吉。納婦吉,子克家。”《尚書·吕刑》:“惟克天德,自作元命,配享在下。”“克”皆是負荷、擔任之義,此處亦然,“克邦”即肩負邦國重任。

［7］　嘉,《説文》:“美也。”爵,酒器。嘉爵可以説是美爵、好爵,但須明白嘉爵之嘉猶嘉禮之嘉,藴含着親近交好的禮義,而並不是説酒器本身。《儀禮·士冠禮》記再醮之辭曰:“祭此嘉爵,承天之祜。”《周易·中孚卦》九二爻辭曰“我有好爵,吾與爾靡之”。凡此嘉爵、好爵,皆是典禮飲宴中的用詞。

輶　乘

【釋讀】

蹬(輶)䅗(乘)①既玳(飾),人備(服)余不韋(胄)。䖒士奮刃,殹(緊)民之秀。方臧(壯)方武,克燮(變)5 戟(仇)戠(讎)。嘉篧(爵)速歆(飲),逡(後)篧(爵)乃遉(復)。6

① 兩字原與詩名合在一起,用重文號表示重複,爲“蹬＝䅗＝”,即“《蹬(輶)䅗(乘)》: 蹬(輶)䅗(乘)”。

【注解】

輶乘既飾[1],人服余不胄[2]。䖒士奮刃[3],緊民之秀[4]。方壯方武,克變仇讎[5]。嘉爵速飲,後爵乃復。

[1] 輶,《説文》:“輕車也。《詩》曰:‘輶車鸞鑣。’”所引詩句在《詩經·秦風·駟驖》,馬瑞辰《通釋》:“輕車古爲戰車,田時蓋以爲副車。”輶乘即輶車,即輕車,這種車最爲輕便,速度快,故戰時用於馳敵致師,《周禮·春官·車僕》:“掌戎路之萃,廣車之萃,闕車之萃,苹車之萃,輕車之萃。”鄭玄注:“萃,猶副也。此五者皆兵車,所謂五戎也。……輕車,所用馳敵致師之車也。”車有飾,“鸞鑣”即

其中一種,鄭箋:"置鸞於鑣,異於乘車也。"孔穎達疏:"《夏官·大馭》及《玉藻》《經解》之注皆云'鸞在衡,和在軾',謂乘車之鸞也。此云'鸞鑣',則鸞在於鑣,故異於乘車也。"李曉梅(2015:97)認爲"飾"通"飭",義爲修整、整治,引《詩經·小雅·六月》"戎車既飭"爲據,亦可備爲一説。

[2] 服,畏服、懾服。如《周易·豫卦·彖辭》"刑罰清而民服"、《尚書·舜典》"四罪而天下咸服"之"服"。《淮南子·説林》"烏力勝日,而服於鵻禮"高誘注:"服,猶畏也。"胄,《説文》:"兜鍪也。"即頭盔。"不胄"即不戴頭盔,是勇猛的表現。《左傳》襄公二十四年關於張骼、輔躒致師的記載中,曰:"近,(宛射犬)不告而馳之。皆取胄於櫜而胄,入壘,皆下,搏人以投,收禽挾囚。"可知張、輔二人直到迫近敵軍營壘還是"不胄"的,這顯然是無畏氣概的一個表現。據《左傳》僖公三十三年記載,晉先軫因爲無禮於其君而"自討",當狄人伐晉之時,"免胄入狄師,死焉"。這也可説明不戴頭盔參戰是不畏死的表現。

[3] 叡,鄧佩玲(2011)疑讀爲"虎","虎士"即"虎賁""虎臣",是勇士之稱。當從。《尚書·牧誓》序:"武王戎車三百兩,虎賁三百人,與受戰于牧野。"僞孔傳:"勇士稱也。若虎賁獸,言其猛也。"《詩經·大雅·常武》:"進厥虎臣,闞如虓虎。"叡从虘,《説文》:"虘,虎不柔不信也。"叡與虎皆魚部字。奮,《廣雅·釋言》:"振也。"《禮記·曲禮上》:"奮衣由右上。"鄭玄注:"奮,振去塵也。"孔穎達疏:"於車後自振其衣去塵,從右邊升。""奮刃"這一動作,當有振奮精神、燃起鬥志的意味。

[4] 繄,句首語氣詞。《左傳》隱公元年:"爾有母遺,繄我獨

無。”杜預注：“緊，語助。”秀，《廣雅・釋詁》：“出也。”《國語・齊語》：“有拳勇股肱之力秀出於衆者。”董增齡《正義》：“秀，出貌也。”《楚辭・大招》：“沙堂秀只。”蔣驥注：“秀，出群之意。”

［5］　克，能。燮，讀爲襲，《詩經・大雅・大明》：“燮伐大商。”馬瑞辰《通釋》：“燮與襲雙聲，燮伐即襲伐之假借。猶《淮南子・天文篇》‘而天地襲矣’，高注‘襲，和也’，襲即燮字之借也。《春秋左氏傳》曰：‘有鐘鼓曰伐，無曰襲。’《公羊》僖三十三年何休注：‘輕行疾至，不戒以入，曰襲。’《周書・文傳解》引《開望》曰：‘土廣無守可襲伐。’伐與襲對文則異，散文則通。”“仇讎”一詞，典籍中常見，指仇敵。仇與讎原皆匹配、對應之意，引申而表示仇敵，猶今言“對頭”，《説文》：“仇，讎也”“讎，猶譍也。”段玉裁注：“讎者以言對之，《詩》云‘無言不讎’是也。引伸之爲物價之讎，《詩》‘賈用不讎’、‘高祖飲酒讎數倍’是也。又引伸之爲讎怨。《詩》‘不我能慉，反以我爲讎’、《周禮》‘父之讎’‘兄弟之讎’是也。……仇讎本皆兼善惡言之。後乃專謂怨爲讎矣。”

𩰫𩰫

【釋讀】

𩰫𩰫①戎備(服)，臧(壯)武悉悉(赳赳)。寍(宓)情②㥂(謀)猷，袞(裕)悳(德)乃救(求)。王又(有)脂(旨)酉(酒)，我𢝊(憂)㠯(以)𩗗(浮)。既醉又蠢(侑)，明日勿稻(慆)。7

① 兩字原與詩名合在一起，用重文號表示重複，整理者釋爲𩰫，據復古讀書會説改。原文爲"𩰫₌"，即"《𩰫𩰫》：𩰫𩰫"。

② 情，整理者讀爲"精"，不從。

【注解】

𩰫𩰫戎服[1]，壯武赳赳[2]。宓情謀猷[3]，裕德乃求[4]。王有旨酒，我憂以浮[5]。既醉又侑[6]，明日勿慆[7]。

[1] 𩰫，原應寫作𦣻，《説文》："壯大也。从三大三目。二目爲㚖，三目爲𦣻，益大也。一曰迫也。讀若《易》虙羲氏。《詩》曰：'不醉而怒謂之𦣻。'"段玉裁注："張衡、左思賦皆用㚖屓字，而譌作𩰫屓，俗書之不正如此。"字又寫作㚖，《詩經・大雅・蕩》："内㚖于中國，覃及鬼方。"毛傳："㚖，怒也。"《玉篇・大部》："㚖，不醉而怒

也。""奰,壯也。"贔字,《玉篇·貝部》:"贔,贔屓,作力也。"《廣韻·至韻》:"贔,贔屓,壯士作力貌。"又《文選·左思〈魏都賦〉》"姦回内贔"吕向注:"贔,奮也。"凡此怒、壯、作力、奮等義項,似皆不能修飾"戎服"(軍裝、戰衣),故研究者多借爲他字釋之,有"英英""央央""盛盛"等。黄懷信先生則就原字作别解,説:"贔字從三貝……疑是形容戎服(鎧甲)連綴之貌。"按贔可訓爲振,則贔贔同振振,《詩經·周南·螽斯》:"宜爾子孫,振振兮。"馬瑞辰《通釋》:"振振,謂衆盛也。振振與下章繩繩、蟄蟄皆爲衆盛,故《序》但以'子孫衆多'統之。""壯"之與"盛",義亦相近,而"怒"爲氣盛,"作力"爲力盛也。

[2]　赳赳,《爾雅·釋訓》:"武也。"《詩經·周南·兔罝》:"赳赳武夫,公侯干城。"毛傳:"赳赳,武貌。"

[3]　宓,《説文》:"安也。"段玉裁注:"此字經典作'密','密'行而'宓'廢矣。"《詩經·大雅·公劉》:"止旅乃密,芮鞫之即。"毛傳:"密,安也。"情,借作静,亦訓爲安。《詩經·邶風·柏舟》:"静言思之,不能奮飛。"毛傳:"静,安也。"謀,《説文》:"慮難曰謀。"猷,《爾雅·釋詁》:"謀也。"謀、猷連言,典籍有其例,猷或寫作猶,如《尚書·文侯之命》"越小大謀猷"、《詩經·小雅·小旻》"謀猶回遹""我視謀猶"等。王筠《説文解字句讀·犬部·猷》:"猷、猶一字,凡'謀猷'字,《尚書》作猷,《毛詩》作猶。"故此句"宓"與"情(静)"、"謀"與"猷"皆同義連用,簡言之即"謀安"。

[4]　裕,《説文》:"衣物饒也。"段玉裁注:"引伸爲凡寬足之偁。"《詩經·小雅·角弓》:"此令兄弟,綽綽有裕。"毛傳:"裕,饒。"德而言"裕",典籍有其例,如《尚書·康誥》:"德裕乃身,不廢在王

命。”《周易·繫辭下傳》:“益,德之裕也。”求,義爲聚。《詩經·小雅·桑扈》“萬福來求”,《經義述聞》:“《管子·七法篇》‘聚天下之精材’,《幼官篇》作‘求天下之精材’,是求與聚亦同義。”求訓爲聚,實借爲逎,《詩經·商頌·長發》:“百禄是逎。”毛傳:“逎,聚也。”

[5] 憂,《説文》:“和之行也。从夊𢚧聲。《詩》曰:‘布政憂憂。’”段玉裁注:“《商頌》毛傳曰:‘優優,和也。’《廣雅·釋訓》:‘憂憂,行也。’行之狀多,而憂憂爲龢之行。和,當作龢。憂,今字作優,以憂爲𢚧愁字。……(《詩》曰:‘布政憂憂。’)《商頌》文,今詩作優優。”憂是優的本字,有和樂之義,《詩經·商頌·長發》“敷政優優”即言政治和樂。《文選·司馬相如〈上林賦〉》“俳優侏儒”李善注引《三倉》、《班彪〈北征賦〉》“彼何生之優渥”吕向注皆曰:“優,樂也。”以,且。浮,借作撫,《説文》:“安也。”“憂以浮”即和樂且安。

[6] 侑,勸酒。字又寫作“酭”,《集韻》:“醻酒也。”《爾雅·釋詁》:“醻、酢、侑,報也。”《詩經·小雅·瓠葉》:“君子有酒,酌言醻之。”毛傳:“醻,道飲也。”鄭箋:“主人既卒酢爵,又酌自飲,卒爵,復酌進賓,猶今俗之勸酒。”孔穎達疏:“欲以醻賓,而先自飲以導之,此舉醻之初,其賓飲訖進酒於賓,乃謂之醻也。”因爲這是先自飲然後勸對方,所以説“既醉又侑”。

[7] “明日”疑爲“日月”或“月日”之訛,抑或“日”爲太陽之義。查《詩經》《尚書》《周易》,未有以“明日”表示第二天者。《詩經·唐風·蟋蟀》:“今我不樂,日月其慆”,毛傳:“慆,過也。”馬瑞辰《通釋》:“《説文》:‘慆,説也。’爲本義。毛傳訓過者,蓋以慆爲滔字之假借。《説文》:‘滔,水漫漫大皃。’大則易失之過,故過又大義

之引申也。”“今我不樂，日月其慆”，意謂若不及時行樂，則日月虛過。“既醉又侑”，盡歡也，則日月不致虛過，“勿慆”即不要虛度，與《蟋蟀》之言一反言一正言，意旨相同。

附論：

《樂樂旨酒》《輶乘》《贔贔》應爲一詩三章

以上三首詩，觀其文辭、審其義理，以《詩經》所見篇章例之，當爲同一首詩的三章。三詩皆勸酒辭，都是以稱讚對方且勸對方多飲爲内容，結構類似。又，三詩用語重複。《樂樂旨酒》與《輶乘》皆言“方壯方武”，且皆在第五句，《贔贔》則有“壯武赳赳”；《樂樂旨酒》以“嘉爵速飲，後爵乃從”結束，《輶乘》以“嘉爵速飲，後爵乃復”結束，實爲換字换韻，而《贔贔》末二句言“既醉又侑，明日勿慆”，“既醉又侑”實即合“嘉爵速飲，後爵乃從”爲一句。今將三詩抄録在一起合觀，其爲一詩三章顯然：

樂樂旨酒，宴以二公。任仁兄弟，庶民和同。方壯方武，穆穆克邦。嘉爵速飲，後爵乃從。

輶乘既飾，人服余不胄。䖒士奮刃，緊民之秀。方壯方武，克燮仇讎。嘉爵速飲，後爵乃復。

贔贔戎服，壯武赳赳。宓情謀猷，裕德乃求。王有旨酒，我憂以浮。既醉又侑，明日勿慆。

第一章以公、同、邦、從爲韻，東部。第二章以胄、秀、讎、復爲韻，幽、覺合韻，《詩經》中亦有其例，如《詩經·唐風·揚之水》第二章。

第三章以赳、求、浮、慆爲韻，幽部[1]。

觀《詩經》中詩名，多取首章數字，即以首句四字爲名者亦多見，風詩如《野有死麕》《何彼襛矣》《匏有苦葉》《君子于役》等，雅詩有《皇皇者華》《南有嘉魚》《十月之交》《瞻彼洛矣》等，頌詩有《維天之命》《閔予小子》，此篇"樂樂旨酒"或即整詩之名。但詩雖有習用之名，並非絶對固定，如上博簡《孔子詩論》所論諸詩，稱《鄭風・將仲子》爲《將仲》，稱《王風・兔爰》爲《有兔》，稱《鄭風・褰裳》爲《涉溱》，稱《齊風・著》爲《著而》，稱《唐風・葛生》爲《角枕》，稱《小雅・十月之交》爲《十月》，稱《小雅・無將大車》爲《將大車》。凡此一詩有二名者，名皆取自詩中，只是所取不同，我們也無法認定在當時何者爲正名，何者爲別名。也有詩中某章另有其名的，如《孔子詩論》稱《邶風・燕燕》末章爲《仲氏》。則此篇一詩每章各有其名，亦不足怪。

另外，《詩》中《周頌》部分的詩篇多僅一章，字數很少，多成組用於禮儀，與風詩、雅詩相較，則一篇類似一章，組詩整體相當於一詩。如周代最重要的儀式樂舞爲《大武》，《大武》樂章皆用《周頌》，篇目如何排列，是詩經學的一個重要問題，《左傳》宣公十二年載楚莊王之語曰：

> 武王克商……又作《武》，其卒章曰："耆定爾功。"其三曰："鋪時繹思，我徂維求定。"其六曰："綏萬邦，屢豐年。"

① 第三句"猷"、第五句"酒"亦幽部字。

所引詩句,分别出自《周頌》的《武》《賚》《桓》三篇。另幾章對應的是那些詩,學者看法不一,但都認爲是《周頌》中的詩篇。《武》《賚》等詩都很短,篇幅僅相當於風詩或雅詩的一章,是在同一個主題下一次創作的,它們都有自己的名稱,又有總名《武》,或稱《大武》。清華簡《周公之琴舞》所記録的也是由多首頌詩組成歌詞的儀式樂歌[①],共十首,包括《周頌·敬之》,文中只有組詩整體之名"周公之琴舞",並没有提及每首詩的名稱,僅標出次序。從《敬之》在《詩經》中有其名來看,其他九首應該也是有名稱的。

頌詩的這種情況,對我們理解風詩、雅詩分章有啓發意義,提示我們風詩、雅詩的某章可能有其不同於詩名的别稱。也提示我們一首詩固然可以視爲一個整體,幾章卻完全有可能不是一個角度,或者説不是同一個人的口氣,在樂舞演繹中可以存在較複雜的"角色扮演"。《樂樂旨酒》《輶乘》《贔贔》,從用語和形式上看,應屬雅詩,如果僅以一詩三章的形式出現,研究者作詮釋時恐怕會將全詩視爲一個人的口氣,在這個前提下去理解詩的意旨,很難想到第一章與第二章是對兩個人而發,很難想到第一章所言"二公"之一正是第三章的作者。當然,《耆夜》所載並不能率爾認定爲周初之事的實録,但即便所涉史事和人物有所附會,起碼也反映了先秦時期關於詩歌結構的觀念,有助於我們重新審視歷代對詩的理解和詮釋方式。

---

① 原文及注釋,本書後文有。

明明上帝

【釋讀】

明明上帝①，臨下之光。不（丕）㬎（顯）逨（來）各，僉（歆）氒（厥）醴（禋）明。於 8……月又（有）垦（成）散（轍），戢（歲）又（有）剌（臬）行。乍（作）孳（兹）祝誦，萬壽亡（無）疆。9

① 此句原與詩名合在一起，用重文號表示重複，爲"明₌上₌帝₌"，即"《明明上帝》：明明上帝"。

【注解】

明明上帝[1]，臨下之光[2]。丕顯來各[3]，歆厥禋明[4]。於…… 月有成轍[5]，歲有臬行[6]。作兹祝誦[7]，萬壽無疆[8]。

［1］ 明明，昭明、明察。《爾雅・釋訓》："明明，察也。"《詩經・大雅・大明》"明明在下"毛傳："明明，察也。"《詩經・小雅・小明》"明明上天"陳奂《傳疏》："明明，猶昭昭。"

［2］ 臨下，意同《詩經・小雅・小明》"明明上天，照臨下土"

之"照臨下土"。《詩經·大雅·皇矣》:"皇矣上帝,臨下有赫。"鄭箋:"臨,視也。大矣!天之視天下,赫然甚明。"光,猶《尚書·立政》"以覲文王之耿光"之"光",聲譽也。吴汝綸《尚書故》:"漢石經'耿'作'鮮'。《大傳》'覲'作'勤','耿'作'鮮'。汝綸案:'覲'作'勤'者,鄭《大宗伯》注:'覲之言勤也。'《吕覽·振亂》篇'所以蘄有道',高誘注:'蘄,或爲勤。'是勤、蘄通借。鮮光者,善譽也。《爾雅》:'鮮,善也。'高誘《淮南》注:'光,譽也。'勤文王之鮮光者,求文王之善譽也。"詩句蓋謂:明察的上帝,臨觀下土之人的聲譽。

[3] 丕顯,亦寫作"不顯",習見於《詩》《書》等典籍,也習見於西周青銅器銘文,歷來訓釋不一,"丕(不)"或訓爲"大",或視爲語詞,姜昆武《詩書成詞考釋》(1989:217-222)從造字本義和文獻用例兩個方面作了詳細的考辨,力證丕、不爲一字而應釋爲大,説:"周初'丕顯'一詞,是頌贊帝君、賢哲、德業、純美、光顯、耿大之專用政治性頌贊,蓋兩周金文多爲作器者追記先賢、先王、聖君功德之銘文。'丕顯'一詞乃此類文中歌功頌德之格式語,且必有相應合之頌贊語見於上下文中。《尚書》爲典、謨、誥、訓,故不多見此等語詞,故亦可以視之爲稱頌專語。至於《詩經》則多從頌贊需要而使用之,與上下文義相會,往往確有指陳之人與事物之美,而非純爲格式用語,但其頌贊之功用未改,故仍以成詞之例視之,然其用已漸見分化。宜其傳至漢世,而已湮冥無有用矣。此亦成詞演化之常例也。"各,至也。也寫作格,是古今字的關係。《尚書·益稷》"祖考來格"僞孔傳:"故以祖考來至明之。"《詩經》中有"來假",假與格同,也訓爲至。《商頌·玄鳥》:"四海來假,來假祁祁。"鄭箋:"假,至也。"

［4］　歆，神靈享受祭品之氣味。《説文》："歆，神食氣也。"《禮記·郊特牲》："有虞氏之祭也，尚用氣。血、腥、爓祭，用氣也。殷人尚聲，臭味未成，滌蕩其聲。樂三闋，然後出迎牲。聲音之號，所以詔告於天地之間也。周人尚臭，灌用鬯臭，鬱合鬯，臭陰達於淵泉。灌以圭璋，用玉氣也。既灌然後迎牲，致陰氣也。蕭合黍稷，臭陽達於墻屋，故既奠然後焫蕭合羶薌。"周人尚臭類似於有虞氏尚用氣，都是認爲所祭祀的對象可以享用祭品的氣味，與殷人祭祀重在以樂聲娱神不同，"歆"即在這種觀念下專表神靈接受祭祀的詞。"禋明"猶"明禋"，《尚書·洛誥》："伻來毖殷，乃命寧予，以秬鬯二卣，曰：'明禋，拜手稽首休享。'予不敢宿，則禋于文王、武王。"僞孔傳："周公攝政七年致太平，以黑黍酒二器明絜致敬告文武以美享，既告而致政。""絜"即潔，《説文》："禋，潔祀也。"《詩經·小雅·信南山》："祀事孔明，先祖是皇。"鄭箋："明，猶備也。""明禋"即完備的潔祀，"禋明"即潔祀完備，語意相同，説"禋明"而不説"明禋"，是爲了押韻。祭祀潔浄完備，故上帝歆享之。

［5］　成，確定的。《國語·晉語二》"謀既成矣"韋昭注："成，定也。"《周禮·地官·司市》："以量度成賈而徵儥。"賈公彦疏："成，定也。"轍，軌跡。《廣雅·釋詁三》："轍，跡也。"日月運行，有其固定的軌跡，《周易·繫辭上》："日月運行，一寒一暑。"《詩經·小雅·十月之交》："日月告凶，不用其行。"鄭箋："告凶，告天下以凶亡之徵也。行，道度也。不用之者，謂相干犯也。"孔穎達疏："毛以爲，幽王時所以日有食之者，日月告天下以王有凶亡之徵，故不用其常道度，所以横相干犯也。"日月有其"常道度"，反常則爲凶徵。

［6］ 歲,木星。臬,《説文》:"射準的也。"段玉裁注:"臬,古假藝爲之。《上林賦》:'弦矢分,藝殪仆。'文穎曰:'所射準的爲藝。'《左傳》'陳之藝極',皆是也。臬之引伸爲凡標準法度之偁,《釋宫》曰:'樴謂之杙,在牆者謂之臬。'《康誥》曰:'陳時臬事。'《考工記》:'匠人作槷。'《𨸏部》曰:'賈侍中説: 陧,法度也。'皆臬之假借字也。"此處"臬"是形容詞,義爲標準的、確定的。行,道。《詩經·召南·行露》"厭浥行露"、《邶風·北風》"攜手同行"毛傳並曰:"行,道也。"此處指軌道。"臬行"與上句"成轍"含義相同,歲星運行有其確定的軌道,《説文》:"歲,木星也。越歷二十八宿,宣徧陰陽,十二月一次。"段玉裁注:"謂十二歲而周十二次也。(十二月一次)《釋天》云:'載,歲也。夏曰歲,商曰祀,周曰年。'孫炎云:'歲星行一次也。'賈公彦引《星備》云:'歲星一日行十二分度之一,十二歲而周天。'"

［7］ 祝,《説文》:"祭主贊詞者。"段玉裁注:"謂以人口交神也。"這是指人。人讀贊詞的行爲和所讀的贊詞也稱爲"祝",《尚書·洛誥》:"逸祝册。"孔穎達疏:"讀策告神謂之祝。"《禮記·禮運》:"脩其祝嘏。"鄭玄注:"祝,祝爲主人饗神辭也。"誦,同頌。《大戴禮記·保傅》:"號呼歌謡聲音不中律,宴樂雅誦迭樂序。"王聘珍《解詁》:"誦,讀曰頌。"此詩是祭祀上帝的祝頌之辭。"作兹祝誦"一句,可稱爲詩中的"自述語",與銅器銘文習見之作器銘文相類。《詩經》中《小雅·節南山》"家父作誦"、《何人斯》"作此好歌"、《巷伯》"寺人孟子,作爲此詩"、《四月》"君子作歌",《大雅·卷阿》"矢詩不多,維以遂歌"、《桑柔》"既作爾歌"、《崧高》"吉甫作誦,其詩孔碩,其風肆好"、《烝民》"吉甫作誦,穆如清風"等皆是,處於全詩結

尾部分,後面多爲作詩目的。

［8］ “萬壽無疆”是典籍中習見的頌詞,《詩經・豳風・七月》:“躋彼公堂,稱彼兕觥,萬壽無疆。”孔穎達疏:“疆是境之别名,言年壽長遠無疆畔也。”銅器銘文中亦多言“萬年無疆”“眉壽萬年”等。詩中此句猶彝銘中類似之語,並非祝上帝萬壽無疆,而是祈求上帝降下長久無疆之福。

附論

《明明上帝》與《明明》

清華簡《耆夜》中有周公作《明明上帝》一詩,詩的首句即"明明上帝",整理者:"《明明上帝》,詩篇名。《逸周書・世俘》記武王克商,在牧野舉行典禮,'籥人奏《武》,王入,進《萬》,獻《明明》三終'。《明明》很可能就是《明明上帝》的異稱。"[①]李學勤先生在《清華簡〈耆夜〉》一文中說:"《明明》清代惠棟以爲即現存《詩》中的《大明》,陳逢衡《逸周書補注》已指出《大明》句中有'武王'謚,成篇應該較後。現在看,《明明》或許即是周公這篇《明明上帝》。"[②]《明明上帝》究竟是不是《世俘》中的《明明》,是一個值得辨析的問題。

《世俘》篇被認爲是《逸周書》中最可信的周初文字,郭沫若先生在《中國古代社會研究》中就以卜辭爲證,指出:"《逸周書》中可信爲周初文字者僅有三二篇,《世俘解》即其一,最爲可信。"[③]顧頡剛先生對此篇作了校訂注解,從詞彙、宗法關係等五個方面論證了《世俘》"實作於殷周之際"[④]。他們的觀點得到學界的普遍贊同。篇中關於《明明》的原文爲:

---

① 清華大學出土文獻研究與保護中心編,李學勤主編:《清華大學藏戰國竹簡(壹)》,第154頁。

② 李學勤:《清華簡〈耆夜〉》,《光明日報》2009年8月4日。

③ 郭沫若:《郭沫若全集・歷史編》第一卷,人民出版社,1982年,第299頁。

④ 顧頡剛:《逸周書世俘篇校注寫定與評論》,《文史》第2輯,1963年。

甲寅，謁戎殷于牧野。王佩赤白旂。籥人奏《武》。王入，進《萬》，獻《明明》三終。

孔晁注："謁，告也。《明明》，詩篇名。《武》以干羽，爲《萬》舞也。"陳逢衡云："謁戎殷於牧野，謂設奠於牧野之館室，以告行主也。王佩赤白旗以號令也。《武》，《大武》樂，此時所奏衹大武一成之歌。《明明》，盧文弨曰：'惠云即《大明》。'衡案：《大明》作于成王時，故末章有'涼彼武王'語，惠説不足據。"僅就以詩樂之名而言，以"明明"起始的詩，《詩經》中有兩首，即《小雅・小明》和《大雅・大明》，加上《明明上帝》則爲三首。

從詩樂演奏的場合來看，陳逢衡認爲是在牧野設奠告行主，李學勤先生則認爲是以伐殷於牧野之事告廟[①]，張懷通《〈世俘〉錯簡續証》一文從史職分工不同的角度作了進一步的論證，認爲包含上面引文在内的一段是錯簡，説："西周時代協助周王册命諸侯是内史的職責，因此該段錯簡可能是内史所作記録，相應地武王舉行獻俘禮一段文字則是太史所作記録。由於該段是内史所記，而且其中'謁戎殷于牧野'一句話給人以該史實發生在商郊的感覺，所以當《世俘》在西周後期成篇時便被編者誤置於武王派兵遣將征伐商人屬國一段文字的中間，從而形成錯簡。"[②]當以李、張所言爲是，也就是説《武》《萬》《明明》都是在宗廟舉行的祭祀典禮中所用。

《小雅・小明》是一首抒發行役勞苦並勸誡君子的詩，當作於

① 李學勤：《〈世俘篇〉研究》，《史學月刊》1988 年第 2 期。
② 張懷通：《〈世俘〉錯簡續證》"内容提要"，《中國史研究》2013 年第 1 期。

西周晚期，顯非周初典禮中所用。《大雅·大明》，誠如雒三桂、李山所言："强調的是上帝對周人的格外眷顧與施恩。……詩篇言及季歷、文王、武王，言及季歷之妻大任、文王之妻大姒，因而當是合祭時的樂歌。"①詩中贊美了季歷與大任的結合、文王的德行、文王與大姒的結合、武王的功業，最後部分就是描寫牧野之戰的。這與以伐殷於牧野告廟正相符合。而《明明上帝》，據上文所注，是一首祭祀上帝並求福的詩，與以成功告廟的場合似乎不甚相合。

但是《大明》一詩的時代，學者的估計都不至於早到周初，上引陳逢衡語，抓住"涼彼武王"一句，以之爲否定《大明》即《明明》的證據。《大明》末章曰："維師尚父，時維鷹揚，涼彼武王，肆伐大商，會朝清明。"毛傳："涼，佐也。"這幾句是説師尚父輔佐武王伐商，正在早晨清明之時。傳統上把武王的"武"當作謚號，既然詩中有"武王"，那時代最早不會超過成王時期。現代學者結合青銅器銘文材料研究，很多都主張西周王號多爲生稱，武王在世時就已經被稱爲武王，這樣就不能憑"涼彼武王"一句論時代了。《小序》説："《大明》，文王有明德，故天復命武王也。"似是認爲此詩作於武王時期，所言能概括整首詩之旨。武王之所以能戰勝大邦殷，是因爲天命所歸，而受天命的是文王。追本溯源，歸功先王，正適合戰勝告廟的場合和需要。

《大明》主旨與《明明》的用途相合，並不意味着目今所見《大明》一詩就是《世俘》篇所言的《明明》，《世俘》原文説"《明明》三終"，樂之一終對應詩之一章，則爲三章，而《大明》有八章。筆者認

---

① 雒三桂、李山：《詩經新注》，齊魯書社，2000年，第486頁。

爲這是儀式樂歌自身發展變化的緣故，陳致先生運用音樂考古材料和出土文獻研究周代雅樂的流變和《詩經》的形成，説："二雅的頌歌顯示了周貴族試圖通過'頌'文體規則的復新，來展示自己在文化意義上的特點。《文王》《生民》《公劉》《緜》《皇矣》《大明》這些頌歌，均由一系列約作於周初的祖傳樂歌所組成，可見周的上層人物力圖通過改進商代的'頌'歌風格，來達到自我標榜的目的。"①《世俘》所言《明明》，是"作於周初的祖傳樂歌"；而《詩經》中的《大明》，是建立在前者基礎上，已經經過後世樂工整理加工擴充的儀式樂歌歌詞。雖然經過了修訂擴充，基本内容和主旨没有變。《世俘》這段話還説"籥人奏《武》"，陳逢衡説："《武》，《大武》樂，此時所奏衹大武一成之歌。"這是對的，當時六成的大型樂舞《大武》應該還没有形成，籥人所奏也不會是《大武》這樣規模的樂曲，這裏的《武》與《大武》，也是"祖傳樂歌"與後世樂工修訂後的樂歌之間的關係。

通過以上分析，筆者認爲《世俘》所言《明明》是《詩經·大雅·大明》的雛形，並不是清華簡《耆夜》中的《明明上帝》。

① 陳致：《從禮儀化到世俗化——〈詩經〉的形成》，上海古籍出版社，2009年，第194頁。

蟋　蟀

説明：《蟋蟀》一詩，見於《詩經・唐風・蟋蟀》，原不應算作“逸詩”，但《耆夜》所載《蟋蟀》雖與《唐風・蟋蟀》内容基本一致，詞句差異相當明顯，固然可以視爲同一首詩的不同“版本”，這新“版本”也有作爲逸篇研究的價值。

【釋讀】

蝨（蟋）蠻（蟀）[1]才（在）尚（堂），役（役）車亓（其）行。今夫君子，不憙（喜）不藥（樂）。夫日□□，□□□忘。母（毋）已大藥（樂），則夂（終）弖（以）康=（康。康）藥（樂）而母（毋）忘（荒），是隹（惟）良士之迈=（迈迈）[2]。

蝨（蟋）蠻（蟀）才（在）箬（席），戠（歲）矞（聿）員（云）茖（莫）。今夫君子，不憙（喜）不藥（樂）。日月亓（其）穮（邁），從朝返（及）夕。母（毋）已大康，則夂（終）弖（以）复（作）。康藥（樂）而母（毋）【忘（荒）】，是隹（惟）良士之思=（瞿瞿）。

蝨（蟋）蠻（蟀）才（在）舒（序）[3]，戠（歲）矞（聿）員（云）【徂。今夫君子，不憙（喜）不藥（樂）。日月亓（其）除，從各（冬）】返（及）頣（夏）。母（毋）已大康，則夂（終）弖（以）思[4]。康藥（樂）而母（毋）【忘（荒）】，是隹（惟）良士之思=（瞿瞿）。

① 兩字原與詩名合在一起，用重文號表示重複，爲“蟋₌蟀₌”，即“《蟋(蟋)蟀(蟀)》：蟋(蟋)蟀(蟀)”。

② 迈字下的重文符，與常見者有異，整理者認爲是表示此句重複讀兩次，劉雲疑爲分節符。兩説皆不從，仍應視爲重文符。

③ 舒，整理者疑讀爲“舍”或“序”，取後者。

④ 思，整理者釋爲“懼”的古文，不從。

【注解】

蟋蟀在堂[1]，役車其行[2]。今夫君子，不喜不樂[3]。夫日□□，□□□忘[4]。毋已大樂[5]，則終以康[6]。康樂而毋荒[7]，是惟良士之迈迈[8]。

[1] 堂，《説文》：“殿也。”段玉裁注：“古曰堂，漢以後曰殿。古上下皆偁堂，漢上下皆偁殿。至唐以後，人臣無有偁殿者矣。”

[2] 役車，行役之車。《唐風・蟋蟀》“役車其休”鄭箋：“庶人乘役車。役車休，農功畢，無事也。”馬瑞辰《通釋》：“古者役不踰時。《月令》孟秋乃命將帥，則孟冬正當旋役之時。《采薇》詩‘曰歸曰歸，歲亦陽止’、《杕杜》詩‘日月陽止，女心傷止，征夫遑止’，皆古者歲莫還役之證。役車當謂行役之車。孔疏因箋云‘農功畢’，遂謂役車爲收納禾稼所用，失之。”行，謂還歸。

[3] 研究者或認爲“不”當讀爲“丕”，非是。“今夫君子，不喜不樂”實分《唐風・蟋蟀》“今我不樂”爲兩句(反過來説後者爲合前者爲一句亦可)，表假設。

[4] 此二句缺字多,難知其意。以下二章例之,“忘”疑當讀爲“望”,後句爲“從朔及望”,與第二章“從朝及夕”、第三章“從冬及夏”皆表示時光流逝,而分别以月、日、時(季節)言之。

[5] 已,甚。《唐風·蟋蟀》“無已大康”毛傳:“已,甚。康,樂。”鄭箋:“君雖當自樂,亦無甚大樂,欲其用禮爲節也。”

[6] “康”與上句“樂”同義,兩句意爲:享樂不太過分,才能長有此樂。

[7] 荒,廢。《唐風·蟋蟀》“好樂無荒”鄭箋:“荒,廢亂也。”

[8] 迈,《玉篇·辵部》訓爲“急行”。《唐風·蟋蟀》曰“良士蹶蹶”,《禮記·曲禮上》“足毋蹶”陸德明《釋文》:“蹶,行急遽貌。”《廣韻·祭韻》亦曰“行急遽”,即急行。迈在陽部,蹶在月部,陽月通轉,韻亦相近。則“迈迈”即“蹶蹶”,《爾雅·釋訓》:“蹶蹶,敏也。”

蟋蟀在席[1],歲聿云莫[2]。今夫君子,不喜不樂。日月其邁[3],從朝及夕。毋已大康,則終以作[4]。康樂而毋荒,是惟良士之瞿瞿[5]。

[1] 席,坐具。堂上設席,“在席”猶“在堂”。

[2] 歲聿云莫,見於《詩經·小雅·小明》。聿、云,皆語助;莫,即暮本字。《唐風·蟋蟀》作“歲聿其莫”。

[3] 邁,往。《尚書·秦誓》:“日月逾邁,若弗云來。”王肅曰:“年已衰老,恐命將終,日月遂往,若不云來,將不復見日月。”

[4] 作,興。《尚書・舜典》附《汩作・序》“作《汩作》”僞孔傳:“作,興也。”

[5] 瞿瞿,驚顧貌。《詩經・齊風・東方未明》:“折柳樊圃,狂夫瞿瞿。”林義光《通解》:“瞿瞿,毛云無守之貌。按瞿者界之假借。《説文》:‘界,舉目驚界然也。’《荀子》‘瞿瞿然’,楊注:‘瞿瞿,瞪視之貌。’(《非十二子》篇)驚顧、瞪視皆無鎮定之能,故云無守。”又注《唐風・蟋蟀》“良士瞿瞿”曰:“瞿瞿,驚顧貌。樂而不敢怠荒,故瞿瞿然驚也。驚顧則自斂制,《爾雅》云:‘瞿瞿,儉也。’儉即斂之借字。”

蟋蟀在序[1],歲聿云徂[2]。今夫君子,不喜不樂。日月其除[3],從冬及夏。毋已大康,則終以愳[4]。康樂而毋荒,是惟良士之瞿瞿。

[1] 序,堂的東西牆,也指堂上近序之處。《説文》:“序,東西牆也。”段玉裁注:“《釋宫》曰:‘東西牆謂之序。’按堂上以東西牆爲介,《禮經》謂階上序端之南曰序南,謂正堂近序之處曰東序、西序。”“在序”猶“在堂”。

[2] 徂,《爾雅・釋詁》:“往也。”《唐風・蟋蟀》云“歲聿其逝”,《説文》:“逝,往也。”徂是魚部字,故子居(2011)用以補闕文。逝是月部字,魚月通轉,主要元音相同,此處補“逝”字,將此章視爲魚月合韻,也未嘗不可。

[3] 《唐風・蟋蟀》“日月其除”毛傳:“除,去也。”

[4] 愳,米雁認爲當讀爲“豫”,訓爲“安樂”,可從。

附一：

《唐風·蟋蟀》與清華簡《耆夜》所載《蟋蟀》對照表

<table>
<tr><th colspan="2">《唐風·蟋蟀》</th><th colspan="2">清華簡《耆夜》所載《蟋蟀》</th></tr>
<tr><td rowspan="4">第一章</td><td>蟋蟀在堂，歲聿其莫。</td><td rowspan="4">第二章</td><td>蟋蟀在席，歲聿云莫。</td></tr>
<tr><td>今我不樂，日月其除。</td><td>今夫君子，不喜不樂。日月其邁，從朝及夕。</td></tr>
<tr><td>無已大康，職思其居。</td><td>無已大康，則終以作。</td></tr>
<tr><td>好樂無荒，良士瞿瞿。</td><td>康樂而毋荒，是惟良士之瞿瞿。</td></tr>
<tr><td rowspan="4">第二章</td><td>蟋蟀在堂，歲聿其逝。</td><td rowspan="4">第三章</td><td>蟋蟀在序，歲聿云徂。</td></tr>
<tr><td>今我不樂，日月其邁。</td><td>今夫君子，不喜不樂。日月其除，從冬及夏。</td></tr>
<tr><td>無已大康，職思其外。</td><td>無已大康，則終以愳。</td></tr>
<tr><td>好樂無荒，良士蹶蹶。</td><td>康樂而毋荒，是惟良士之瞿瞿。</td></tr>
<tr><td rowspan="4">第三章</td><td>蟋蟀在堂，役車其休。</td><td rowspan="4">第一章</td><td>蟋蟀在堂，役車其行。</td></tr>
<tr><td>今我不樂，日月其慆。</td><td>今夫君子，不喜不樂。夫日□□，□□□忘(從朔及望?)。</td></tr>
<tr><td>無已大康，職思其憂。</td><td>毋已大樂，則終以康。</td></tr>
<tr><td>好樂無荒，良士休休。</td><td>康樂而毋荒，是惟良士之迈迈。</td></tr>
</table>

附二：

《耆夜》全文

（阿拉伯數字爲原簡編號）

武王八年，延（征）伐郘（耆），大或（戡）之。還，乃歙（飲）至于文大室。縪（畢）公高爲客，卲（召）公保睪（奭）爲1 夾（介），周公弔（叔）旦爲宔（主），辛公𧧘麐（甲）爲立（位）。复（作）策（册）𤟠（逸）爲東尚（堂）之客，郘（吕）上（尚）甫（父）命爲2 司政（正），監歙（飲）酉（酒）。

王夜（舉）籊（爵）𠷎（酬）縪（畢）公，复（作）訶（歌）一夂（終），曰藥＝藥＝脂＝酉＝（《樂樂旨酒》：樂樂旨酒），𡨦（宴）㠯（以）二公。紝（任）𡰥（仁）䢔（兄）俤（弟），3 庶民和同。方臧（壯）方武，穆＝（穆穆）克邦。嘉籊（爵）速歙（飲），逡（後）籊（爵）乃從。

王夜（舉）籊（爵）𠷎（酬）周公，4 复（作）訶（歌）一夂（終），曰𨍭＝𠬪＝（《輶乘》：輶乘）既𢍁（飾），人備（服）余不𩎟（胄）。𢦏士奮刃，殹（緊）民之秀。方臧（壯）方武，克燮（變）5 𢦔（仇）𢦗（讎）。嘉籊（爵）速歙（飲），逡（後）籊（爵）乃逯（復）。

周公夜（舉）籊（爵）𠷎（酬）畢公，复（作）訶（歌）一夂（終），曰贔＝贔＝（《贔贔》：贔贔）戎備（服），臧（壯）6 武𧻚𧻚（赳赳）。𥦮（宓）情𢘅（謀）猷，裕（裕）悳（德）乃救（求）。王又（有）脂（旨）酉（酒），我忧（憂）㠯（以）𩙪（浮）。既醉又𥁕（侑），明日勿稻（慆）。

周公7或夜(舉)籊(爵)訔(酬)王,复(作)祝誦一夂(終),曰明=明=上=帝=(《明明上帝》：明明上帝),臨下之光。不(丕)㬎(顯)逨(來)各,歆(歆)毕(厥)醴(禋)明。於8……月又(有)𡒊(成)散(轍),戢(歲)又(有)剔(臬)行。复(作)孳(兹)祝誦,萬壽亡(無)疆。

周公秉籊(爵)未歆(飲),蟋(蟋)蟀(蟀)9䠀(躍)陞(升)于尚(堂),【周】公复(作)訶(歌)一夂(終),曰蟋=蟀=(《蟋蟀》：蟋蟀)才(在)尚(堂),设(役)車亓(其)行。今夫君子,不憙(喜)不藥(樂)。夫日10□□,□□□忘。母(毋)已大藥(樂),則夂(終)㠯(以)康=(康。康)藥(樂)而母(毋)忘(荒),是隹(惟)良士之迈=(迈迈)。蟋(蟋)蟀(蟀)才(在)11笞(席),戢(歲)矞(聿)員(云)茖(莫)。今夫君子,不憙(喜)不藥(樂)。日月亓(其)穖(邁),從朝返(及)夕。母(毋)已大康,則夂(終)12㠯(以)复(作)。康藥(樂)而母(毋)【忘(荒)】,是隹(惟)良士之思=(瞿瞿)。蟋(蟋)蟀(蟀)才(在)舒(序),戢(歲)矞(聿)員(云)【徂。今夫君子,不憙(喜)不藥(樂)。13日月亓(其)除,從各(冬)】返(及)顕(夏)。母(毋)已大康,則夂(終)㠯(以)思。康藥(樂)而母(毋)【忘(荒)】,是隹(惟)良士之思=(瞿瞿)。14

【今字寫定】

武王八年,征伐耆,大戡之。還,乃飲至于文大室。畢公高爲客,召公保奭爲介,周公叔旦爲主,辛公諫甲爲位。作册逸爲東堂之客,吕尚父命爲司正,監飲酒。

王舉爵醻畢公,作歌一終,曰《樂樂旨酒》：樂樂旨酒,宴以二公。任仁兄弟，庶民和同。方壯方武，穆穆克邦。嘉爵速飲，後爵乃從。

王舉爵醻周公，作歌一終，曰《輶乘》：輶乘既飾，人服余不胄。䖒士奮刃，緊民之秀。方壯方武，克燮仇讎。嘉爵速飲，後爵乃復。

周公舉爵醻畢公，作歌一終，曰《贔贔》：贔贔戎服，壯武赳赳。宓情謀猷，裕德乃求。王有旨酒，我憂以浮。既醉又侑，明日勿慆。

周公或舉爵醻王，作祝誦一終，曰《明明上帝》：明明上帝，臨下之光。丕顯來各，歆厥禋明。於……月有成轍，歲有臬行。作兹祝誦，萬壽無疆。

周公秉爵未飲，蟋蟀躍升于堂，周公作歌一終，曰《蟋蟀》：蟋蟀在堂，役車其行。今夫君子，不喜不樂。夫日□□，□□□忘。毋已大樂，則終以康。康樂而毋荒，是惟良士之迈迈。蟋蟀在席，歲聿云暮。今夫君子，不喜不樂。日月其邁，從朝及夕。毋已大康，則終以作。康樂而毋荒，是惟良士之瞿瞿。蟋蟀在序，歲聿云徂。今夫君子，不喜不樂。日月其除，從冬及夏。毋已大康，則終以思。康樂而毋荒，是惟良士之瞿瞿。

清華簡（叄）·周公之琴舞

無　　悔

説明：本詩及以下九首皆出自《清華大學藏戰國竹簡（叁）·周公之琴舞》，原僅有次序，無每篇之名。今依常規爲每篇命名，方式爲：一般取首句前二字爲名。若僅取前二字意思不完整，則以首句爲名。若首句僅爲歎詞，則取於第二句。《周公之琴舞》公布於 2012 年，有 17 支簡，背面有編號，除了簡 15 殘缺近半，皆保存完好。篇中記録周公、成王所作 10 首詩，且爲一個儀式整體，以"琴舞"演繹。

【釋讀】

攼（啓）曰：無忎（悔）亯（享）君，罔𡡉（墜）亓（其）考。亯（享）隹（惟）湑（滔）帀（思），考隹（惟）型帀（思）。

【注解】

啓曰：無悔享君[1]，罔墜其考[2]。享惟滔思[3]，考惟型思[4]。

［1］　悔，終止。《尚書·洪範》"曰悔"孔穎達疏引鄭玄云："悔之言晦，晦猶終也。"享，貢獻。《説文》："享，獻也。"《左傳》襄公十

年:"宋以桑林享君,不亦可乎?"即言以桑林之舞獻君。克罍銘文:"王曰:大保,隹(惟)乃明乃鬯,亯(享)于乃辟。余大對乃亯(享)。"即言大保享王而王稱賞其享。

［2］　罔,《爾雅·釋言》:"無也。"這裏義爲"不要",如《尚書·金縢》"無墜天之降寶命。"墜,喪失、失去。《國語·晉語二》:"知禮可使,敬不墜命。"《楚語下》:"自先王莫墜其國。"韋昭注曰:"墜,失也。"《尚書·召誥》言"今時既墜厥命""乃早墜厥命",《君奭》言"殷既墜厥命"等,皆言失去天命。"考"義爲"先父",不可言"墜",整理者認爲當讀爲"孝",甚是。

［3］　滔,讀爲"慆",長久。《詩經·豳風·東山》:"我徂東山,慆慆不歸。"毛傳:"慆慆,言久也。"王先謙《詩三家義集疏》:"三家慆作滔,亦作悠。"慆、悠皆幽部字,一透母一余母,皆舌音,可通假。"享惟慆思"與前"無悔享君"相應。

［4］　考,亦讀爲"孝"。整理者説:"型,效法,傳世典籍多作'刑',《周頌·烈文》:'不顯惟德,百辟其刑之。'"效法先祖先父,即"孝"。《僞古文尚書·太甲中》"奉先思孝"僞孔傳:"以念祖德爲孝。"《尚書·文侯之命》"追孝于前文人"僞孔傳:"繼先祖之志爲孝。"《論語·學而》:"父在,觀其志;父没,觀其行;三年無改於父之道,可謂孝矣。"《禮記·中庸》:"夫孝者,善繼人之志,善述人之事者也。"凡此,皆效先祖先父之所爲也。"考惟型思"與前"罔墜其考"相應。

附論

此詩爲周公儆毖多士之作，將“享君”與“孝”聯繫起來。對於多士來説，這既是政治上的要求，也是倫理上的要求；既是現實的禮法約束，也是超現實的宗教約束。多士進獻於今王，猶他們的父祖進獻於先王。如果他們不能持久地恰當地“享君”，不僅是對君的背叛和冒犯，也是對先祖的背叛和褻瀆。

這種觀念，這樣的説法，殷商時代已有，《尚書·盤庚》三篇，屢屢言及，反復重申，不嫌辭費，中篇較集中：

> 予念我先神后之勞爾先；予丕克羞爾，用懷爾然。失于政，陳于兹，高后乃崇降罪疾，曰：“曷虐朕民！”汝萬民乃不生生，暨予一人猷同心；先后丕降與汝罪疾，曰：“曷不暨朕幼孫有比！”故有爽德，自上其罰汝，汝罔能迪。古我先后，既勞乃祖乃父，汝共作我畜民。汝有戕，則在乃心，我先后綏乃祖乃父；乃祖乃父乃斷棄汝，不救乃死。兹予有亂政同位，具乃貝玉；乃祖乃父，丕乃告我高后曰：“作丕刑于朕孫。”迪高后，丕乃崇降弗祥。

政權與神權結合，勸勉與威脅並存。

到了西周，訓誥之辭依然延續這種思路和方式，《大誥》中，一則曰：“義爾邦君，越爾多士、尹氏、御事，綏予曰：‘無毖于恤，不可不成乃寧考圖功。’”再則曰：“爾惟舊人，爾丕克遠省，爾知寧王若勤哉？天閟毖我成功所，予不敢不極卒寧王圖事。肆予大化誘我友邦君。天棐忱辭，其考我民，予曷其不于前寧人圖功攸終？"三則曰："肆予曷敢不越卬敉寧王大命？若兄考，乃有友伐厥子，民養其勸弗救？"威脅的成分減少而勸導的成分增多，强調的重點放在延續、完成先王事業的決心上，實際上是用王之孝帶動友邦君、多士之孝，倫理性質更加顯明。《無悔》一詩所表現出來的，也是如此。

敬　之

説明:《敬之》見於《詩經·周頌》,本不應算作逸詩。但簡文此詩與傳世此詩存在較明顯的詞句差異,而且在簡文中此詩是"琴舞九絉"的一篇,不應單獨擱置,故仍列於此。

【釋讀】

攺(啓)曰:敬₌之₌(敬之敬之)!天隹(惟)㬎(顯)帀(思),文非易帀(思)。母(毋)曰高₌(高高)才(在)上,陟(陟)降亓(其)事,卑(俾)藍(監)才(在)舝(兹)。

𤔲(亂)曰:訖我個(夙)夜,不兔(逸)敬之。日臺(就)月脜(將),孥(效)亓(其)光明。弻(弼)寺(持)亓(其)又(有)肩,貽(視)告舍(余)㬎(顯)悳(德)之行。

【注解】

啓曰:敬之敬之[1]!天惟顯思[2],文非易思[3]。毋曰高高在上[4],陟降其事[5],俾監在兹[6]。

[1]　傳世本此句鄭箋:"故因戒之曰:敬之哉!敬之哉!"馬瑞辰《通釋》:"敬字从攴苟,苟音亟,加攴以明擊敕之義。敬之本義

即警也。《説文》:‘警,言之戒也。’又:‘儆,戒也。’‘憼,敬也。’並與警同義。《釋名》:‘敬,警也。恒自肅警也。’《常武篇》‘既敬既戒’,箋:‘敬之言警也。’此箋不以敬爲警者,因義已具《常武》耳。‘敬之敬之’猶云戒之戒之。”

［2］ 傳世本“天維顯思”毛傳:“顯,見。”鄭箋:“顯,光。……天乃光明,去惡與善。”孔穎達疏:“天之臨下,乃光明顯見,去惡與善。”顯,毛訓見,鄭訓光,皆指明察。

［3］ 文,整理者認爲是指文德,説:“《周頌·武》‘允文文王’,孔穎達疏釋爲‘信有文德者之文王’。《國語·周語下》‘夫敬,文之恭也’,韋昭注:‘文者,德之總名也’。”江林昌、孫進、季旭昇等認爲指文王,季旭昇(2015:370)説:“西周銅器或《詩》《書》中,‘文’常常逕指‘文王’。如《㝬鐘》(《殷周金文集成》260號):‘王肇遹省文武。’《周頌·清廟》‘濟濟多士,秉文之德’,鄭箋:‘濟濟之衆士皆執行文王之德’。本句當釋爲‘文王的成就是不容易的’。……《周頌·敬之》‘命不易哉’,當釋爲‘天命是不容易(得到、保有)的’,對照簡文‘文非易思’,可見‘文非易思’與‘命不易哉’所指當爲同一事。《周頌·敬之》‘天維顯思,命不易哉’,强調天命不易,簡本《成王之𢼸》‘文非易思’則逕指出是‘文王受命’不容易,文義更明朗。”兩種觀點相較,似以季説爲長。但兩種觀點實相關聯,並不完全矛盾,文王有文德而稱文王,因文德而受天命,文王之不易,正在於文德之不易有,天命之不易得。

按,傳世本“命不易哉”之“易”,鄭箋以“變易”釋之。胡承珙《毛詩後箋》云:“《釋文》:‘易,鄭音亦。王以豉反。’《正義》仍用鄭述毛,以易爲變易之易。承珙案《左傳》僖二十二年:‘邾人以須句故出師。公卑邾,不設備而禦之。臧文仲曰:“國無小,不可易也。”引《詩》曰:“敬之敬之,天維顯思,命不易哉。”’《傳》成四年:‘公如晉。晉侯見公,不敬。季文子曰“晉侯必不免,《詩》曰:敬之敬之”,云云。‘夫晉侯之命在諸侯矣,可不敬乎?’據此,皆以《詩》‘不易’爲難易之易。《漢書·孔光傳》亦云:‘命不易哉!謂不懼者凶,懼之則吉。’知此宜用王音申毛,箋説似非經旨。”簡本作“文非易思”,益可證“易”當爲難易之易。

［4］　傳世本作“無曰高高在上”,鄭箋:“無謂天高又高在上,遠人,而不畏也。”

［5］　傳世本作“陟降厥士”,毛傳:“士,事也。”鄭箋:“天上下其事,謂轉運日月,施其所行。”馬瑞辰《通釋》:“陟降猶云升降。士當讀如士民之士,爲群臣之通稱,猶《訪落》詩‘陟降厥家’,箋云‘厥家謂群臣’也。蓋慶賞刑威,君之陟降厥家也;福善禍淫,天之陟降厥士也。傳、箋竝訓士爲事,失之。”今簡本作“事”,可證毛傳所訓不可言誤,唯鄭箋不當以行事之事釋之。《廣韻》:“事,使也。”高亨《周頌考釋》(1963)釋“陟降厥士,日監在茲”曰:“厥士謂天之士也。天之士者天之官吏、天之使者也。鄭箋:‘監,視也。’此言天令其使者時陟于天,時降于地,日日在此視察我,以報告于天也。”沈培、季旭昇皆引此段,認爲“事”即“使”,指天之使者。天之使者爲何?沈培認爲指日月,季旭昇認爲指文王。當以前者爲是,此詩後文言“日就月將”可證。則鄭箋所言,亦不可率爾棄之也。由此推論,則“陟降”一詞原本或即指日月的朝升夕落,後引申用於他義。

［6］　俾,《爾雅·釋詁》:“使也。”沈培(2015:329)説:“‘俾監’的説法見於古書,《逸周書·作雒》説:‘武王克殷,乃立王子禄

父，俾守商祀，建管叔於東，建蔡叔、霍叔於殷，俾監殷臣。'這裏的'俾監殷臣'就是指前面所説的管叔、蔡叔、霍叔監視殷臣。依次去看簡文'陟降其事，俾監在茲'，就可以知道它説的就是使'其事（使）''監在茲'。'其事（使）'既是'陟降'的賓語，也是'俾'的賓語。"

亂曰：訖我夙夜[1]，不逸敬之[2]。日就月將[3]，效其光明[4]。弼持其有肩[5]，視告余顯德之行[6]。

[1] 訖，語氣詞。陳致（2013）説："'訖'字本身就有虚詞的用法，義同'其'，係一種推測的語氣。實則'訖''汔''迄'及'仡'，均有推測之義，用法即如'其'。"又説："《周公之琴舞》第三簡云：'亂曰：訖我夙夜，不逸敬之'及第十六簡：'訖我敬之，弗亓（其）墜哉'中的'訖'字我以爲均當釋爲'其'。'訖我夙夜'一語當與《周頌・我將》終的'我其夙夜'，以及《周頌・振鷺》中的'庶幾夙夜'合觀，顯係當時習語。《詩經・周頌》中的《閔予小子》云'維予小子，夙夜敬止（之）'似爲'我其夙夜''我其敬之'的展開句式。簡文的'訖我'應爲'我訖（其）'的倒置用法。"夙，早，"夙夜"猶言"早晚"，習見於《詩》《書》。起得早，睡得晚，是勤勞的表現，至今民間俗語言勤勞仍説"起早貪黑"，所以"夙夜"有勤勉、辛勞之義。整理者認爲此處"夙夜"當與"不逸"連在一起講，一些研究者亦持此見，故在"逸"後斷句，實非。顧史考（2014b：400）説："《毛詩》中'夙夜匪解''夙夜無已'等句多有，表面上'夙夜不兔（逸）'似該與之相同。然而《毛詩》中的'夙夜'亦有非爲副詞結構者，如《小雅・雨無正》'三事

大夫,莫肯夙夜;邦君諸侯,莫肯朝夕';《國風·召南·行露》'厭浥行露,豈不夙夜,謂行多露';《周頌·振鷺》'在彼無惡,在此無斁;庶幾夙夜,以永終譽'及《周頌·我將》'我其夙夜,畏天之威,于時保之'。尤其是後者,與《周公之琴舞》的'訖我……'語意極近。"實則《詩》《書》中"夙夜"皆應釋爲勤勉、辛勞。"夙夜匪解"即勤勉不懈,"夙夜無已"即辛勞不止。

[2]　此句傳世本作"不聰敬止",鄭箋:"不聰達於敬之之意。"馬瑞辰《通釋》則以"不"爲語詞,"聰"訓爲"聽",句意爲"聽而警戒"。今簡本作"不逸敬之",則可啓發新的詮釋思路。廖名春認爲"聰"讀爲"縱","不逸"與"不縱"義同,即不放縱。甚是。

[3]　傳世本"日就月將"一句,古來有不同的解釋。毛傳:"將,行也。"就,《爾雅·釋詁》:"成也,終也。"邢昺疏:"謂成濟也。"郝懿行《義疏》:"就,終之成也。"日就月將即日終月行,反過來即月終日行,當爲表達日月交替運行的習用語。《周易·繫辭下》:"日往則月來,月往則日來,日月相推而明生焉。"

[4]　效,仿效。"光明"指日月的光明,日稱"大明",月稱"夜明"。傳世本此句作"學有緝熙于光明","學"亦當讀爲"效"。毛傳:"光,廣也。"鄭箋:"緝熙,光明也。"馬瑞辰《通釋》:"《爾雅·釋詁》:'緝熙,光也。'光、廣古通用。《周語》叔向釋《昊天有成命》詩曰:'緝,明;熙,廣也。'廣即光也。此傳又以光爲廣,廣猶大也。'學有緝熙于光明'若釋之曰'學有光明于光明',則不詞。《説文》:'緝,績也。'績之言積,緝熙當謂積漸廣大以至於光明,即《大戴禮》所云'積厚者其流光'也。《説文》:'𦣞,廣𦣝也。'引申爲凡廣之稱。熙即𦣞之假借,故訓廣,又訓光。緝熙與光明散文則通,對文則緝

熙者積漸之明，而光明者廣大之明也。”日月自初升而至於中天，月由朔而至於望，即明積漸而至於廣大。此句意旨，傳世本比簡本更爲詳明。

［5］　整理者注：“弼，糾正、輔佐。《書・益稷》：‘予違，汝弼。汝無面從，退有後言。’寺，讀爲‘持’，扶持、護持。《論語・季氏》：‘危而不持，顛而不扶’……弼、持同義，《敬之》作‘佛時’。又肩，有肩，有所承擔、擔負。《左傳》襄公二年：‘鄭成公疾，子駟請息肩於晉。’”傳世本此句作“佛時仔肩”，“佛時”當讀爲“弼持”。仔，毛傳訓“克”，鄭箋訓“任”，《説文》：“仔，克也。”但除此句外，先秦典籍中未見用例。其、有、仔，皆之部字，或因音訛致誤。

［6］　視，整理者讀爲“示”，示、告義近，一是給對方看，一是讓對方聽。《荀子・榮辱》：“故曰：仁者好告示人。”傳世本此句作“示我顯德行”，鄭箋：“示道我以顯明之德行。”簡本多一“之”，可證鄭氏所言不確。“顯德”之“顯”應爲動詞，令德顯明也。“行”是名詞，即《小雅・鹿鳴》“人之好我，示我周行”之“行”，道路也。“顯德之行”即令德顯明的途徑方法。

假　哉

【釋讀】

攺(啓)曰：叚(假)才(哉)！古之人。夫明思誋(慎)，甬(用)戴(仇)亓(其)又(有)辟。允不承不㬎(顯)，思坙(攸)亡睪(斁)。

𤔲(亂)曰：已！不曹(造)孳(哉)。思型之，思毷(勖)[①] 屇(申)[②]之，甬(用)求亓(其)定。裕(裕)皮(彼)趣(熙)，不荅(落)思逝(慎)。

① 此字整理者讀爲"懋"，據黄傑説改。

② 此字整理者釋爲"彊"，據孫永鳳説改。

【注解】

啓曰：假哉[1]！古之人[2]。夫明思慎[3]，用仇其有辟[4]。允不承不顯[5]，思攸亡斁[6]。

[1] 假，典籍中多訓爲"大"或"嘉"，用於此處皆可。

[2] 王薇(2014：22)説："古之人，同'皇考'，指先祖先考。皇考，對已死去的父親的美稱。《禮記・曲禮》：'生曰父、曰母、曰妻，死曰考、曰妣、曰嬪。'古之人，在《詩經》中多見，如《大雅・思

齊》'古之人無斁'，這裏的古之人指的是文王。《周頌·良耜》'以似以續，續古之人'，這裏的古之人指祖先。"此論非是，先祖可以稱爲"古之人"，"古之人"卻不一定是指先祖。《尚書·立政》"古之人迪惟有夏"，此"古之人"難道是周公先祖嗎？《禮記·檀弓上》《祭統》皆引"古之人有言曰"。又《文王世子》"是故古之人一舉事而衆皆知其德之備也"，《仲尼燕居》"古之人與？古之人也"，《左傳》昭公十五年"古之人重死"，定公元年"古之人重請"等等，都是泛稱古代的人。因有好古、美化古代的普遍傾向，所以通常提及"古之人"皆正面稱述。《大雅·思齊》"古之人無斁"，毛傳："古之人無厭於有名譽之俊士。"鄭箋："古之人，謂聖王明君也。"皆未言專指文王。《周頌·良耜》"續古之人"，鄭箋："求有良司穡也。"馬瑞辰《通釋》云："'續古之人'乃言繼古人之配社稷者，古之人即先嗇、司嗇也。"又云："又或以'續古之人'爲續其先祖，如'農服先疇'之比，亦非。"此詩"古之人"當指古之良臣，因後文言"仇其有辟"。

［3］　夫，句首語氣詞。明，勉。《尚書·康誥》"明乃服命"，劉逢禄《尚書今古文集解》引孫云："明，勉也。"《洛誥》"兹予其明農哉"孫星衍《今古文注疏》："明者，勉也。"《詩經·周頌·訪落》"以保明其身"，馬瑞辰《通釋》："《爾雅·釋詁》：'孟，勉也。'孟古音讀如芒，與明音近，故孟津通作盟津，孟爲勉，明亦勉也。"慎，《廣雅·釋詁》："思也。"《方言》："慎，思也。秦晉或曰慎。凡思之貌亦曰慎。"《逸周書·程典》："政失患作，作而無備，死亡不誠，誠在往事。備必慎，備思地，思地慎制，思制慎人，思人慎德，德開，開乃無患。"（依陳逢衡讀）又曰："用乃思慎，□備不敬，不意多□。"蓋"慎"亦思也，爲慎重謹嚴之思，至今山西仍有這種用法。思、慎連用則爲强

調致思之深。

［4］　用,以。仇,匹配。《爾雅・釋詁》:“仇,匹也。”有,名詞詞頭。辟,君。《爾雅・釋訓》:“皇、王、后、辟,君也。天子、諸侯通稱辟。”

［5］　允,《説文》:“信也。”“不承”“不顯”皆《詩》《書》成詞,多作“丕承”“丕顯”。“不顯”《明明上帝》注［3］已言。“不承”,姜昆武《詩書成詞考釋》(1989:226)説:“《書・君奭》:‘惟文王德,丕承無疆之恤。’《周頌・清廟》:‘不顯不承,無射於人斯。’丕承作不承,有如丕時一詞在《文王》篇作不顯不時同例,丕承即不時一聲之轉,承本訓繼,引伸則持續永恒亦曰承,即‘丕承無疆之恤’之義也。又《孟子》引《書》‘丕顯在文王謨,丕承哉武王烈’,言武王能持續文王之烈也,亦持續文王大命之德之義,是古説本如是也。”

［6］　思,連同下文,本詩凡三用之,夏含夷(2013)認爲是祝頌或禱告之辭,放在句首,習見於出土文獻,表示“冀幸”或“希望”。甚是。攸,長久。《説文》:“攸,行水也。从攴从人,水省。汥,秦刻石嶧山文攸字如此。”段玉裁注:“(汥)人省水不省。嶧山石文,《史記》不載。其文曰:‘登于繹山,群臣從者咸思汥長。’今作‘攸’者,傳刻失真也。又《史記》載會稽石文曰:‘皇帝休烈,平一海内,德惠脩長。’小司馬云:‘王劭按:張徽所録會稽南山秦始皇碑文脩作攸。’蓋其字亦作汥也。用此知《小雅》《大雅》毛傳皆云:‘脩,長也。’經文脩字皆攸之假借,本作攸,後改耳。《釋詁》:‘永、悠、迥、遠,遐也。’悠當作攸。”“亡斁”即“無斁”,習見於《詩》《書》,兩周金文亦多見。《詩經・周南・葛覃》:“爲絺爲綌,服之無斁。”鄭箋:“斁,厭也。”姜昆武《詩書成詞考釋》(1989:79)云:“細繹‘無斁’

'無射'一詞,乃宗周成詞,金文多與'得屯'聯用。初民方脱荒蠻,才建邦國,其於生産、政事,靡不卓絶艱苦,精勤於業,方能生息。而'無斁'一詞,乃貴族階級歌頌其德行雋美、承業事君無怠及上天無怠其國祚福禄之常命之專用成詞。"(原書考之甚詳,讀者可參看,此處不能具引,僅引其結論部分)

亂曰:已[1]!不造哉[2]。思型之[3],思勖申之[4],用求其定[5]。裕彼熙[6],不落思慎[7]。

[1] 整理者注:"已,語氣詞。《書・康誥》:'已,汝惟小子,乃服惟弘。'又見《大誥》、大盂鼎等。"

[2] 不造,見於《詩經・周頌・閔予小子》"閔予小子,遭家不造。"毛傳:"造,爲也。"鄭箋:"造猶成也。"馬瑞辰《通釋》:"《周禮・大司寇》'以兩造禁民訟',《儀禮・士喪禮》'造于西階下',注並云:'造,至也。'《書・粊誓》鄭注:'至,猶善也。'不造猶不善,不善猶不淑也。《雜記》'寡君使某問君如何不淑',不淑猶云不祥,謂遭凶喪也。《傳》訓爲,《箋》訓成者,成亦善也。《禮記・王制》'錦文珠玉成器不粥于市',鄭注:'成,猶善也。'《淮南子・本經篇》'五穀不爲',高注:'不爲,不成也。'成與爲同義,故《箋》以成申毛義。《正義》釋《傳》云'家事無人爲之',失《傳》恉矣。又按《詩》多以不爲語辭,造與戚一聲之轉,古通用,則詩云'遭家不造'猶云遭家戚,即後世所謂丁家艱也。古字丕通作不,若以造爲戚,《詩》言'閔予小子,遭家不造',與《書・文侯之命》云'閔予小子嗣,遭天丕愆'語正相類,似亦可備一解。"這裏給出了兩種解釋,愚意以爲當以前者爲

是。此詩言“不造”,與《閔予小子》言“遭家不造”,所指的局面是一樣的,都是指周王朝在武王崩殂成王剛剛即位時所面臨的嚴峻形勢。

[3] 型,效法。傳世文獻多寫作“刑”。

[4] 勖,《説文》:“勉也。《周書》曰:‘勖哉夫子!’”申,《爾雅·釋詁》:“重也。”是爲重複之重,古又寫作緟,《説文》:“增益也。”

[5] 整理者注:“定,安定、平定。《周頌·賚》‘敷時繹思,我徂維求定’,鄭箋:‘以此求定,謂安天下也。’《大雅·文王》‘遹求厥寧,遹觀厥成’,句意亦似。”

[6] 裕彼,猶言“彼裕”,《尚書·洛誥》:“彼裕我民,無遠用戾。”金兆梓《詮譯》:“‘彼’,《説文》:‘往有所加也。’義同‘被’。‘裕’,《説文》:‘衣物饒也。’‘彼裕我民’,猶言往洛邑,加饒人民的物質生活。”熙,廣。《國語·周語》“緝熙單厥心”,韋昭注:“熙,廣也。”“裕彼熙”猶言澤被廣大。

[7] 落,隕落、廢棄。《爾雅·釋詁》:“隕,落也。”邵晉涵《正義》:“通言之則隕墜一類皆爲落也。”《國語·吴語》“民人離落”,韋昭注:“落,隕也。”《莊子·天地》“無落吾事”,陸德明《釋文》:“落,猶廢也。”“不落”猶言不墜、不廢。思慎,見本詩“啓曰”注[3]。“不落思慎”即思慎不落,意謂致思於不墜(天命),語倒以協韻耳。

德　　元

【釋讀】

攺(啓)曰：悳(德)元隹(惟)可(何)？曰鼎(淵)亦印(抑)。厰(嚴)余不解(懈)，㸁=(業業)畏載。不易畏(威)義(儀)，才(在)言，隹(惟)克敬之。

𤔔(亂)曰：非天詮(矜)[①]悳(德)，殹(繄)莫肎(肯)曹(造)之。佪(夙)夜不解(懈)，慈(懋)尃(敷)亓(其)又(有)敚(說)[②]。裕(裕)其文人，不浼(逸)藍(監)舍(余)。

① 此字整理者讀爲“㰼”，據季旭昇説改。

② 此字整理者釋爲“悦”，據陳美蘭説改。

【注解】

啓曰：德元惟何[1]？曰淵亦抑[2]。嚴余不懈[3]，業業畏載[4]。不易威儀[5]，在言[6]，惟克敬之[7]。

[1]　整理者注：“德元，見《書・召誥》‘其惟王位在德元’，孔傳：‘其惟王居位在德之首。’”王居德首，“德元”即居王位之意。

[2]　淵，深邃。抑，塞。《楚辭・天問》“何感天抑墜”，蔣驥

注:“抑,塞也。”《史記·河渠書》“禹抑洪水十三年”,司馬貞《索隱》:“《漢書·溝洫志》作堙,堙、抑皆塞也。”《詩經·邶風·燕燕》:“仲氏任只,其心塞淵。”毛傳:“塞,瘗。淵,深也。”《釋文》:“瘗,於例反,崔《集注》本作實。”孔疏:“其心誠實而深遠也。”“塞”有充實義,引申爲誠實。“曰淵亦抑”與“塞淵”含義相同,前者言“德”,後者言“心”,“德”原文爲“悳”,从心,皆指人的内在。

[3] 嚴,《爾雅·釋詁》:“敬也。”此“敬”當是“儆”或“警”之本字。《韻會》:“戒也。”此句爲倒裝,“嚴余不懈”即余嚴不懈。

[4] 業業,五見於《詩》、一見於《書》。《爾雅·釋訓》:“業業、翹翹,危也。”“業業”正上句“嚴”之貌。“畏載”,黄甜甜(2013:75-76)説:“《周公之琴舞》下文有‘畏天之載’,整理者引《詩·大雅·文王》‘惟天之載,無聲無臭’,毛傳:‘載,事也。’頗疑‘畏天之載’、‘業業畏載’兩處‘載’字義近,皆可訓爲‘行’、‘爲’。古書中‘載’有訓爲‘行’的。《書·皋陶謨》:‘亦言其人有德,乃言曰,載采采。’孔傳:‘載,行;采,事也。’孔[穎]達疏:‘載者,運行之義,故爲行也。此謂薦舉人者,稱其人有德,欲使在上用之,必須言其所行之事。’《周禮·春官·大宗伯》:‘大賓客,則攝而載果。’鄭玄注:‘載,爲也。果,讀爲祼。代王祼賓客以鬯也。君無酌臣之禮,言爲者,攝酌獻耳。’……‘畏天之載’意謂畏懼上天之行爲。‘業業畏載’,意謂小心謹慎地行事。”天之載猶言“天道”,《老子》中多言天道,第七十八章:“天之道,其猶張弓與?高者抑之,下者舉之;有餘者損之,不足者補之。天之道,損有餘而補不足。”第七十九章:“天道無親,常與善人。”皆天之所爲而當敬畏者。

[5] 整理者注:“不易,古習語,屢見《書》、《詩》及金文。

《書・盤庚中》‘今予告汝不易’,孔穎達疏:‘鄭玄云:我所以告汝者不變易。’”“威儀”亦習見於典籍,指莊重的儀容舉止、高貴的態度氣質。

[6] 在,《爾雅・釋詁》:“察也。”文獻用例甚多,如《詩經・大雅・文王》“在帝左右”,鄭箋:“在,察也。”《逸周書・大聚解》“王親在之”,孔晁注:“在,察也。”“在言”即察言,爲一句,與上句“不易威儀”爲並列的兩個方面。

[7] 敬,儆戒。“惟克敬之”總括“不易威儀”“在言”而言。

亂曰:非天矜德[1],繄莫肯造之[2]。夙夜不懈,懋敷其有説[3]。裕其文人[4],不逸監余[5]。

[1] 矜,吝惜。季旭昇(古文字讀書會 2013)譯此句爲“不是上天舍不得照顧我們”。“矜”簡文原字从言金聲,鄧佩玲(2015)疑讀爲“含”,認爲“含德”即“藏德”,亦可備爲一説。《尚書・盤庚上》:“惟汝含德,不惕予一人。”上古音,“金”在見母侵部,“矜”在群母真部,“含”在匣母侵部。見、群、匣皆牙音,侵部、真部亦相近。

[2] 繄,句首語氣詞。造,《説文》:“就也。”《禮記・王制》“造士”,鄭玄注:“造,成也。”蓋言天德需人努力成就之。

[3] 懋,《説文》:“勉也。”敷,《説文》:“布也。”有説,有理可説。《周禮・冬官・鳧氏》:“薄厚之所震動,清濁之所由出,侈弇之所由興,有説。”鄭玄注:“説猶意也。”孫詒讓《正義》:“云‘有説’者,江永云:‘有説即在此三言中,謂其中有理可説也。諸家以下文之説解之,不確。下文自説不中度之病。’案:江説是也。此明鍾之

薄厚清濁侈弇自有其度,下乃論其不合度之患。賈疏謂此文與下爲目,失之。注云'説猶意也'者,《少儀》云:'工依於法,游於説。'注云:'説謂鴻殺之意所宜也。'《釋名·釋言語》云:'説,述也,宣述人意也。'"《尚書·康誥》"告汝德之説于罰之行"的"説"也是這個意思。本詩此句是成王對"多士"所言,讓他們傳布有理之言,也就是要傳達政令並做好解釋工作。《康誥》中説:"矧惟外庶子訓人、惟厥正人、越小臣、諸節,乃别播敷,造民大譽,弗念弗庸,瘝厥君。"説的是與"懋敷其有説"相反的"别播敷",正可參看。

[4]　裕,遵循、依循。《方言》:"裕,道也。"《尚書·洛誥》"惇大成裕"、《多方》"爾曷不忱裕之于爾多方",孫星衍《今古文注疏》皆引《方言》釋"裕"字。道是導的本字,可表示引導,也可表示遵循。《逸周書·小開武》"順道九紀",朱右曾《集訓校釋》:"道,由也。"文人,整理者注:"古稱先祖之有文德者。《大雅·江漢》'告于文人',鄭箋:'告其先祖諸有德美見記者。'金文多作'前文人'。"這裏是指"多士"的先祖,而不是周的先公先王。

[5]　子居(2014)説:"'逸'當解爲'安逸''放逸',《詩經·小雅·十月之交》:'民莫不逸,我獨不敢休。'鄭箋云:'逸,逸豫也。'《逸周書·時訓》:'蜩不鳴,貴臣放逸。'朱右曾校釋:'放逸,放縱晏逸。'本句當即'監余不逸'之義,如世傳周公戒成王的《尚書·無逸》篇,其立意即與本句'不逸'相合。"甚是。但需要説明的是,"監余不逸"的並不是先王,而是多士。

文　文

【釋讀】

攼(啓)曰：文=(文文)亓(其)又(有)豙(家)，缶(保)藍(監)亓(其)又(有)逡(後)。需(孺)子王矣！不盜(寧)亓(其)又(有)心，孶=(孜孜)① 亓(其)才(在)立(位)，濕(顯)于上下。

䜌(亂)曰：兟(逸)② 亓(其)濕(顯)思，皇天之社(功)。晝之才(在)視日，夜之才視唇(辰)。日内(納)辠鬘(罟)③ 不盜(寧)，是隹(惟)尾(度)。

① 孶，整理者疑讀爲慈，據李守奎説改。

② 此字整理者讀爲"適"或"肆"，據李守奎説改。

③ 鬘，整理者讀爲"舉"，並以"舉不寧"爲一句，非是，詳見後文注釋。

【注解】

啓曰：文文其有家[1]，保監其有後[2]。孺子王矣[3]！不寧其有心[4]，孜孜其在位[5]，顯于上下[6]。

[1]　陳致(2012：41－47)説："'文文其有家'……即'亹亹其

有家'也。'文文'一詞,古書或从心作'忞忞',《説文》中有其字,云:'忞,自勉彊也。'揚雄《法言·問神卷第五》云:'彌綸天下之事,記久明遠,著古昔之靈靈,傳千里之忞忞者,莫如書。'或从日作'旼旼',如司馬相如作辭,'般般之獸,樂我君囿;白質黑章,其儀可喜;旼旼睦睦,君子之能(態)'(見《史記》卷117《司馬相如列傳》)。又从亹作斖,如慧琳《一切經音義》中'雜阿含經第一'之第二十一卷云:'斖斖,亡匪反。斖斖,猶微微也。亦進皃也。'但簡文出現的'文文',還是第一次見到。《詩·大雅·文王》曰:'亹亹文王,令聞不已。'毛傳云:'亹亹,勉也。'……故'文文'即勉勉之義。"有,於。《周易·家人·初九爻辭》:"閑有家,悔亡。"高亨(1984:267)注:"有猶於也。閑有家,猶云閑於家也。九五云:'王假有家。'《萃》云:'王假有廟。'其九五云:'萃有位。'《震》六五云:'意无喪有事。'《涣》云:'王假有廟。'其六四云:'涣有丘。'《既濟》六四云:'繻有衣袽。'諸有字並於義。"

[2] 保監,整理者注:"保佑和監督。《逸周書·文儆》:'汝何葆非監?不維一保監順時。'"並認爲"有後"是指"後嗣"。所引《文儆》中話,整段原文爲:"嗚呼,敬之哉!倍本者槁,汝何葆非監?不維一保監順時,維周于民之適敗,無有時蓋。後戒後戒,謀念勿擇!"這段話言"何葆非監""保監",又言及"後",對於本句的理解應有重要的參考價值。"倍本者槁,汝何葆非監",潘振云:"木離本,喻棄民也。槁,木枯,喻國亡也。葆與保同。當保其所察之民。""不維一保監順時,維周于民之適敗",潘振云:"保監不一而足也。時,指所嚮而言。周,言察之徧也。""無有時蓋"以下,丁宗洛云:"無有時蓋,當是無時可息意。蓋,息也。擇通斁。"朱右曾則釋"不

維一保監順時”以下云：“‘一’讀爲‘壹’，專意也。周，周防也。蓋，覆也，君所以覆民。擇讀爲斁，厭也。倍與背同。順與慎通。”儘管仍有難通之處，但可以確定《文儆》“保監”是對民而言的。“後戒後戒”，諸家皆無詳解。詩句“有後”一詞，《左傳》多見，如桓公二年“臧孫達其有後於魯乎”、莊公三十二年“飲此，則有後於魯國；不然，死且無後”、定公元年“子家氏未有後”、文公元年“穀也豐下，必有後於魯國”、襄公二十七年“薳氏之有後於楚國也”、襄公二十九年“苟使高氏有後”、昭公二十八年“魏子之舉也義，其命也忠，其長有後於晉國乎”、哀公十四年“若以先臣之故，而實有後，君之惠也”等。都是指後世綿延不絶，家族長存於世。此句“有家”亦當如此理解，而“保監”是“有家”的原因，對象當是民。《尚書・康誥》“用康保民”、《詩經・大雅・皇矣》“監觀四方，求民之莫”，可資參照。

［3］ 整理者注：“‘孺子王矣’，《書・立政》三見，屈萬里《尚書集釋》：‘此乃成王親政之初，周公警之之辭也。’”

［4］ 不寧，整理者指出有“丕寧”、“不”爲語詞、“不”如字讀三種理解，誠然，典籍中皆有用例。此處當爲第三種解釋。“有心”一語，數見於典籍，如《論語・憲問》“有心哉，擊磬乎”，《詩經・小雅・巧言》“他人有心，予忖度之”、《大雅・皇矣》“其維愚人，覆謂我僭，民各有心”，《左傳》桓公六年“今民各有心，而鬼神乏主”、閔公二年“君有心矣”、昭公三年“君實有心，何辱命焉”、昭公四年“民各有心，何上之有”等，筆者在《交交鳴鶩》第二章注［3］言及，都是指對現實（社會的或個人的）有自己的打算、意願、意圖。此處的“有心”應是説民衆，與“民各有心”意近，故言“不寧”，即民心不安定。這是周初統治尚未穩固、局勢尚未平定之時，周公、成王所面

對的客觀狀況,故《尚書·大誥》一則曰"民不康",再則曰"民不静"。

［5］ 李守奎(2012b:16)説:"孜孜,《泰誓》'爾其孜孜,奉予一人',亦作孳孳,皆勤勉不怠之義。《禮記·表記》:'俛焉日有孳孳,斃而後已。'陳澔《集説》:'孳孳,勤勉之貌。'《史記·夏本紀》:'禹拜曰:於,予何言!予思日孳孳。'"

［6］ 整理者注:"上下,指天神和人間。《國語·周語上》:'夫王人者,將導利而布之上下者也,使神人百物無不得其極。'韋昭注:'上謂天神,下謂人物也。'《周頌·訪落》:'紹庭上下,陟降厥家。'""孜孜其在位,顯于上下"是針對"不寧其有心"的狀況而做的。

亂曰:逸其顯思[1],皇天之功[2]。晝之在視日,夜之在視辰[3]。日納辠罟不寧[4],是惟度[5]。

［1］ 逸,《正韻》:"隱也。"思,句末語氣詞。"逸其顯思"即讓隱藏的彰顯出來。《僞古文尚書·泰誓》:"天有顯道,厥類惟彰。"

［2］ "皇天"一詞習見於《詩》《書》,是對天帝的美稱。功,事。《詩經·大雅·崧高》:"登是南邦,世執其功。"毛傳:"功,事也。"

［3］ 此二句,研究者多聯繫清華簡《説命下》中的幾句話:"晝女視日,夜女視辰,寺罔非乃載。""女"讀爲"汝","寺"讀爲"時"訓爲"是"。整理者注:"才,讀爲'載',義爲事;或讀爲'在',察知、審察。《書·堯典》'在璿璣玉衡,以齊七政',孔傳:'在,察也。'"當以後者爲是。視,效法。《廣雅·釋詁》:"視,效也。"《孟子·萬章下》

“小人所視”，焦循疏引《廣雅》釋視。《僞古文尚書・太甲》“視乃厥祖”，孔穎達疏：“言當勉修其德，法視其祖而行之。”“視日”即效法太陽，“視辰”即效法星辰（季旭昇認爲“辰”當指北辰，亦可），也就是王要像太陽和星辰監臨下土一樣監察天下。

［4］　辠，《説文》：“犯法也。从辛从自，言辠人蹙鼻苦辛之憂。秦以辠似皇字，改爲罪。”罟，原字作𧒾，从虫舉聲。舉即舉，簡牘文獻中習見。整理者讀𧒾爲“舉”，研究者多從之。陳劍（2013b）説：“按此字从意符‘虫’、又正好與‘辠’連用（其下爲‘不寧’，前引《瞻卬》首章亦‘不寧’、‘罪罟（蠱）’同見），是否也可能應釋爲‘蠱’（其聲符‘舉’楚文字常用爲‘舉’，與蠱音近），是值得考慮的。但因其處上下文意不明，現尚難以强説。”這一説法是有道理的，唯不必釋爲“蠱”，可直接因聲借爲“罟”，舉、罟，上古音皆見母魚部字。“罪罟”一詞，《詩經》三見。《小雅・小明》：“豈不懷歸，畏此罪罟。”毛傳：“罟，網也。”馬瑞辰《通釋》：“《説文》：‘罪，捕魚竹网。’‘罟，网也。’秦始以罪易辠，惟此詩罪罟二字平列，猶云網罟，與下章‘畏此譴怒’‘畏此反覆’語同，蓋罪字之本義。《大雅》‘天降罪罟’，義同此詩。”當以“日納辠罟不寧”爲一句，辠讀爲罪，“不寧”已見本詩上文“不寧其有心”，“不寧”即不安定，這裏指作亂者。《周禮・考工記・梓人》：“祭侯之禮，以酒、脯、醢。其辭曰：‘惟若寧侯。毋或若女不寧侯，不屬于王所，故抗而射女。强飲强食，詒女曾孫諸侯百福。’”賈公彦疏：“不寧侯，謂不安順之諸侯。《易・比》卦辭云‘不寧方來’，義與此同。云‘不屬于王所’者，《覲禮》載諸侯來覲，天子賜舍之辭曰：‘伯父女順命于王所，賜伯父舍。’不屬于王所，猶言不順命于王所也。”“日納罪罟不寧”猶言日納不寧於罪罟，即每天以

刑罰懲治作亂者。

［5］ 度,法度。《説文》:"度,法制也。"本義爲計量長度的標準,引申有制度、禮法、法度的意思。《詩經·小雅·楚茨》"禮儀卒度",毛傳:"度,法度也。"《荀子·解蔽》"參稽治亂而通其度",楊倞注:"度,制也。"

天　多

【釋讀】

攺(啓)曰：於(嗚)虖(呼)！天多降悳(德)，滂=(滂滂)才(在)下，流自求敚。者(諸)尔(爾)多子，逩(逐)思沓(沈)之。

𤔲(亂)曰：亘(桓)爯(稱)亓(其)又(有)若，曰亯(享)會舍(余)一人。思輔舍(余)于勤，廼是隹(惟)民，亦思不忘。

【注解】

啓曰：嗚呼！天多降德[1]，滂滂在下[2]，流自求敚[3]。諸爾多子[4]，逐思沈之[5]。

［1］　德非一律，君有君德，臣有臣德，不同家族乃至不同個體的人，皆有其德。言美德、懿德等等，也是各有其美。故言"多"。

［2］　滂滂，即滂滂，水流盛大之貌，形容上句德之多。《説文》："滂，沛也。"

［3］　流，整理者疑讀爲"攸"，非是。李守奎(2012b：17)認爲是承上"滂滂"，甚是。"敚"是"奪"的異體，讀爲"對"。上古音，敚在定母月部，對在端母物部，月物旁轉，定端旁紐，音近可通。《廣韻》："對，配也。"《詩經・大雅・皇矣》"帝作邦作對"，毛傳："對，配

也。"《周頌・清廟》"對越在天",鄭箋:"對,配也。""流自求敚"意謂上天所降衆多之德廣流於下,自求其可以匹配之人。

[4] 多子,李守奎(2013b)説:"'多子'詞見殷墟卜辭,也見於《尚書・洛誥》和《逸周書・商誓》,意指朝臣及諸侯,在這裏是成王對他們的稱呼。"

[5] 逐,整理者讀爲"篤",非是。《説文》:"逐,追也。"《詩經・大雅・文王有聲》"遹追來孝",林義光《通解》:"追孝爲古人常語。《書・文侯之命》'追孝于前文人',兮仲鐘'用追孝于皇考己伯,用侃喜前文人',邾遣敦'用追孝于其父母'是也。"《僞古文尚書・君牙》:"對揚文武之光命,追配于前人。"僞孔傳:"言當答揚文武光明之命,君臣各追配於前令名之人。""前人"當指先祖,"追配于前人"即效法先祖以德配天。此處"逐"與前文"敚(對)"相應,"逐"即"追","對"即"配"。沈,讀爲純。兩字一定紐一禪紐,皆舌音;一侵部一文部,主要元音相同。《淮南子・覽冥》:"故通於太和者,惽若純醉而甘卧。"純醉即沈醉。純可以通沈,沈亦可以通純。《詩經・周頌・維天之命》"文王之德之純",馬瑞辰《通釋》:"《説文》:'焞,明也。'引《春秋傳》曰'焞燿天地'。純與焞通用,《漢書・揚雄傳》'光純天地',純亦明也。此承上'於乎不顯'言之,不顯,顯也;顯,明也;純亦明也。文與明義相引伸。《方言》《廣雅》竝曰:'純,文也。'《中庸》引此詩而釋之曰:'蓋曰文王之所以爲文也,純亦不已。'正訓純爲文。《説文》:'純,絲也。'崔覲説《易》曰:'不襍曰純。'純本美絲之稱,假以狀德之明而不襍,故義爲明。""沈之"即明之,"沈"直接讀爲"焞"亦可。

亂曰：桓稱其有若[1]，曰享會余一人[2]。思輔余于勤[3]，廼是惟民[4]，亦思不忘[5]。

［1］ 桓，整理者注："《商頌·長發》'玄王桓撥，受小國是達'，毛傳：'桓，大。'"稱，整理者訓爲"舉用"，季旭昇(2014：1－9)訓爲"舉行"，愚意以爲或是繼述之意，《國語·晉語》："其知不足稱也。"韋注："述也。"有若，陳劍(2013a)説："此'若'字完全可以理解爲承上文'天多降德，滂滂在下'云云而言，'有若'指'若德'，即'善德'本身(毛公鼎有'告余先王若德')，而不必爲'有善德之人'。《洛誥》'公稱丕顯德，以予小子揚文武烈'，《祭公之顧命》簡7－8'王曰：公稱丕顯德，以余小子揚文武之烈，揚成康、昭主之烈'，《君奭》'惟兹惟德稱，用乂厥辟'，皆係'稱德'的説法，可與簡文相印證。……此類'以美善之德保事君上、周王'的觀念，西周金文中亦多見。如虢叔旅鐘'丕顯皇考惠叔，穆穆秉元明德，御于厥辟'，大克鼎'穆穆朕文祖師華父……淑慎厥德，肆克龔保厥辟恭王'……"此句是要求"多子"大大地繼述發揚先祖若德，承上"逐思沈之"而言。

［2］ 享，《無悔》首句曰"無悔享君"，見《無悔》注［1］。會，合會。《尚書·文侯之命》："汝肇刑文武，用會紹乃辟，追孝于前文人。"鄭玄注："言汝今始法文武之道矣，當用是道合會繼汝君以善，使追孝於前文德之人。"《古文尚書鄭氏注箋釋》："女能光昭女顯祖之業，女敏于法文武之戡亂，用會諸侯以安王室，以繼女君之王業，是能追孝于前文德之人。"此處"會"亦是和會諸侯以安王室之義，《尚書·洪範》"會其有極"，蔡沈《集傳》："會，合而來也。""余一人"

是王的自稱,文獻中也作"予一人""我一人",這裏是成王自稱。

[3] 整理者注:"勤,讀爲'艱'。叔夷鐘、鎛(《集成》二七二、二八五):'汝輔余於艱恤。'"《説文》:"艱,土難治也。"段玉裁注:"引申之,凡難理皆曰艱。"《尚書·大誥》屢言"艱":"有大艱于西土,西土人亦不静","爾庶邦君越庶士御事罔不反曰艱大","肆予沖人永思艱曰:嗚呼!允蠢鰥寡,哀哉!予造天役,遺大投艱于朕身","若昔朕其逝,朕言艱日思"。本詩所言之"勤(艱)"也就是周初周公、成王所面對的艱難局面。

[4] 李守奎(2012b:18)説:"是,整理報告讀爲禔,訓爲安福。疑或可讀爲視,照料,治理。《左傳》襄公二十五年:'饗諸北郭,崔子稱疾,不視事。'《國語·晉語八》:'(叔魚母)曰:是虎目而豕喙,鳶肩而牛腹,谿壑可盈,是不可饜也,必以賄死。遂不視。'韋昭注:'不自養視。'"甚是。是讀爲視,典籍中有其例,《逸周書·周祝》:"是彼萬物必有常,國君而無道以微亡。"朱右曾校釋:"(是)讀爲視。"《老子》二十二章:"不自是故彰。"馬王堆漢墓帛書乙本作"不自視故章"。《荀子·解蔽》:"是其庭可以搏鼠,惡能與我歌矣。"楊倞注:"是,蓋當爲視。"迺、惟,皆語氣詞。"迺是惟民"即"是民",也即"視民""治民"。語意未完,下句接續。

[5] 整理者注:"思,助詞。忘,讀爲'荒',《大雅·桑柔》'哀恫中國,具贅卒荒',鄭玄箋:'皆見係屬於兵役,家家空虚。'"黄傑(2013a)認爲"思"當讀爲"使",當從。"忘"仍應從整理者説讀爲"荒",但似應訓爲廢亂,如《蟋蟀》"康樂而毋荒"之"荒"。

沖　　人

【釋讀】

攺(啓)曰：亓(其)舍(余)湝(沖)人，備才(在)清宙(廟)。隹(惟)克少(小)心，命不侒①箁(殆)②，臺(對)天之不易。

𤔔(亂)曰：弜(弼，弗)敢巟(荒)才(在)立(位)，龏(恭)③畏才(在)上，敬㬎(顯)才(在)下。於(嗚)虖(呼)！弋(式)克亓(其)又(有)辟，甬(用)頌(容)咠(輯)舍(余)，甬(用)少(小)心，寺(時)④隹(惟)文人之若。

① 此字原字形作［字形］，整理者釋爲“𡰥”，讀爲“夷”，但此字下部明顯還有構件，黄傑認爲是“丝”形和“又”形，將此字釋爲㞑。細觀原簡照片，𡰥下構形應爲“女”，則此字當釋爲“侒”。

② 箁，整理者疑讀爲“歇”，愚意讀爲“殆”更適合。

③ 龏，整理者讀爲“寵”，從李學勤説改。

④ 寺，整理者讀爲“持”，從黄傑説改。

【注解】

啓曰：其余沖人[1]，備在清廟[2]。惟克小心[3]，命不侒殆[4]，對天之不易[5]。

[1] 李學勤(2013b:198-201)説:"'余沖人'見於《尚書》的《盤庚》《金縢》《大誥》,是君王自己的謙稱,衹是寫作'予沖人'而已。《金縢》和《大誥》的'予沖人'正是成王所説。在《大誥》裏成王還自稱'我幼沖人',在《洛誥》又稱'予沖子',與《召誥》《洛誥》《君奭》中周公口中的'沖子''我沖子'一樣,也均指成王而言。"

[2] 整理者注:"備,讀爲'服',訓'事'。清廟,《周頌·清廟》小序鄭箋:'清廟者,祭有清明之德者之宮也,謂祭文王也。'"

[3] 小心,謹慎。《詩經·大雅·大明》:"維此文王,小心翼翼。昭事上帝,聿懷多福。"鄭箋:"小心翼翼,恭慎貌。"孔穎達疏:"人度量欲其心之大,謹慎欲其心之小,見其終常戒懼,出於性然。"

[4] 命,天命。佞,佞人,巧言諂媚之人。《尚書·呂刑》:"非佞折獄,惟良折獄。"屈萬里《集釋》(2014:265):"佞,謂佞人。"殆,《説文》:"危也。"《論語·衛靈公》:"鄭聲淫,佞人殆。"何晏《集解》:"鄭聲、佞人亦俱能感人心,與雅樂、賢人同。而使人淫亂危殆,故當放遠之。""命不佞殆"即天命不被佞人危及。連上句而言,唯有像文王那樣謹慎,才能避免佞人危殆天命。

[5] 對,配。李學勤(2013b:198-201)説:"《詩·皇矣》云:'帝作邦作對,自大伯王季。''對'字毛傳訓爲'配也',鄭箋:'作,爲也。天爲邦,謂興周國也。作配,謂爲生明君也。'孔疏:'生明君,謂生文王也,國當以君治之,故言作配。'原來當時的觀念,王朝的成立由於天命,這是'作邦';這樣的天命必須有君王當之,這是'作對',亦即作配。"易,輕慢。《詩經·大雅·抑》"無易由言",朱熹《集傳》:"易,輕也。"《左傳》昭公十八年"土不可易",杜預注:"易,輕也。"《國語·晉語七》"貴貨而易土",韋昭注:"易,輕也。"

亂曰：弗敢荒在位[1]，恭畏在上[2]，敬顯在下[3]。嗚呼！式克其有辟[4]，用容輯余[5]，用小心，時惟文人之若[6]。

［1］ 此句爲倒裝句，即“在位弗敢荒”。在位，擔任職位，指“多士”。《尚書・盤庚上》“盤庚斆于民由乃在位”，《校釋譯論》(2005：934)：“楊筠如云：‘吉金文中乃、厥形近易誤。《尚書》中乃、厥易用之處甚多……’(《覈詁》)即以第二人稱領格‘乃’與第三人稱領格‘厥’互用。此處‘乃在位’，字面爲‘你們的在位官員’，其實是説‘他們的(民的)在位官員’。”荒，廢。

［2］ 恭，恭敬。畏，承“小心”而言，畏懼。“在上”指君。

［3］ 敬，戒慎，見《敬之》“啓曰”注［1］。顯，彰顯，見《文文》“亂曰”注［2］。“在下”指民。按，以上三句，與《文文》“孳孳其在位，顯于上下”内涵相近。

［4］ 式，句首語氣詞。《詩經・邶風・式微》：“式微式微，胡不歸？”鄭箋：“式，發聲也。”《小雅・角弓》“式居婁驕”，馬瑞辰《通釋》：“式，語詞。”克，肩任，如《樂樂旨酒》“穆穆克邦”之“克”，見《樂樂旨酒》注［6］。辟，法。《詩經・大雅・板》“民之多辟”，毛傳：“辟，法也。”《抑》“辟爾爲德”，鄭箋：“辟，法也。”《尚書・酒誥》中，周公説“自成湯至于帝乙”的那些外服、内服官員“惟助成王德，顯越尹人、祇辟”，于省吾《新證》(2009：143)：“《廣雅》：‘越，與也。’尹人，猶《多方》之言‘尹民’。《説文》：‘尹，治也。’言助成王者三事，明德與治民、敬法也。”本詩是對“多士”的儆毖，“多士”猶《酒

誥》中所言“庶士”。

［5］ 用,以。容,法度。《廣雅·釋詁》:“容,法也。”《老子》第二十一章“孔德之容”,陸德明《音義》引鐘云:“容,法也。”《吕氏春秋·士容》“此國士之容也”,高誘注:“容,猶法也。”輯,安定。《漢書·食貨志下》“散幣於邛僰以輯之”,顏師古注:“輯與集同,謂安定也。”“用容輯余”即以法度安我。

［6］ 黄傑(2013a)説:“‘時惟’是《書》類文獻中常見的詞。《書·多士》:‘時惟天命。’《洛誥》:‘乃時惟不永哉。’‘時惟文人之若’是一個由‘時惟’領起的倒裝句,猶言‘時惟若文人’,若,動詞,原注解爲‘順’,可從。”甚是。

思 有 息

【釋讀】

𢼄(啓)曰：思又(有)息，思(事)① 憙(喜)在上。不㬎(顯)亓(其)又(有)立(位)，右帝才(在)荅(路)，不遳(失)隹(惟)同。

𤔲(亂)曰：仡舍(余)龏(恭)害紿(台)②，孝(孝)敬肥(非)𦀚(怠)巟(荒)。𥝢(咨)！尔(爾)多子，竺(篤)亓(其)䌳(見)③ 卲(紹)④，舍(余)彖思念。畏天之載，勿請票(福)之侃(愆)。

① 思，整理者如字讀，不從。

② 此字整理者讀爲"怠"，據單育辰説改。

③ 此字整理者讀爲"諫"，不從。

④ 此字整理者讀爲"劭"，不從。

【注解】

啓曰：思有息[1]，事喜在上[2]，不顯其有位[3]。右帝在路[4]，不失惟同[5]。

[1] 息，整理者訓爲"安"，可從。《詩經·大雅·民勞》共五章，分别言"汔可小康""汔可小休""汔可小息""汔可小愒""汔可小

安”,“息”與“康”“安”同義。

［2］　事喜,見於《天亡簋》:“事喜上帝。”陳夢家《西周銅器斷代》(2004:5):“‘喜’應讀作《商頌·玄鳥》‘大糦是烝’之糦,《釋文》引《韓詩》云‘大糦,大祭也’,《説文》饎之或體作糦。《詩·天保》《泂酌》皆作饎,《大田》‘田畯至喜’,鄭箋云‘喜讀爲饎’。喜上帝即祭上帝。”白川静《金文通釋》(2000:14-15):“這裏所言事上帝的大概意思,近於周公簋中所言的‘克奔走上下帝’。《詩·大雅·天保》有‘吉蠲爲饎,是用孝享’,所謂事喜即言孝享。此是文王在天好好事上帝之意。下文直接以‘文王臨在上’承接。”本詩此句也是就祖先而言,王薇(2014:44)説:“‘在上’的意思同‘前文人’。‘前文人’在西周金文中常見,如《書·文侯之命》中有‘追孝于前文人’。‘前文人’指已故的祖先。”

［3］　整理者注:“有位,疑指前文人在帝側之位。”甚是。

［4］　右,《説文》:“助也。”《詩經·大雅·大明》“保右命爾”,毛傳:“右,助也。”《周易·繫辭上》:“右者,助也。”帝,上帝。在路,馬楠説:“即《大雅·皇矣》‘串夷載路’、《生民》‘厥聲載路’之‘載路’。……《皇矣》‘串(貫)夷載(在)路’與‘雍雍在宫’‘明明在上’句式相類,‘串夷’作‘載路’的副詞,句謂行路貫通平易。……《周公之琴舞》‘右帝在路’句意與《皇矣》‘帝遷明德,串夷載(在)路’相同。《皇矣》‘在路’的主語其實就是改德於周的‘帝’,行路貫通平易,百姓歸往正是‘帝遷明德’‘天立厥配’的表徵。《周公之琴舞》七啓謂先考先祖充塞光明,丕顯在天,右帝在路,與《皇矣》詩旨也是相互貫通的。”

［5］　同,在一起。《詩經·豳風·七月》“同我婦子”,鄭箋:

“同猶俱也。”此句“同”承上句“右帝在路”而言,猶“在帝左右”。知“同”義則知前“不失”是不失散的意思,《尚書·多士》:“殷王亦罔敢失帝,罔不配天其澤。”“失帝”猶言與帝相失散,正可用於理解此句。

亂曰:仡余恭害台[1]?孝敬非怠荒[2]。咨!爾多子,篤其見紹[3],余彔思念[4]。畏天之載[5],勿請福之愆[6]。

[1]　仡,句首語氣詞,典籍中亦寫作“汔”。“恭”有勤勉的内涵,《詩經·周頌·昊天有成命》“夙夜基命宥密”,《國語·周語下》叔向釋之曰:“夙夜,恭也。”韋昭注:“夙夜敬事曰恭。”害,讀爲曷。台即以。“害台”即“曷以”,表示疑問。

[2]　孝敬,《左傳》文公十八年:“孝敬、忠信爲吉德。”“則其孝敬,則弒君父矣。”又襄公二十三年:“敬共父命,何常之有?若能孝敬,富倍季氏可也。”凡此皆言對父的態度和供養。本詩此句“孝敬”則應是對先考先祖,如《後漢書·蔡邕傳》所言“清廟祭祀,追往孝敬”。荒,廢。

[3]　篤,忠實。如《詩經·大雅·公劉》“篤公劉”、《禮記·中庸》“慎思之,明辨之,篤行之”之“篤”。見,推薦、紹介。《左傳》昭公二十年:“齊豹見宗魯于公孟。”杜預注:“見,薦達也。”同年:“乃見鱄設諸焉。”孔穎達疏:“見,謂爲之紹介。”“紹”亦紹介之義,如《儀禮·聘禮》“介紹而傳命”之“紹”。“見紹”爲同義連用,這裏指推薦(賢才),是對“多子”的要求。

[4]　彔,李守奎(2012a:76)説“彔字雖然還殘存在楚簡中,

但大都借作‘爵禄’之‘禄’,其本義在戰國時期已經不見使用。彔字早見於甲骨文,據黄天樹研究,表示的時段可能是夜半的一個時稱。這個詞義出現在清華簡《尹至》‘彔至在湯’和《周公之琴舞》‘余彔思念’中。”並認爲應讀爲“逯”,訓爲“謹”。愚意以爲當讀爲“録”或“慮”,《説文》:“録,金色也。”段玉裁注:“録與緑同音,金色在青黄之間也。假借爲省録字,慮之叚借也。故‘録囚’即‘慮囚’,云‘庸録’者猶‘無慮’也。”《説文》:“慮,謀思也。”“念,常思也。”《爾雅・釋詁》:“懷、惟、慮、願、念、惄,思也。”本詩此句“録(慮)”“思”“念”三字同義連用,類似的例子有《詩經・周頌・我將》“儀式刑文王之典”,“儀”“式”“刑”三字同義,説詳馬瑞辰《毛詩傳箋通釋》。“余録(慮)思念”即“余思”,下兩句即思的内容。

[5] 整理者注:“畏天之載,《大雅・文王》‘上天之載,無聲無臭’,毛傳:‘載,事。’”可簡縮爲“畏載”,見《德元》“啓曰”注[4]。

[6] 請,整理者據《廣雅・釋言》訓爲“乞”,是,“請福”即乞福。之,以。《經詞衍釋》卷九:“之猶以也。《孟子》‘三年之外’,謂以外也。《詩》:‘種之黄茂,樹之榛栗。’《左傳》隱八年‘胙之土而命之氏’、莊二十二年‘八世之後’,⋯⋯此皆之同‘以’義。”愆,《説文》:“過也。”《詩經・衛風・氓》“匪我愆期”,毛傳:“愆,過也。”《左傳》昭公二十六年“用愆厥位”,杜預注:“愆,失也。”“勿請福之愆”猶言“勿以愆乞福”,謂不要以錯誤的方式乞福。

佐　　持

【釋讀】

攺(啓)曰：差(佐)寺(持)① 王志(聰)明,亓(其)又(有)心。不易畏(威)義(儀)諡＝(諡諡),大亓(其)又(有)慕(謨)。介睪(澤)寺(恃)悳(德),不畀甬(用)非頌。

𤔲(亂)曰：良悳(德)亓(其)女(如)紿(台)②？曰亯人大……罔克甬(用)之,是䜌(墜)于若。

① 寺,整理者讀爲"事",據李守奎説改。

【注解】

啓曰：佐持王聰明[1],其有心[2]。不易威儀諡諡[3],大其有謨[4]。介澤恃德[5],不畀用非頌[6]。

[1] 佐,輔助。《詩經・小雅・六月》:"王于出征,以佐天子。"鄭箋:"王曰：令女出征伐,以佐助我天子之事。""持"亦助義,《論語・季氏》:"危而不持,顛而不扶,則將焉用彼相矣?"劉寶楠《正義》:"此言瞽者將有危顛,則須相者扶持之。"聰明,耳聰目明。王者自己耳目之聞見有限,須有賢臣扶助,《僞古文尚書・益稷》:

“臣作朕股肱耳目。”《左傳》昭公二十七年載沈尹戌言費無極曰:“屏王之耳目,使不聰明。”則賢臣可使王之耳目更加聰明。

[2] 有心,有打算、有意圖。參見《文文》“啓曰”注[4]。“有心”一詞本身並無褒貶傾向,有好的抑或壞的打算、意圖皆可稱爲“有心”,本句是指“多士”積極爲王出謀劃策。

[3] 此句實爲“不易威儀”與“威儀藹藹”的合語。“不易威儀”見《德元》“啓曰”注[5]。“藹藹”即秦公鏄銘文之“趨趨”,于省吾《雙劍誃古文雜釋》:“趨趨應讀爲譪譪。《説文》:‘譪,臣盡力之美。从言,葛聲。《詩》曰:譪譪王多吉士。’……《詩·卷阿》:‘譪譪王多吉士。’傳:‘譪譪猶濟濟也。’《爾雅·釋訓》:‘譪譪萋萋,臣盡力也。’又:‘譪譪濟濟,止也。’注:‘皆賢士盛多之容止,’孫炎注:‘濟濟,多士之容止也。’按《詩·文王》‘濟濟多士’,傳:‘濟濟,多威儀也。’是譪譪與濟濟義相若。《説文》以譪譪爲‘臣盡力之美’,美字係就威儀之盛言之。上云‘咸畜百辟胤士’,此云‘譪譪文武’,‘文武’指百辟胤士之文士、武士言之,是譪譪形容文武多士容止之盛也。”本詩此句也是説“多士”“盡力之美”的威儀不變,與前“佐持王聰明”相應。

[4] 謨,《説文》:“議謀也。从言,莫聲。《虞書》曰:‘咎繇謨。’”“大”當指所謀之事大。“大其有謨”與前“其有心”相應。

[5] 介,整理者注:“介,讀爲‘匄’,祈求。《豳風·七月》‘爲此春酒,以介眉壽’,林義光《詩經通解》讀‘介’爲‘匄’。”澤,恩澤,指天的恩澤。《尚書·多士》“罔不配天其澤”,金兆梓《詮譯》:“‘澤’,禄也;《孟子·公孫丑》‘則是干澤也’,《白虎通》引作‘干禄’。‘禄命’往往連文,蓋有使命,必有禄食也。”恃,依仗、依憑。

《説文》:“恃,賴也。”《爾雅·釋言》:“怙,恃也。”邢昺疏:“恃,依恃也。”《集韻》:“恃,仗也。”“匄澤恃德”即“恃德匄澤”,意謂依恃德而祈求上天恩澤。

［6］　整理者注:“畀,賜予。‘不畀’又見《書·多士》、《多方》等,皆指天、帝而言。頌,讀爲‘雍’,訓‘常’。此句言如不守常,則天不畀之。”按“頌”誠如王薇所指出,在楚簡文獻中多讀爲“容”。這裏也應讀爲“容”,指禮容。“匄澤恃德,不畀用非容”與《思有息》“勿請福之愆”正相呼應。

亂曰:良德其如台[1]?曰亯人大……[2]罔克用之[3],是墜于若[4]。

［1］　王薇(2014:49)説:“‘如台’一詞,先秦典籍中僅見於商書,漢代人解爲‘奈何’。清華簡中已見於《尹至》。《尹至》敘述商事,與商書類似,與《書》合。”

［2］　整理者注:“簡文此處約缺去十四至十五字。”

［3］　李守奎(2012b:21)説:“之,指所説之‘良德’。”

［4］　整理者注:“若,訓‘善’。《書·立政》:‘我其克灼知厥若。’不具良德,故有失於善。”

弗敢荒德

【釋讀】

攺(啓)曰：於(嗚)虐(呼)！弻(弗)敢巟(荒)悳₌(德,德)非隓(隨)①帀。純隹(惟)敬帀,文非毄(懈)②帀,不纇(墜)卣(修)彥(彥)。

𤔔(亂)曰：訖我敬之,弗亓(其)纇(墜)弚(哉)。思豐亓(其)復(復),隹(惟)稟(福)思甬(用),黃句(耇)隹(惟)程。

① 此字整理者釋爲"墮",讀爲"惰"。按郭店簡《老子》甲本有"前後相隓",今本作"前後相隨",可證此字即"隨"。

② 此字整理者釋爲"敕",讀爲"動"。據黃傑、蘇建洲説改。

【注解】

啓曰：嗚呼！弗敢荒德。德非隨帀[1],純惟敬帀[2]。文非懈帀[3],不墜修彥[4]。

[1] 隨,欺謾。《詩經·大雅·民勞》:"無縱詭隨,以謹無良。"《經義述聞》:"隨讀若譎,譎音土禾反,字或作訑,又作詑。隨,其假借字也。《方言》:'虔、儇,慧也。秦謂之謾,晉謂之懇,宋楚之

間謂之倢,楚或謂之譎,自關而東、趙魏之間謂之黠,或謂之鬼。'《説文》曰'沇州謂欺曰詑',《楚辭·九章》曰'或忠信而死節兮,或訑謾而不疑',《燕策》曰'寡人甚不喜訑者言也',並字異而義同。"

［2］　純,明。《詩經·周頌·維天之命》"文王之德之純",馬瑞辰《通釋》:"《説文》:'焞,明也。'引《春秋傳》曰'焞燿天地'。純與焞通用,《漢書·揚雄傳》'光純天地',純亦明也。此承上'於乎不顯'言之,不顯,顯也;顯,明也;純亦明也。文與明義相引伸。《方言》、《廣雅》竝曰:'純,文也。'《中庸》引此詩而釋之曰:'蓋曰文王之所以爲文也,純亦不已。'正訓純爲文。《説文》:'純,絲也。'崔覲説《易》曰:'不襍曰純。'純本美絲之稱,假以狀德之明而不襍,故義爲明。"敬,《説文》:"肅也。"段玉裁注:"肅部曰:'肅者,持事振敬也。'與此爲轉注。心部曰:'忠、敬也。''憼、敬也。''憨、敬也。''恭,肅也。''憜,不敬也。'義皆相足。"此句謂以敬明德。

［3］　文,文德。懈,《説文》:"怠也。"

［4］　整理者注:"卣,讀爲'修',訓'善',與'彦'義近。《書·立政》:'惟成德之彦,以乂我受民。'《爾雅·釋訓》:'美士爲彦。'《鄭風·羔裘》'彼其之子,邦之彦兮',毛傳:'彦,士之美稱。'不墜修彦,即不失善美之人。"

亂曰:訖我敬之[1],弗其墜哉[2]。思豐其復[3],惟福思用[4],黄耇惟程[5]。

［1］　訖,句首語氣詞,同"汔"。

［2］　墜,喪失。參見《無悔》注［2］。

［3］　復,答報。《韻會》:“復,答也。”《周禮·天官·宰夫》“諸臣之復”,鄭玄注:“復之言報也、反也。”君有命,臣遵行之,完畢歸報,曰“復”,這是人對人的“復”。同理,人對神也有“復”,“還願”即是。拜神祈福,如願後當準備祭品再次前往神前貢獻,表示感謝,這也可稱爲“復”。遵照天意神示而行,成功後告於神明,當然也是“復”。本詩此句即謂對天命應有豐厚答報,上天賜予周人天命,當以美德懿行報之。

［4］　整理者注:“‘惟’、‘思’皆語詞。用,疑讀爲‘庸’,訓‘大’。”可從。此句及下句“黄耇惟程”皆上句“思豐其復”的結果。

［5］　黄耇,長壽。王薇(2014:51)説:“耇,《説文·老部》:‘老人面凍黎若垢,从老省,句聲。’謂臉上生黑色老皮如浮垢。《釋名·釋長幼》云:‘九十曰鮐背,或曰黄耇,鬢髮變黄也。耇,垢也。皮色驪顇恒如有垢者也。’《詩經·大雅·行葦》中有‘酌以大斗,以祈黄耇。黄耇台背,以引以翼’,《儀禮·士冠禮》中有‘黄耇無疆’,鄭玄注:‘耇,凍黎也,壽徵也。’黄髮和老皮都是老人的壽徵,所以引申爲長壽。”亦見於彝銘,如墻盤銘文“黄耇彌生”。程,整理者讀爲“盈”,訓爲“滿”,甚是。“黄耇”云云,以及與之意旨相似的“眉壽”云云等,都常用爲祈福語,彝銘中通常處於最後嘏辭部分。此詩以“黄耇惟程”爲組詩的結尾,亦可提示我們《詩》與金文文獻的密切關係。

附一：

《周公之琴舞》全文

（阿拉伯數字爲原簡編號）

周公复（作）多士敬（儆）怭（毖），銮（琴）舞（舞）九絉。

元内（入）斆（啓）曰：無恳（悔）享（享）君，罔鬫（墜）亓（其）考。享（享）隹（惟）潘（滔）帀（思），考隹（惟）型帀（思）。

成（成）1 王复（作）敬（儆）怭（毖），銮（琴）舞（舞）九絉。

元内（入）斆（啓）曰：敬＝之＝（敬之敬之）！天隹（惟）㬎（顯）帀（思），文非易帀（思）。母（毋）曰高＝（高高）才（在）上，叏（陟）降亓（其）事，卑（俾）藍（監）2 才（在）孳（茲）。

亂（亂）曰：訖我個（夙）夜，不免（逸）敬之。日臺（就）月脜（將），孝（效）亓（其）光明。弼（弼）寺（持）亓（其）又（有）肩，貽（視）告舍（余）㬎（顯）悳（德）之行。

亜（再）斆（啓）3 曰：叚（假）才（哉）！古之人。夫明思誋（慎），甬（用）戟（仇）亓（其）又（有）辟。允不承不㬎（顯），思坚（攸）亡睪（斁）。

亂（亂）曰：已！不曹（造）孳（哉）。思型之，4 思毷（勖）𡳐（申）之。甬（用）求亓（其）定，褎（裕）皮（彼）趣（熙），不茖（落）思誋（慎）。

叁斆（啓）曰：悳（德）元隹（惟）可（何）？曰淵（淵）亦印（抑）。

厰(嚴)余不解(懈),㸁＝(業業)畏5 載。不易畏(威)義(儀),才(在)言,隹(惟)克敬之。

亂(亂)曰:非天諡(矜)悳,殹(緊)莫肎(肯)曹(造)之。俖(夙)夜不解(懈),菍(懋)尃(敷)其有敓(說)。裦(裕)其6 文人,不浼(逸)藍(監)舍(余)。

四啓(啓)曰:文＝(文文)亓(其)又(有)冡(家),缶(保)藍(監)亓(其)又(有)逡(後)。需(孺)子王矣!不窓(寧)亓(其)又(有)心,孶＝(孜孜)亓(其)才(在)立(位),㬎(顯)于7 上下。

亂(亂)曰:浼(逸)亓(其)㬎(顯)思,皇天之社(功)。晝之才(在)視日,夜之才視唇(辰)。日内(納)辠鬘(罟)不窓(寧),是隹(惟)尾(度)。

五啓(啓)曰:於(嗚)8 虐(呼)!天多降悳(德),汸＝(滂滂)才(在)下,流自求敓。者(諸)尔(爾)多子,迖(逐)思湝(沈)之。

亂(亂)曰:亙(桓)爯(稱)亓(其)又(有)若,曰亯(享)會舍(余)一人。9 思輔舍(余)于勤,廼是隹(惟)民,亦思不忘。

六啓(啓)曰:亓(其)舍(余)湝(沖)人,備才(在)清宙(廟)。隹(惟)克少(小)心,命不侫箸(殆),亶(對)10 天之不易。

亂(亂)曰:弼(弼,弗)敢巟(荒)才(在)立(位),龏(恭)畏才(在)上,敬㬎(顯)才(在)下。於(嗚)虐(呼)!弋(式)克亓(其)又(有)辟,甬(用)頌(容)咠(輯)舍(余),甬(用)少(小)心,11 寺(時)隹(惟)文人之若。

七啓(啓)曰:思又(有)息,思(事)憙(喜)在上。不㬎(顯)亓(其)又(有)立(位),右帝才(在)茖(路),不逵(失)隹(惟)同。

亂(亂)曰:佖舍(余)龏(恭)12 害紿(台),孝(孝)敬肥(非)絧

(怠)巟(荒)。秋(咨)！尔(爾)多子，笁(篤)亓(其)䙷(見)卲(紹)，舍(余)彖思念。畏天之載，勿請禀(福)之侃(愆)。

八敀(啓)曰：差(佐)寺(持)王 13 志(聰)明，亓(其)有心。不易畏(威)義(儀)謠=(謠謠)，大亓(其)又(有)慕(謨)。介睪(澤)寺(恃)悳(德)，不畀甬(用)非頌。

𤔲(亂)曰：良悳(德)亓(其)女(如)紿(台)？曰亯人大 14……罔克甬(用)之，是𩕄(墜)于若。

九敀(啓)曰：於(嗚)虐(呼)！弼(弗)敢巟(荒)悳=(德，德)15 非墮(隨)帀。純隹(惟)敬帀，文非毄(懈)帀，不𩕄(墜)卣(修)彥(彥)。

𤔲(亂)曰：訖我敬之，弗亓(其)𩕄(墜)𢦔(哉)。思豐亓(其)遉(復)，隹(惟)禀(福)思 16 甬(用)，黃句(耇)隹(惟)程。17

周公之琴(琴)䑞(舞)(《芮良夫毖》簡背)

【今字寫定】

周公作多士儆毖，琴舞九絉。

元入啓曰：無悔享君，罔墜其考。享惟滔思，考惟型思。

成王作儆毖，琴舞九絉。

元入啓曰：敬之敬之！天惟顯思，文非易思。毋曰高高在上，陟降其事，俾監在玆。

亂曰：訖我夙夜，不逸敬之。日就月將，效其光明。弼持其有肩，視告余顯德之行。

再啓曰：假哉！古之人。夫明思慎，用仇其有辟。允不承不顯，思攸亡斁。

亂曰：已！不造哉。思型之，思勖申之，用求其定。裕彼熙，不落思慎。

叁啓曰：德元惟何？曰淵亦抑。嚴余不懈，業業畏載。不易威儀，在言，惟克敬之。

亂曰：非天矜德，繄莫肯造之。夙夜不懈，懋敷其有説。裕其文人，不逸監余。

四啓曰：文文其有家，保監其有後。孺子王矣！不寧其有心，孜孜其在位，顯于上下。

亂曰：逸其顯思，皇天之功。晝之在視日，夜之在視辰。日納辠罟不寧，是惟度。

五啓曰：嗚呼！天多降德，汸汸在下，流自求敚。諸爾多子，逐思沈之。

亂曰：桓稱其有若，曰享會余一人。思輔余于勤，廼是惟民，亦思不忘。

六啓曰：其余沖人，備在清廟。惟克小心，命不夌殆，對天之不易。

亂曰：弗敢荒在位，恭畏在上，敬顯在下。嗚呼！式克其有辟，用容輯余，用小心，時惟文人之若。

七啓曰：思有息，事喜在上。不顯其有位，右帝在路，不失惟同。

亂曰：仡余恭害台？孝敬非怠荒。咨！爾多子，篤其見紹，余彖思念。畏天之載，勿請福之愆。

八啓曰：佐持王聰明，其有心。不易威儀謐謐，大其有謨。介澤恃德，不畀用非頌。

亂曰：良德其如台？曰喜人大……罔克用之，是墜于若。

九啓曰：嗚呼！弗敢荒德，德非墮帀。純惟敬帀，文非懈帀，不墜修彦。

亂曰：訖我敬之，弗其墜哉。思豐其復，惟福思用，黄耇惟程。

周公之琴舞

附二：

相關名詞詮釋

多士：習見於《詩》《書》。李學勤認爲是指"朝臣官吏"或言"群臣"，引《尚書・秦誓》疏："士者，男子之大號，故群臣通稱之。"李守奎認爲"就是衆有身份、有地位之人"，包括兩類："周王室的百官賢士"和"方國及殷商之官"。按詩中又稱"多子"，《尚書・洛誥》"予旦以多子越御事"，孔穎達疏："子者，有德之稱；大夫皆稱子，故以多子爲衆卿大夫。"《公羊傳》宣公六年"曰子大夫也"，何休注："古者士大夫通曰子。"《穀梁傳》宣公十年"其曰子"，范寧注："子者，人之貴稱。"愚意以爲凡貴族皆可稱"士"或"子"，"多子""多士"即"衆多貴族"，不能因王訓誥面對的多是朝中群臣，就把範圍限定於有職任的貴族。

儆毖：整理者注："多士敬怭，讀爲'多士儆毖'，即對衆士的告誡之詩。多士，衆士。《書・多士》：'爾殷遺多士。'《詩・周頌・清廟》：'濟濟多士，秉文之德。'敬，讀爲'儆'或'警'。《大雅・常武》'既敬既戒'，馬瑞辰《毛詩傳箋通釋》：'敬與儆古通用。''怭'同清華簡《芮良夫毖》之'詸'，讀爲'毖'，《書・酒誥》：'王曰：封！汝典聽朕毖，勿辯乃司民湎于酒。'"李守奎（2012a：73）説："周公所作'多士儆毖'，是對多士的儆戒。成王所作的'儆毖'既有對自己的儆戒,也有對輔臣的儆戒。”這樣説,是符合下列各詩實情的。

琴舞: 姚小鷗、楊曉麗(2013:149)説:“‘琴’,《説文》:‘洞越,練朱五弦。’‘琴’爲樂器名。《周南・關雎》‘琴瑟友之’,《鄭風・女曰雞鳴》‘琴瑟在御’,《小雅・鼓鐘》‘鼓瑟鼓琴’。先秦祭祀等禮樂表演場合常以琴伴奏。《尚書・益稷》:‘戛擊鳴球,搏拊琴瑟以詠,祖考來格。’《尚書大傳》:‘古者帝王升歌《清廟》之樂,大琴練弦達越,大瑟朱弦達越。’‘琴瑟’等樂器屬弦樂器。《禮記・樂記》:‘樂師辨乎聲詩,故北面而弦。’鄭《注》:‘弦,謂鼓琴瑟也。’”琴的起源,典籍所言甚早,《世本・作篇》言“神農作琴”,《淮南子》也這樣説。目今所見琴,最早不過爲戰國時物,如信陽楚墓、曾侯乙墓所出之琴。這並不能説明琴之晚出,應與琴瑟等弦樂器較少用於隨葬、弦樂器不像金石土骨制樂器那樣容易長期保存等因素有關。“樂”字的甲骨文初形[illegible],羅振玉釋曰:“从絲附木上,琴瑟之象也。”卜辭中有樂器名“玆”:“丁巳卜,賓貞:奏玆于東。”(《合集》14311)很可能就是某種弦樂器。又有樂器名“[illegible]”,徐寶貴釋爲“瑟”。

季旭昇(2013)説:“‘琴舞’不可能持琴而舞,應該是以琴演奏樂曲,作爲舞者的伴奏音樂,至跳何舞,如何跳,則無從考知。”按文獻中言琴瑟的禮儀用途,最重要的是用於“升歌(登歌)”的伴奏,《禮記・祭統》:“夫大嘗禘,升歌《清廟》,下而管《象》……”《荀子・禮論》:“《清廟》之歌,一唱而三歎也。懸一鍾,尚拊膈,朱弦而通越也。”升歌是歌者登堂而唱,以琴瑟伴奏。舞蹈過程中的歌亦應由歌者唱,也當以琴瑟伴奏。“琴舞”一名可能是表示此樂舞中歌唱的成分特重,歌詞當然就是詩。

九絉:"絉"字,學者有"卒""遂""肆(佾)"等讀法,應以"卒"或"遂"爲是,等同於傳世文獻所言"終"或"成",如《逸周書·世俘》"籥人九終"、《尚書·益稷》"簫韶九成",後者孔穎達疏:"成,謂樂曲成也。鄭云:'成,猶終也。'每曲一終,必變更奏,故經言九成,傳言九奏。"九成或九終,就是樂曲有九個部分,文獻中尚有"三終""六成"等,李學勤、李守奎、姚小鷗等先生已論之甚詳。

《周公之琴舞》先言周公作"琴舞九絉",緊接着一首詩,只有"啓"没有"亂"。然後説成王作"琴舞九絉",下面是九首詩,有"啓"有"亂"。如果僅據行文而言,應是周公、成王分别作了一組九首詩,周公所作的一組僅存一首或者半首,缺失了八首或八首半。但仔細考察這些詩,發現"成王作儆毖,琴舞九終"後面的九首詩並不都是成王的口氣,有幾首應該是周公的口氣。而且,周公所作與此篇一開始所言周公所作之詩,内涵一致,意旨一貫。如此,則此篇所列十首詩應是一個整體,可視爲一組詩,由周公、成王兩人所作,"琴舞九絉"應該是這一組十首詩之名。

樂曲一終按理説應該對應詩的一首,這是樂曲與歌詞的關係。"琴舞九絉"爲什麽對應十首詩呢?其實類似的"不一致"可以從典籍中找到。《楚辭》中的《九歌》就有十一篇,《九歌》應該也是可歌可舞的。當然,《楚辭》在形式上與《詩經》有很大不同,作爲證據似顯不足,我們可以再看有周一代最重要的儀式樂舞"大武"。《大武》或稱爲《武》,是周初創作的,以武王克商爲表現内容。《禮記·樂記》所載孔子之言,説《武》有六成:"且夫《武》,始而北出,再成而滅商,三成而南,四成而南國是疆,五成而分周公左、召公右,六成復綴以崇。"《大武》是用詩的,其用詩情況,《左傳》宣公十二年載楚莊王之語曰:“武王克商……又作《武》,其卒章曰:‘耆定爾功。’其三曰:‘鋪時繹思,我徂維求定。’其六曰:‘綏萬邦,屢豐年。’”所引詩句,分別出自《周頌》的《武》、《賚》、《桓》三篇。楚莊王言及“其三”“其六”和“卒章”,那麽《大武》至少應有七章。這就是一個六成樂舞對應七首詩的例子,何楷、魏源、龔澄等學者疑《左傳》中的“卒章”是“首章”之訛,究無實據,僅屬猜測。

《周公之琴舞》的發現和公布,讓我們得以把周代儀式樂舞的樂章數與詩章(詩篇)數之間的差異作爲一個確有的現象去研究,而且也提示了這種現象的原因。十首詩的最前面兩首,即“無悔享君”云云一詩(可名爲《無悔》)與《敬之》,都用“元内”標識,後面八首則依次爲“再”“叁”“四”等等。“元内”何意,整理者注:“元,始。内,讀爲‘納’,進獻。元納,首獻之曲。”這是一種説法,李守奎等先生亦持此見。王志平(2013:65－79)認爲“元”應讀爲“筦”,“筦”同“管”,“内”讀爲“入”,“筦入”就是文獻中所言“下管”,是禮儀用樂的一個環節,樂工在堂下吹管。這是第二種説法,季旭昇亦持此見。子居(2014)則説:“‘元内’當讀爲‘元入’,而且實際上,先秦出土文獻中的‘内’字,絶大多數皆宜讀爲‘入’。‘元入’即傳世文獻中所習見的‘始入’,本篇中當是指舞者進入舞蹈場地中並就於舞位。《禮記·祭統》即載有‘及入舞,君執干戚就舞位。’可參看。”這是第三種説法。筆者認爲當以子居所言爲近是。既然後面所列各詩以“再”“叁”“四”等爲標識,“元”應該也是表示演出次序的,只能釋爲“始”,不應讀爲“筦”或“管”。况且禮儀用樂的“下管”在次序上先於“舞”,本身並不是“舞”的一部分。諸詩是“琴舞”的歌詞,則“元内”的‘内’當與樂舞的表演相關,最合理的訓釋應是“入”。“元内”就是“始入”,子居認爲是“舞者進入舞蹈場地中並就於舞位”,筆者認爲應是指歌者入而不是舞者入,此舞所用之詩或爲周公口吻或爲成王口吻,歌者應有兩位,歌周公之詩者先入,始入所唱第一首就是《無悔》。唱完之後,歌成王之詩者進入,始入所唱第一首就是《敬之》。“始入”之詩有兩首,而第一首只有“啓”没有“亂”,“亂”者樂之終,則兩首詩在音樂尚應屬“一終”或言“一絉”。也就是説,“琴舞九絉”是樂有九個部分,而詩是有十首的。

清華簡（叁）·芮良夫毖

兩首

芮良夫毖

説明：以此爲名者有兩首詩，出自《清華大學藏戰國竹簡(叁)・芮良夫毖》，詩前有類似後世《小序》的背景説明，因爲是一整體，故一併注解。《芮良夫毖》2012 年與《周公之琴舞》一起公布，有 28 支簡，記録了周厲王時大臣芮良夫所作之詩。

【釋讀】(阿拉伯數字爲原簡編號)

周邦聚(驟)又(有)禑(禍)，寇(寇)戎方晉。氒(厥)辟、䢵(御)事各縈(營)亓(其)身，恖(恒)静(争)于禀(富)，莫絧(治)庶戁(難)，莫衈 1 邦之不盜(寧)。内(芮)良夫乃乍(作)訫(毖)再夂(終)，曰：

敬之𢦏(哉)君子！天猷畏矣。敬𢦏(哉)君子！㝵(寤，寤)敗(敗)改繇(繇)。龏(恭)2 天之畏(威)，載聖(聽)民之繇(謠)[1]。閟(簡)鬲(歷)[2]若(若)否，以自訋(約)[3]讀(續)。由(迪)求聖人，以纏(陳)[4]尔(爾)𢘻(謀)猷。母(毋)𦝫(羞)[5]餌(問)繇(繇)，乇(度)3 母(毋)又(有)諮(咎)，母(毋)惏悆(貪)䚯(謬)昆(惃)，㒼(滿)溢(盈)康戲，而不智(知)㝵(寤，寤)告(覺)。此心目亡(無)亟(極)，禀(富)而亡(無)淣。甬(用)莫能歨(止)4 欲，而莫肎(肯)齊好。尚恖=(桓桓)[6]敬𢦏(哉)，募(顧)皮(彼)逡(後)复(復)。君子而受柬(簡),萬民之寍(咎),所而弗敬,卑(譬)之若 5 童(重)載以行隋(嶠),險莫之敉(扶)道(導),亓(其)由不邋(攝)丁(停)。敬孳(哉)君子！恪孳(哉)母(毋)巟(荒)。畏天之隆(降)載(災),䘏邦之不㫃(臧)。6 母(毋)自縱(縱)于㝃(逸)以囂[7],不耆(圖)難(難),兌(變)改嵩(常)絉(術),而亡(無)又(有)絽(紀)紞(綱)。此悳(德)型(刑)不齊,夫民甬(用)惪(憂)惕(傷)。民之 7 倰(殘)[8]矣,而隹(誰)啻(適)爲王。皮(彼)人不敬,不藍(監)于顕(夏)商。心之惪(憂)矣,楚(靡)所告眔(懷)。倪(兄)俤(弟)慝矣,忑(恐)不和 8 坰(旬)[9]。屯員(圓)團(滿)溢(溢),曰余[10]未均。凡百君子,返(及)尔(爾)疌(藎)臣,疋(胥)收(糾)疋(胥)由,疋(胥)嫠(穀)疋(胥)珣[11]。民不日幸,尚 9 惪(憂)思。殹(繄)先人又(有)言,則畏(威)盧(虐)之。或因斬椅(柯),不遠亓(其)惻(則)。母(毋)藩(害)天嵩(常),各堂(當)尔(爾)悳(德)。寇(寇)戎方晉,10 㥘(謀)猷隹(惟)戒。和剸(斷)同心,母(毋)又(有)相放(服)。恂求有忢(才),聖智恿(勇)力。必宊(探)其厇(度)[12],以皐(暴)[13]亓(其)䏰(狀)。身與 11 之語,以求亓(其)上。昔才(在)先王,幾(既)又(有)衆俑(庸)。□□庶難(難),甬(用)建亓(其)邦。坪(平)和庶民,莫敢惷(慢)憧。12□□□□□□□□□□甬(用)㗊(協)保,罔又(有)肙(怨)誦(訟)。恧(恒)静(争)獻亓(其)力,畏(威)斐(變)方戢(讎),先君以多江(功)。古 13□□□□□□□□□□元君,甬(用)又(有)聖政悳(德)。以力及复(作),斐(變)戳(仇)攺(啓)䣙(國)。以武丞(及)恿(勇),𢧵(衛)想(相)社 14 稷。褱(懷)忢(慈)學(幼)弱,羸(羸)㝢(寡)𧟌(煢)蜀(獨)。萬民具(俱)慭(憖),邦甬(用)昌篙(熾)。

二攺(啓)曰：天猷畏(威)矣，豫(舍)命亡(無)成。生 15□□戁(難)，不秉純悳(德)。亓(其)厇(度)甬(用)遂(失)。縈(營)莫好安，情于可(何)又(有)静(争)。莫爯(稱)氒(厥)立(位)，而不智(知)允盈(盈)。莫 16……型，自记(起)俴(殘)虐(虐)，邦甬(用)不寍(寧)。凡隹(惟)君子，尚藍(監)于先舊。道譚(讀)善敱(敗)，卑(俾)皇(匡)以戒。□□17 紅(功)褑(績)，龏(恭)晵(監)亯(享)祀，和悳(德)定型(刑)。政(正)百又(有)司，疋(胥)怾(訓)疋(胥)季(教)，疋(胥)戠(箴)疋(胥)思(誨)。各煮(圖)氒(厥)羕(永)，以交罔思(悔)。[14]天之所韙(壞)，莫 18 之能枳(支)。天之所枳(支)，亦不可韙(壞)。反₌(板板)亓(其)亡(無)成，甬(用)皇(皇)可畏。悳(德)型(刑)態(怠)𢘍(惰)，民所訞訛[15]。約結緼(繩)19 剌(剸)[16]，民之闌(關)閟(閉)。女(如)闌(關)枝(楗)扂(扃)銮(管)，緼(繩)剌(剸)[17]既政(正)，而五想(相)柔訛(比)。矞(遹)易兇心，覓(研)瑿(甄)嘉惟，敉和 20 庶民。政命悳(德)型(刑)，各又(有)祟(常)朿(次)，邦亓(其)康寍(寧)。不奉(逢)庶戁(難)，年𣪊(穀)焚(紛)成。風雨寺(時)至，此隹(惟)天所建。隹(惟)四方 21 所鬠(祇)畏，曰亓(其)罰寺(時)𡉚(賞)。亓(其)悳(德)型(刑)義利，女(如)闌(關)枝(楗)不閟(閉)，而緼(繩)剌[18](剸)遂(失)楑，五想(相)不彊(㯭)[19]。罔肎(肯)22 獻言，人頌(訟)玫(干)[20]䢔(違)，民乃𡔲(嘷)囂，㚐(靡)所并(傍)衮(依)。日月星晨(辰)，甬(用)交𤔔(亂)進退，而莫旻(得)亓(其)朿(次)。戢(歲)23 廼不厇(度)，民甬(用)戾𡦹(盡)，咎(咎)可(何)亓(其)女(如)紿(台)𦘺(哉)？㸓(朕)隹(惟)湝(沖)人，則女(如)禾之又(有)秜(稺)，非𣪊(穀)折(哲)人，虐(吾)㚐(靡)所爰(援)24□詣。我之不言，則畏天之發幾

(機)。我亓(其)言矣,則𢡺(逸)者不𢠸(孅)。民亦有言曰:悬(謀)亡(無)少(小)大,而器25不再利。屯可與忎(忨),而鮮可與惟。曰:於(嗚)虐(呼)畏𢀛(哉)!言罙(深)于淵(淵),莫之能惻(測);民多勤(艱)𢤱(難),我心26不快。戾之不□□。亡(無)父母能生,亡(無)君不能生。虐(吾)甶(中)心念詿(絓),莫我或聖(聽),虐(吾)忈(恐)辠(罪)之27□身。我之不□,□□是逵(失),而邦受亓(其)不寍(寧)。虐(吾)甬(用)复(作)訟(毖)再夂(終),以寓命達聖(聽)。28

① 此字整理者釋爲"繇",從ee説改。

② 此字整理者讀爲"隔",從海天遊蹤、王坤鵬説改。

③ 此字整理者釋爲"訛",從黄傑説改。

④ 此字整理者讀爲"申",從黄傑説改。

⑤ 此字整理者讀爲"擾",從ee説改。

⑥ 此字整理者讀爲"恒",不從。

⑦ 此字整理者讀爲"遨",不從。

⑧ 此字整理者讀爲"賤",從王坤鵬説改。

⑨ 此字整理者讀爲"均",不從。

⑩ 此字整理者讀爲"布施"之"予",從子居説改,釋作第一人稱。

⑪ 此字整理者讀爲"均",不從。

⑫ 此字整理者讀爲"宅",不從。

⑬ 此字整理者讀爲"親",不從。

⑭ 此字整理者讀爲"謀",從黄傑説改。

⑮ 此字整理者讀爲“僻”,不從。

⑯ 此字整理者讀爲“斷”,不從。

⑰ 此字整理者讀爲“斷”,不從。

⑱ 此字整理者讀爲“斷”,不從。

⑲ 此字整理者讀爲“彊”,不從。

⑳ 此字整理者讀爲“扞”,不從。

【分章】

説明: 詩前的一段文字可以視爲“序”,當爲後世所加,可能作於春秋時期。詩有“再終”,即兩首,“二啓曰”之前、之後各爲一首。但詩的最後曰“吾用作毖再終,以寓命達聽”,可知兩首詩又可以視爲一個整體。兩首詩皆較長,玆據意旨及韻部分章。第一首分爲七章,第二首分爲六章。有“啓”則有“亂”,詩本身並未標識出來。筆者認爲第一首應以前四章爲啓,後三章爲亂;第二首應以前五章爲啓,最後一章爲亂。

周邦驟有禍,寇戎方晉。厥辟、御事各營其身,恒爭于富,莫治庶難,莫卹邦之不寧。芮良夫乃作毖再終,曰:

敬之哉君子!天猷畏矣。敬哉君子!寤敗改繇。恭天之威,載聽民之謡。簡歷若否,以自約續。迪求聖人,以陳爾謀猷。毋羞問繇,度毋有咎。

毋惏貪瞀惃,滿盈康戲,而不知寤覺。此心目無極,富而無涚。用莫能止欲,而莫肯齊好。尚桓桓敬哉!顧彼後復。君子而受簡,萬民之咎。所而弗敬,譬之若重載以行崝。險莫之扶導,其由不攝停。

敬哉君子！恪哉毋荒。畏天之降災，卹邦之不臧。毋自縱于逸以囂，不圖難，變改常術，而無有紀綱。此德刑不齊，夫民用憂傷。民之殘矣，而誰適爲王？

彼人不敬，不監于夏商。心之憂矣，靡所告懷。兄弟慝矣，恐不和旬。屯圓滿溢，曰余未均。凡百君子，及爾藎臣。胥糾胥由，胥穀胥珣。民不日幸，尚憂思。緊先人有言，則威虐之。或因斬柯，不遠其則。

毋害天常，各當爾德。寇戎方晉，謀猷惟戒。和斷同心，毋有相服。恂求有才，聖智勇力。必探其度，以暴其狀。身與之語，以求其上。

昔在先王，既有衆庸。□□庶難，用建其邦。平和庶民，莫敢懱憧。□□□□□□□□□□用協保，罔有怨訟。恒爭獻其力，威爕方讎，先君以多功。

古□□□□□□□□□□元君，用有聖政德。以力及作，燮仇啓國。以武及勇，衛相社稷。懷慈幼弱，羸寡煢獨。萬民俱慭，邦用昌熾。

二啓曰：

天猷畏矣，舍命無成。生□□難，不秉純德，其度用失。營莫好安，情于何有靜。莫稱厥位，而不知允盈。莫……型。自起殘虐，邦用不寧。

凡惟君子，尚監于先舊。道讀善敗，俾匡以戒。□□功績，恭監享祀。和德定刑，正百有司。胥訓胥教，胥箴胥誨。各圖厥永，以交罔悔。天之所壞，莫之能支。天之所支，亦不可壞。板板其無成，用皇可畏。

德刑怠惰，民所訞訛。約結繩剸，民之關閉。如關楗扃管，繩剸既正，而五相柔比。遹易兇心，研甄嘉惟。敉和庶民，政命德刑，各有常次。邦其康寧，不逢庶難，年穀紛成，風雨時至。此惟天所建，惟四方所祇畏。

曰其罰時賞，其德刑義利。如關楗不閉，而繩剸失楑。五相不𠶷，罔肯獻言，人訟干違。民乃嗥囂，無所傍依。日月星辰，用交亂進退，而莫得其次。歲廼不度，民用戾盡，咎何其如台哉？

朕惟沖人，則如禾之有稺。非穀哲人，吾靡所援□詣。我之不言，則畏天之發機。我其言矣，則逸者不爒。民亦有言曰：謀無小大，而器不再利。屯可與忨，而鮮可與惟。曰嗚呼畏哉！言深于淵，莫之能測。

民多艱難，我心不快，戾之不□□。無父母能生，無君不能生。吾中心念絓，莫我或聽，吾恐罪之□身。我之不□，□□是失，而邦受其不寧。吾用作毖再終，以寓命達聽。

【注解】

（序）

周邦驟有禍[1]，寇戎方晉[2]。厥辟、御事各營其身[3]，恒爭于富[4]，莫治庶難[5]，莫卹邦之不寧[6]。芮良夫乃作毖再終[7]，曰：

[1]　整理者注："周邦，見於《尚書》和西周金文。《書・大

誥》:'矧今天降戾于周邦。'《大克鼎》(《集成》二八三六):'天子其萬年無疆,保辥周邦,畯尹四方。'指周王朝。"驟,屢次、多次。《左傳》襄公十一年"晉能驟來",杜預注:"晉以諸侯之師更番而出,故能數來。"

［2］ 寇戎,整理者釋以"來犯之戎"。此詞見於《墨子》《管子》《周禮》《禮記》《吕氏春秋》等書,《説文》:"戎,兵也。"段玉裁注:"兵者,械也。……兵之引申爲車卒,故戎之引申亦爲卒旅。"《左傳》文公七年:"兵作於内爲亂,於外爲寇。"晉,進。《周易》有晉卦,爻辭有"晉如摧如"、"晉如愁如"等,高亨《周易古經今注》(1984：260－261):"《彖傳》曰:'晉,進也。'《序卦傳》曰:'晉者進也。'……本卦晉字皆侵伐之進,其本字似當作戩,《説文》:'戩,滅也。从戈,晉聲,《詩》曰:實始戩商。'考《毛詩・閟宫》云:'后稷之孫,實維大王,居岐之陽,實始翦商。'毛傳:'翦,齊也。'許氏所引當爲《三家詩》。太王之世,不得云滅商,知許訓戩曰滅,非也。戩者,進而有所侵伐也。實始翦商,猶云實始侵商耳。《毛詩》作翦而訓齊者,齊當讀爲劑,亦謂侵削商土,大恉與作戩不殊。然則本卦晉字殆即戩商之戩矣。""寇戎方晉"之"晉"亦當義爲侵伐之進。

［3］ 厥辟,見於《尚書・君奭》《文侯之命》及《僞古文尚書》的《太甲》《咸有一德》《無逸》《冏命》,亦見於墻盤、師訇簋、虢叔旅鐘等銘文,猶言"其君"。整理者認爲指周厲王,可從。"御事"亦習見於《尚書》,指處理某方面事務的朝臣。營其身,營奉自身,猶"營内好私"。《晏子春秋》卷七"景公見道殣自慚無德晏子諫第八":"由君之意,自樂之心,推而與百姓同之,則何殣之有?君不推此,而苟營内好私,使財貨偏有所聚,菽粟幣帛腐于囷府,惠不徧加于百姓,

公心不周乎萬國,則桀紂之所以亡也。”“使財貨偏有所聚”與此詩下句“恒争于富”亦可對觀,聚斂財富是“營其身”或曰“營内好私”的具體表現。

[4] 恒,常。此句“争”不可作“争鬥”解,應解爲“競相”,“恒争于富”即常競相聚斂財物。

[5] 整理者注:“《書·堯典》‘庶績咸熙’,蔡沈《集傳》:‘庶,衆也。’《國語·周語上》:‘厲王説榮夷公,芮良夫曰:“王室其將卑乎!夫榮夷公好專利而不知大難。夫利,百物之所生也,天地之所載也,而或專之,其害多矣。天地百物,皆將取焉,胡可專也?所怒甚多,而不備大難,以是教王,王能久乎?……今王學專利,其可乎?匹夫專利,猶謂之盜,王而行之,其歸鮮矣。榮公若用,周必敗。”既,榮公爲卿士,諸侯不享,王流于彘。’可與簡文合觀。”《詩經》中“多難”一詞凡四見,分别在《周頌·訪落》《小毖》和《小雅·出車》(兩用“王事多難”),“庶難”猶“多難”,亦見於《國語·晉語九》“夫范、中行氏不恤庶難,欲擅晉國”。

[6] 《説文》:“卹,憂也。”“寧,安也。”此句謂没有人擔憂邦國不安。

[7] 芮良夫是西周厲王時期的朝臣,畿内芮國國君,《國語·周語上》載有他勸諫周厲王的一段話,即上整理者所引。《逸周書》有《芮良夫》一篇,也是他針對當時政治所發的議論。《詩經·大雅》中《桑柔》一詩,被公認爲芮良夫所作。

敬之哉君子[1]!天猷畏矣[2]。敬哉君子[3]!寤敗改繇[4]。恭天之威[5],載聽民之謡[6]。簡歷若否[7],以自約績[8]。迪求聖人[9]，以陳爾謀猷[10]。毋羞問繇[11]，度毋有咎[12]。

［1］ 此句“敬”爲及物動詞，可釋爲“恭敬對待”，“之”指代下句“天”。《詩經・大雅・板》“敬天之怒”，與此意旨相近。

［2］ 整理者注：“猷，即‘猶’，訓爲‘可’。《詩・衛風・陟岵》‘猶來無止’、《小雅・白華》‘子之不猶’，毛傳：‘猶，可也。’吴昌瑩《經詞衍釋》卷一：‘猶，猶“可”也。《燕策》“安猶取哉”，言齊何可取也。’”

［3］ 此句“敬”爲不及物動詞，即“儆”或“警”。

［4］ 整理者注：“《周南・關雎》‘寤寐求之’，毛傳：‘寤，覺。’……《爾雅・釋詁》：‘繇，道也。’郝懿行《義疏》：‘繇者，行之道也。’‘寤敗改繇’指從失敗中覺悟，改弦更張。”王寧説：“《楚辭・天問》：‘悟過改更，我又何言？’王逸注：‘悟，一作寤。’是一本作‘寤過改更’，意思是明白自己的過錯而改變行爲，其句式和意思與‘寤敗改繇’均相近似。”此論甚是，孟蓬生（2011）又進一步考論曰：“疑‘更’爲‘臾’字之誤。‘更’字隸書與‘臾’字相近，因而致誤。古音‘臾’在侯部，‘繇’字在幽部，當可相通。臾古音歸侯部，實從由聲（幽部），與此同例（參陳劍先生《釋由》）。臾聲、由聲古音同在侯部。……清華簡《芮良夫》‘繇’當讀爲‘咎’（之部字訓‘過’的‘郵’‘尤’與此音義相通）。楚人稱‘過’爲‘敗’，傳世文獻和出土文獻都有證據。……悟敗改繇，爲並列的兩個動賓結構，悟、改同爲動詞，敗、繇同爲名詞。《詩・小雅・伐木》：‘寧適不來，微我有咎。’毛傳：‘咎，過也。’是清華簡‘悟敗（義爲過）改繇（咎）’即《楚辭・天

問》之‘悟過改更(臾之誤字,借爲咎)’,兩例時代相近,可以互證。此蓋爲當時盡人皆知之成語,後人不得其解,又誤‘臾’爲‘更’,遂成爲千古疑案。”可備爲一説。《尚書·顧命》:“今天降疾殆,弗興弗悟。”亦可與此句並觀。

[5] 恭,《爾雅·釋詁》:“敬也。”文獻用例如《尚書·康誥》“于弟弗念天顯,乃弗克恭厥兄”。“天之威”見於《尚書·多方》:“則惟爾多方探天之威,我則致天之罰,離逖爾土。”又見於《詩經·周頌·我將》:“畏天之威,于時保之。”

[6] 載,句首語氣詞。謡,無章曲的徒歌。《爾雅·釋樂》:“徒歌謂之謡。”《詩·魏風》“我歌且謡”,毛傳:“曲合樂曰歌,徒歌曰謡。”按,上句言“恭天之威”,此句言“載聽民之謡”,實因“謡”反映了天道天意。《左傳》僖公五年:“八月甲午,晉侯圍上陽。問於卜偃曰:‘吾其濟乎?’對曰:‘克之。’公曰:‘何時?’對曰:‘童謡云:“丙之晨,龍尾伏辰;均服振振,取虢之旂。鶉之賁賁,天策焞焞,火中成軍,虢公其奔。”其九月、十月之交乎! 丙子旦,日在尾,月在策,鶉火中,必是時也。’”又昭公二十五年載師己曰:“異哉! 吾聞文、成之世,童謡有之曰:‘鸜之鵒之,公出辱之。鸜鵒之羽,公在外野,往饋之馬。鸜鵒跦跦,公在乾侯,徵褰與襦。鸜鵒之巢,遠哉遥遥,裯父喪勞,宋父以驕。鸜鵒鸜鵒,往歌來哭。’童謡有是。今鸜鵒來巢,其將及乎!”此皆古人觀念中謡反映天意而有預言性質的例子,童謡是謡的一種。民謡與民歌一樣都反映了民間的情感意志,預言中包含對當下社會的看法,《荀子·禮論》曰:“歌謡謸笑,哭泣諦號,是吉凶憂愉之情發於聲音者也。”《詩經·魏風·園有桃》:“心之憂矣,我歌且謡。”

［7］ 海天遊蹤(魚游春水 2013)説:"簡、歷都有選擇的意思。'若否'古書常見,如《書・盤庚下》'今我既羞告爾于朕志若否'、《詩・大雅・烝民》'邦國若否,仲山甫明之'。'若否'意思相反,可泛指好與壞。"此言有對的地方,也有似是而非之處。簡、歷在此句中應爲"閱視"之義。《尚書・盤庚》"予其懋簡相爾",孫星衍《今古文注疏》引虞翻注《易》曰:"簡,閱也。"《周禮・天官・小宰》"二曰聽師田以簡稽",鄭玄注引鄭司農云:"簡,猶閱也。"《爾雅・釋詁》:"歷,相也。"《禮記・郊特牲》:"簡其車賦而歷其卒伍。"《經義述聞》:"歷,謂閱視也。""若否"一詞,《尚書・盤庚下》"今我既羞告爾于朕志,若否"之"若否"是表示"順從或不順從",《詩經・大雅・烝民》"邦國若否"之"若否"是指"善惡"(鄭箋)。此處"簡歷若否"是承上"載聽民之謡"而言,"若否"猶"臧否""褒貶",與"順逆""善惡"皆意旨相通而側重不同,就民謡的現實針對性而言。清華簡《厚父》"聞民之若否",王寧釋爲"聆聽人民認同什麼、反對什麼(即體察民情)",甚是,與此句可參看。

［8］ 約,本義是繩索,引申有纏束之義。續,疑借爲鬠,本意是束髮用的骨器,在這裏引申爲動詞,義爲束,與"約"同義連用,"自約續"即自我約束。又,約、續皆有"止"義,《戰國策・燕策二》"蘇代約燕王曰",鮑彪注:"約,猶止。"《説文》:"續,中止也。""自約續"猶言"自止",即下文"用莫能止欲"的"止欲"。

［9］ 迪,原字作"由"。黄傑(2013b)説:"'由',原注讀爲'迪',解爲語氣助詞,不確。《詩・大雅・桑柔》'維此良人,弗迪弗求',其中的'求''迪'顯然就是此處的'由'和'求'。鄭玄箋:'國有善人,王不求索,不進用之。'"子居(2013b)説:"此處之'迪'當訓爲

‘進’,《詩經·大雅·桑柔》:‘維此良人,弗求弗迪。’毛傳:‘迪,進也。’《漢書·禮樂志》:‘登成甫田,百鬼迪嘗。’顔師古注:‘迪,進也。’整理者於《芮良夫毖》的説明部分已提到‘據傳爲芮良夫所作的《詩·大雅·桑柔》篇亦可對照參閲’,因此這裏的‘迪求’自當比之於《桑柔》之‘弗求弗迪’。”

[10] 陳,猶“示”。《國語·齊語》“相陳以力”,韋昭注:“陳,亦示也。”猷,《爾雅·釋詁》:“謀也。”謀、猷連用,典籍有其例,《尚書·文侯之命》:“越小大謀猷,罔不率從。”又《君陳》:“爾有嘉謀嘉猷,則入告爾后于内。”研究者多將此句理解爲向聖人陳述謀猷,非是。“以陳爾謀猷”是倒裝句,以“猷”押韻,即“以謀猷陳(即示)爾”,是“聖人”以“謀猷”示當政者,而不是當政者以“謀猷”示“聖人”,故下句言“毋羞問繇”。

[11] 羞,《廣韻》:“恥也。”繇,道。“毋羞問繇”與“不恥下問”相近。《詩經·小雅·鹿鳴》“人之好我,示我周行”、《皇皇者華》“周爰咨諏”“周爰咨謀”“周爰咨度”“周爰咨詢”,皆可與這幾句並觀。問,原字从昏从耳,研究者或讀爲“聞”,亦可。

[12] 整理者注:“《逸周書·武紀》‘不知所施之度’,朱右曾《集訓校釋》:‘度,法度也。’……《書·盤庚上》‘非予有咎’,蔡沈《集傳》:‘咎,過也。’”

毋惏貪猸惃[1],滿盈康戲[2],而不知寤覺[3]。此心目無極[4],富而無涚[5]。用莫能止欲,而莫肯齊好[6]。尚桓桓敬哉[7]!顧彼後復[8]。君子而受簡[9],萬民之咎[10]。所而弗敬[11]，譬之若重載以行崝[12]。險莫之扶導[13]，其由不攝停[14]。

［1］　整理者注："惏，《説文・心部》：'河内之北謂貪曰惏。'段玉裁注：'惏與女部婪音義同。'《左傳》昭公二十八年'貪惏無饜'，《釋文》引《方言》云：'楚人謂貪爲惏。'……'𤟤'即'狫'，《集韻》以爲'獶'之異體。《玉篇・犬部》：'狫，犬驚。'《廣韻・肴韻》：'狫，豕驚。'引申有亂義。惃，《廣雅・釋詁三》：'亂也。'"子居説："整理者所言多是。唯説'𤟤'字'引申有亂義'似無所據。'𤟤'實即'狡'字。揚雄《方言》卷十：'獪也。江湘之間或謂之無賴，或謂之獶。'《説文・犬部》：'獪，狡獪也。'《史記集解》引晉灼曰：'江淮之間，謂小兒多詐、狡獪爲亡賴。'"

［2］　滿盈，當指足欲。《周易・坎卦》九五爻辭："坎不盈，祇既平，无咎。"高亨《周易古經今注》(1984：245)："此裒多益寡，損有餘補不足漸臻平均之象，自可無咎。"《謙卦》彖辭："天道虧盈而益謙，地道變盈而流謙，鬼神害盈而福謙，人道惡盈而好謙。"《乾卦》象辭亦曰："亢龍有悔，盈不可久也。"滿盈之招咎，《老子》多言此理，如第九章："持而盈之，不如其已；揣而棁之，不可長保；金玉滿堂，莫之能守；富貴而驕，自遺其咎。功遂身退，天之道。"第十五章："保此道者不欲盈。夫唯不盈，故能蔽不新成。""康戲"猶《詩經・大雅・板》"無敢戲豫"的"戲豫"，《爾雅・釋詁》"康""豫"皆訓爲"樂"。又《尚書・文侯之命》："非先王不相我後人，惟王淫戲用自絶。""淫"爲滿溢過度之義，"淫戲"與"滿盈康戲"亦意旨相近。

［3］　《説文》："覺，寤也。"《詩經・王風・兔爰》"尚寐無覺"，

“寐”的反義詞是“寤”,也是“覺”。寤、悟可通用。《莊子·列御寇》“莫覺莫悟”實亦覺、悟(寤)連用。

[4] 此心目,該詞難解,疑原文當爲兩字,前一字从心此聲,上下結構,訛爲此、心兩字。原字當讀爲“恣”,此、次皆清紐,一支部一脂部,元音相同,从此得聲與从次得聲之字可通轉。“恣目”猶“恣睢”,《説文》:“睢,仰目也。”《荀子·非十二子》:“縱情性,安恣睢,禽獸行。”楊倞注:“恣睢,矜放之貌。言任性情所爲而不知禮義,則與禽獸無異,故曰‘禽獸行’。”極,中正、準則、法則。《詩經·衛風·氓》:“士也罔極,二三其德。”毛傳:“極,中也。”陳奂《詩毛氏傳疏》:“罔,無也。罔中即二三之意。”又《魏風·園有桃》:“不知我者,謂我士也罔極。”毛傳:“極,中也。”王先謙《詩三家義集疏》:“罔極,失其中正之心。”又《小雅·何人斯》:“有靦面目,視人罔極。”馬瑞辰《通釋》:“極,中也。‘視人罔極’,謂示人以罔中。”“無極”即“罔極”。“恣目(睢)無極”即放縱無準則。

[5] 整理者注:“涗,典籍或作‘倪’。《莊子·大宗師》‘不知端倪’,陸德明《釋文》:‘倪,本或作涗。’《集韻·佳韻》:‘倪,或作涗。’《莊子·齊物論》‘何謂和之以天倪’,《釋文》引崔譔云:‘倪,際也。’”

[6] 齊好,整理者認爲與上博簡《凡物流行》“和尻和氣齊聖(聲)好色”相同。按“齊”與“齋”同,本有静處之意,訓爲“整”“莊”“肅”等,而“静”訓爲“安”“貞”“息”“和”,“齊好”應與“静好”義近。《詩經·鄭風·女曰雞鳴》:“琴瑟在御,莫不静好。”鄭箋:“賓主和樂,無不安好。”

[7] “尚桓桓”見於《尚書·牧誓》:“勗哉夫子!尚桓桓,如

虎、如貔、如熊、如羆，于商郊。”《校釋譯論》(2005：1103)：“尚——命令副詞，表示希望之意。桓桓——《説文·犬部》引作‘狟狟’，金文作‘𧼪𧼪’(如《虢季子白盤》)。三字同音通用。鄭玄謂‘威武貌’(見《周本紀正義》)，《爾雅·釋訓》：‘威也。’”又《詩經·周頌·桓》：“桓桓武王，保有厥士。”《魯頌·泮水》：“桓桓于征，狄彼東南。”毛傳：“桓桓，威武貌。”

[8]　復，整理者訓爲“報”，可從。《韓非子·難一》：“以詐遇民，偷取一時，後必無復。”下文又曰：“戰而勝，則國安而身定，兵强而威立，雖有後復，莫大於此。”“後復”猶今言“後果”。

[9]　受，疑爲“浸”之本字，即“濤”，讀爲“滔”。“滔”“簡”皆有輕慢義。《詩經·大雅·蕩》“天降滔德”，毛傳：“滔，慢也。”《左傳》昭公二十六年“官不滔”，杜預注：“滔，慢也。”《國語·周語中》“不亦簡彝乎”，韋昭注：“簡，略也。”《漢書·谷永傳》“簡賢違功則亂”，顔師古注：“簡，略也，謂輕慢也。”

[10]　咎，災禍。《説文》：“咎，災也。”《逸周書·武稱》“遂其咎”，朱右曾《集訓校釋》：“咎，災也。”《莊子·天下》“曰苟免於咎”，成玄英疏：“咎，禍也。”《吕氏春秋·侈樂》“棄寶者必離其咎”，高誘注：“咎，殃也。”

[11]　所，讀爲許。王念孫《讀書雜誌·史記第五·扁鵲倉公列傳》：“許與所，聲近而義同。”吴昌瑩《經詞衍釋》卷九：“所，猶許也。《史記·扁鵲傳》‘十八日所而病愈’，《西門豹傳》‘從弟子女三千人所’，《漢書·五行志》‘天雨一傾所’，《疏廣傳》‘金餘尚有幾所’，所皆多義。或言所，或言許，一也。”所、許在表示約數時無異，則許用爲别義，亦有寫作所的可能。《詩經·大雅·下武》“昭兹來

許”,毛傳:“許,進也。”敬,即儆。“所而弗敬”猶言“進而弗儆”,正與下文譬喻相合。此句就追逐財富權勢而言。

[12] 崝,《説文》:“崝嶸也。”段玉裁注:“方言曰:‘崝,高也。’郭云:‘崝嶆,高峻之皃也。’崝今字作崢。”此句中用爲名詞,指高峻之處。

[13] 險,研究者皆屬上讀,非是,當以“崝”“停”押韻。《説文》:“險,阻難也。”上句言車載重而行於高峻之處,此句言遇阻難而無人扶導,語意上有層次。扶導,扶持引導。《論語·季氏》:“危而不持,顛而不扶,則將焉用彼相矣?”

[14] 攝停,整理者訓爲收斂、停止。趙平安説:“攝停就是勒住韁繩停下來。”

敬哉君子!恪哉毋荒[1]。畏天之降災,卹邦之不臧[2]。毋自縱于逸以囂[3],不圖難[4],變改常術[5],而無有紀綱[6]。此德刑不齊[7],夫民用憂傷[8]。民之殘矣[9],而誰適爲王[10]?

[1] 恪,《説文》:“敬也。”荒,廢。《唐風·蟋蟀》“好樂無荒”,鄭箋:“荒,廢亂也。”

[2] 臧,《説文》:“善也。”

[3] 囂。《爾雅·釋言》:“閒也。”《説文》:“囂,聲也。”段玉裁注:“《孟子》‘人知之亦囂囂,人不知亦囂囂’,言人自得無欲,如氣上出悠閒也。”

［4］　圖,《爾雅·釋詁》:“謀也。”《管子·法法》:“爵不尊,禄不重者,不與圖難犯危,以其道爲未可以求之也。”

［5］　術,道。《説文》:“術,邑中道也。”《管子·君臣上》:“是故治民有常道,而生財有常法。”《慎子》:“今也國無常道,官無常法,是以國家日繆。”

［6］　紀綱,典章法度。《左傳》哀公六年“孔子曰”引“《夏書》曰”:“惟彼陶唐,帥彼天常,有此冀方。今失其行,亂其紀綱,乃滅而亡。”

［7］　王坤鵬(2013)説:“齊,義爲中正。《詩經·小雅·小宛》‘人之齊聖’,毛《傳》:‘齊,正也。’孔穎達疏:‘中正謂齊。’‘德刑不齊’意爲政刑紊亂,與簡21‘政命德刑各有常次’之意恰相反。周代文獻中關於慎刑罰之説很多,如《康誥》云‘克明德慎罰’‘敬明乃罰’,《吕刑》云‘故乃明于刑之中’等。”

［8］　“憂傷”見於《詩經》中四首詩,即《鄶風·羔裘》和《小雅》之《正月》《小宛》《小弁》,皆言“我心憂傷”。

［9］　殘,傷害,《説文》:“賊也。”王坤鵬(2013)説:“‘殘民’,典籍常見,如《左傳·宣公二年》云‘殘民以逞’。”

［10］　“誰適”常見於典籍,《詩經·衛風·伯兮》有“誰適爲容”,《小雅·巷伯》有“誰適與謀”。“誰適爲容”馬瑞辰《通釋》:“《一切經音義》卷六引《三倉》:‘適,悦也。’此適字正當訓悦。女爲悦己者容,夫不在,故曰‘誰適爲容’,即言誰悦爲容也。猶《書·盤庚》‘民不適有居’即民不悦有居也。《小雅·巷伯》兩言‘誰適與謀’,亦言誰悦與謀也。”“誰適爲王”之“適”亦當訓爲“悦”,此句以今語言之,即“誰高興你當王”,因殘民以逞而無人擁戴也。

彼人不敬,不監于夏商[1]。心之憂矣,靡所告懷[2]。兄弟慝矣[3],恐不和旬[4]。屯圓滿溢[5],曰余未均[6]。凡百君子,及爾藎臣[7]。胥糾胥由[8],胥穀胥珣[9]。民不日幸[10],尚憂思[11]。緊先人有言[12],則威虐之[13]。或因斬柯,不遠其則[14]。

[1] 王坤鵬(2013)説:"彼人,指周王。《尚書》中周書諸篇,多勸誡周王以夏商亡王爲鑒,如《召誥》云:'我不可不鑒於有夏,亦不可不鑒於有殷。'即是如此。簡文云'不鑒於夏商'者,亦當是批評周王之辭。《詩經·小雅·菀柳》云:'彼人之心,於何其臻。'鄭玄《箋》即認爲:'彼人,斥幽王也。'簡文與《詩經》相似。"

[2] "靡所"一詞見於《詩經》之《邶風·旄丘》、《小雅·祈父》《節南山》《雨無正》和《大雅·桑柔》,猶今言"没地方"。懷,《説文》:"念思也。""靡所告懷"謂心意没地方傾訴。

[3] 慝,讀爲忒,疑也。《詩經·曹風·鳲鳩》"其儀不忒",毛傳:"忒,疑也。"

[4] 旬,均。《周易·豐卦》初九爻辭"雖旬无咎",王弼注:"旬,均也。"李富孫《異文釋》引晁氏曰:"旬,古文均字。"

[5] 整理者注:"《易·比》'有孚盈缶',李鼎祚《集解》引虞翻曰:'屯者,盈也。'《廣雅·釋詁一》:'屯,滿也。'《吕氏春秋·審時》'其粟圓而薄糠',高誘注:'圓,豐滿也。'屯、圓、滿、溢,近義連用。"

[6] "余",整理者認爲通"予",義爲布施,非是。當從子居(2013b)釋爲第一人稱"我"。"曰余"可作"曰予","曰予"見於《詩

經》:《正月》"具曰予聖"、《十月之交》"曰予不戕"、《雨無正》"曰予未有家室",皆西周末或兩周之交的詩。此句承上句而言,方媛説:"意思是:明明財物已經堆積得很滿了,還抱怨分配不均。"

［7］　藎臣,見於《詩經·大雅·文王》:"王之藎臣,無念爾祖。"毛傳:"藎,進也。無念,念也。"鄭箋:"今王之進用臣,當念女祖爲之法。"

［8］　整理者注:"'收'通'糾',匡正。由,《廣雅·釋詁二》:'助也。'"王坤鵬(2013)説:"'由'讀爲迪,意爲導。《尚書·大誥》'弗造哲迪民康','迪民康'意爲導民於安康。又《尚書·酒誥》云'惟曰我民迪',亦是導民之意。"王説於義爲長。

［9］　穀,整理者訓爲"養",海天遊蹤(魚游春水 2013)訓爲"善",當以後者爲是。

［10］　整理者注:"《大戴禮記·誥志》:'天曰作明,日與,惟天是戴。'孔廣森《補注》:'日,猶日日也。'"

［11］　尚,方媛(2016:67)説:"意爲增加。《説文·八部》:'尚,曾也。'徐灝注箋:'曾猶重也,亦加也。'《廣雅·釋詁二》:'尚,加也。'"

［12］　先人,典籍中常見,或指前人或指祖先,此句當指前者。又作"先民",如《詩經·大雅·板》:"先民有言,詢于芻蕘。"

［13］　此句語意似不完整,故王坤鵬(2013)等學者懷疑書手漏抄了一句。愚意這是一個倒裝句,"則威虐之"即"虐之則威",是"報虐以威"的另一種説法(或爲此説法的簡省形式),《尚書·吕刑》:"皇帝哀矜庶戮之不辜,報虐以威,遏絶苗民,無世在下。"僞孔傳:"皇帝……哀矜衆被戮者之不辜,乃報爲虐者以威誅,遏絶苗民

使無世位在下國也。""皇帝"就是上帝,因爲苗民虐待無辜而用威懲罰之。後世注家多依此説,《校釋譯論》(2005:2078)將這幾句譯爲:"上帝哀憐被刑戮的庶民是無罪的,就對那些肆行虐刑的人報之以威嚴的懲罰,斷絶那些肆虐之苗人的世系,不讓他們有後代留在下界。"另有一種説法是將"報虐以威"釋爲苗民所爲,《論衡·遣告篇》引爲"報虐用威",曰:"威、虐,皆惡也。用惡報惡,亂莫甚焉。"段玉裁《撰異》:"此今文《尚書》説也。謂蚩尤報虐用威,而皇帝哀矜之也。'庶僇之不辜,報虐用威',蒙上文'虐威,庶僇旁告無辜于天帝'言之。"按威、虐義近,故《吕刑》曰"虐威庶戮",二字連用。無論依古文説,還是依今文説,都有"以彼之道還施彼身"的意思,是苗民傳説中的重要部分,故可作爲故老相傳的格言使用。此詩前文曰"萬民之咎""民用憂傷""民之殘矣""民不日幸",皆就執政者虐民而言。下面伐柯的比喻説的也是"報"。

[14]　整理者注:"這兩句參看《豳風·伐柯》:'伐柯伐柯,其則不遠。'斬、伐同義换用。……'不遠其則'即'其則不遠'的倒裝,是爲適應押韻的需要。"《伐柯》二句,毛傳:"以其所願乎上交乎下,以其所願乎下事乎上,不遠求也。"鄭箋:"則,法也。伐柯者必用柯,其大小長短近取法於柯,所謂不遠求也。"此詩這兩句,也是引用格言,只不過變换了一種方式,"或因斬柯"被省略了的主語是"先人",也就是把"先人之言"用描述先人行爲的方式表達出來。取意即毛傳所言,换言之,若以己所不願交下事上,則終究也會受到己所不願的對待。此與"則威虐之(虐之則威,報虐以威)"正是一從正面説一從反面説。

毋害天常[1],各當爾德[2]。寇戎方晉,謀猷惟戒[3]。和斷同心[4],毋有相服[5]。恂求有才[6],聖智勇力[7]。必探其度[8],以暴其狀[9]。身與之語[10],以求其上[11]。

[1] 整理者注:"《左傳》文公十八年:'顓頊氏有不才子,不可教訓,不知話言,告之則頑,舍之則嚚,傲很明德,以亂天常。'天常指天之常道。"《左傳》哀公六年"孔子曰"引"《夏書》曰":"惟彼陶唐,帥彼天常,有此冀方。今失其行,亂其紀綱,乃滅而亡。"陶唐"帥彼天常"與顓頊氏不才子"以亂天常"是一正一反。本詩"二啓曰"所言"日月星辰,用交亂進退,而莫得其次",正是"天常""亂"的表現。

[2] 當,《説文》:"田相值也。"段玉裁注:"值者,持也。田與田相持也。引申之,凡相持相抵皆曰當。""爾德"見於《詩經·大雅·蕩》:"女炰烋于中國,歛怨以爲德。不明爾德,時無背無側;爾德不明,以無陪無卿。"林義光《通解》:"德讀爲得。古書德與得或相混,《易》剥卦'君子得輿',京房本得作德;升卦'君子以順德',姚信本德作得;《碩鼠》篇'莫我肯德'。《吕氏春秋·舉難》篇引德作得。歛怨以爲得,言歛召怨讎,反自以爲得也。"此處"德"亦當訓"得","各當爾德"即各與爾所得相值也。

[3] 戒,整理者訓爲"慎",可從。

[4] 斷,海天遊蹤(魚游春水 2013)訓爲"齊",可從。又,原字爲"剸",可讀爲"專",《廣韻》:"壹也,誠也。"

[5] 服,逼,堵塞、擠壓之義,如馬王堆帛書《十六經·三禁》

“毋服川”之“服”。

［6］　恂,讀爲“詢”,《説文》:“謀也。”“有才”見於《孟子·盡心下》:“其爲人也小有才,未聞君子之大道也,則足以殺其軀而已矣。”焦循《正義》:“《淮南子·主術訓》云:‘任人之才,難以至治。’高誘注云:‘才,智也。’《方言》云:‘智,或謂之慧。’是小有才謂有小慧也。《論語·衛靈公篇》:‘群居終日,好行小慧,難矣哉!’集解鄭注云:‘小慧,謂小小之才智。’”此句“有才”兼包下句“聖智勇力”而言,亦以“聖智”爲先。

［7］　魚游春水(2013)説:“聖智、勇力並舉,即上文之‘有才’。典籍亦見將國家的人才分爲‘聖智’與‘勇力’並舉者。《管子·明法解》:‘明主在上位,則竟内之衆盡力以奉其主,百官分職致治以安國家。亂主則不然。雖有勇力之士,大臣私之,而非以奉其主也;雖有聖智之士,大臣私之,而非以治其國也。’此即勇力、聖智並舉之例。《説苑·敬慎》篇亦‘聰明聖智’‘剛毅勇猛’並列;《新書·過秦下》以‘勇力、智慧’並列,皆可參考。但孔子以後,儒家不尚勇力,所謂‘勇力不足憚也’(《韓詩外傳》孔子語),芮良夫將勇力與聖智並舉爲‘有才’,與《管子》等書立意接近,值得玩味。”

［8］　探,《爾雅·釋言》:“試也。”度,謀。《尚書·吕刑》“何度非及”,孔穎達疏引王肅云:“度,謀也。”《詩經·大雅·皇矣》“度其鮮原”“爰究爰度”,鄭箋:“度,謀也。”又,“度”亦有器度之義,《楚辭·離騷》“和調度以自娱兮”,蔣驥注:“度,器度也。”又可表示心中分寸,《楚辭·九章·惜往日》“君無度而弗察兮”,蔣驥注:“度,心中分寸也。”用於此句亦通。

［9］　暴,同曝,訓爲顯。《孟子·萬章上》“暴之於民而民受

之”，朱熹《集注》：“暴，顯也。”

［10］　身，親自。

［11］　整理者注：“上，《國語・晉語五》‘然而民不能戴其上久矣’，韋昭注：‘上，賢也，才在人上也。’”

昔在先王，既有衆庸[1]。□□庶難，用建其邦。平和庶民，莫敢憮憧[2]。□□□□□□□□□用協保[3]，罔有怨訟。恒爭獻其力[4]，威變方讎[5]，先君以多功。

［1］　庸，整理者訓爲“功”，似可商榷。此句言“既有”，後言種種施爲，歸結到“先君以多功”，若此句“庸”也訓爲“功”，似嫌重複，且不大合乎這幾句的邏輯順序。愚意可訓爲“勞”，先有勞而後有功也。《爾雅・釋詁》：“庸，勞也。”《詩經・王風・兔爰》“我生之初尚無庸”，鄭箋：“庸，勞也。”

［2］　整理者注：“《廣雅・釋詁一》：‘憮，驚也。’憧，《説文・心部》：‘意不定也。’”

［3］　王坤鵬（2013）説：“簡文前殘缺之字，可補一‘民’字，‘民用協保’與簡7‘民用憂傷’句式相同。協，《説文・劦部》：‘劦，衆之同和也。’此句講周代先王如古公亶父等開邦建國，平和民衆，因此民衆協和，有所保養，訴訟中没有抱怨不公之事。周代文獻中保民思想很突出，《尚書・康誥》‘别求聞由古先哲王，用康保民’等可與竹簡對讀。此處所記先王時期的情況，與後文‘人訟干違’適成對比。”

［4］《禮記·月令》:“凡在天下九州之民者,無不咸獻其力,以共皇天、上帝、社稷、寢廟、山林、名川之祀。”

［5］威,原字爲“畏”,整理者如字讀,海天遊蹤(魚游春水2013)説:“應讀爲‘威’更加貼切。《孫子·九地》:‘信己之私,威加於敵,故其城可拔,其國可隳。’杜牧注:‘但逞兵威加於敵國,貴伸己之私欲。’”燮,整理者注:“‘燮’通‘襲’,見清華簡《説命中》篇注［七］。《大雅·韓奕》‘榦不庭方’,陳奂《傳疏》:‘方,四方也。’”讎,子居(2013b)説:“意爲施用。《詩·大雅·抑》:‘無言不讎,無德不報。’毛傳:‘讎,用也。’《吕氏春秋·義賞》:‘奸僞賊亂貪戾之道興,久興而不息,民之讎之若性。’高誘注:‘讎,用也。’”

古□□□□□□□□□□元君[1],用有聖政德[2]。以力及作[3],燮仇啓國[4]。以武及勇,衛相社稷[5]。懷慈幼弱,羸寡煢獨[6]。萬民俱憖[7],邦用昌熾[8]。

［1］缺字太多,句意不詳。“元君”當指天子,“元”義爲“首”,《尚書·金縢》篇周公在祖先面前稱武王爲“乃元孫”,《召誥》篇周公稱成王爲“元子”,又説成王“位在德元”,《顧命》篇稱康王爲“元子釗”,凡此皆着眼親緣關係而言,“元君”則是着眼于政治關係而言,猶言“君之首”,天子、諸侯皆君也,而天子爲首,與《僞古文尚書·泰誓上》“元后”義同。

［2］“政德”一詞兩見於《左傳》,襄公二十八年:“不修其政德,而貪昧於諸侯,以逞其願,欲久,得乎?”又昭公四年:“恃此三者

而不修政德,亡於不暇,又何能濟?”對於這個詞,以往關注不夠、理解不夠,現在通過這首詩,可以知道“政德”就是“政命德刑”(見下文)的意思。

[3]　作,讀爲斮。《詩經・大雅・皇矣》“作之屏之”,王引之《經義述聞》引王念孫曰:“作讀爲柞。《周頌・載芟》篇‘載芟載柞’,毛傳曰‘除木曰柞’,《周官・柞氏》‘掌攻草木及林麓’是也。《内則》‘魚曰作之’,《爾雅》作‘斮之’,郭璞注曰:‘謂削鱗也。’是‘作’有斬削之義。”當以“斮”爲正字,“作”“柞”爲借字。《説文》:“斮,斬也。”本義爲斬削、斬伐,在此句中當表示“征伐”。鄔可晶(2013)疑“作”讀爲“胥”或“諝”,訓爲“才智、智謀”,“能與本篇簡11‘徇求有才’中的‘智’對應上”,殊不知此句“作”恰不能朝“智謀”的方向解釋,“以力及作,燮仇啓國。以武及勇,衛相社稷”四句,“燮仇啓國”是主動征伐,“衛相社稷”是保衛社稷,“以力及作”與“以武及勇”内涵相近,説的是用勇力於戎事,若言前者須顧及“智”,後者豈不當顧及“智”耶?“武”“勇”二字又如何詮釋方能顧及“智”?

[4]　燮,黄傑(2013b)説:“原注認爲簡13的‘燮’通‘襲’,‘讎’解爲讎敵,而將簡14的‘燮’解爲和,‘仇’解爲仇匹,似不確。這兩個‘燮’字應當是同一個意思,都是伐的意思。”“啓國”整理者解爲“建國”,非是,“啓”當是開拓之義,《詩經・魯頌・閟宫》:“大啓爾宇,爲周室輔。”朱熹《集傳》:“啓,開;宇,居也。”啓國與啓宇意近,都是指擴張。

[5]　相,整理者訓爲“輔助”,可從。訓爲“治”亦可,《尚書・立政》:“繼自今立政,其勿以憸人,其惟吉士,用勱相我國家。”僞孔

傳:“立政之臣,惟其吉士,用勉治我國家。”

[6] 懷,安。《尚書·盤庚中》“先王不懷”,江聲《集注音疏》:“懷,安也。”《詩經·王風·揚之水》“懷哉懷哉”,鄭箋:“懷,安也。”慈,《説文》:“愛也。”《尚書·無逸》:“徽柔懿恭,懷保小民,惠鮮鰥寡。”《國語·周語上》:“慈保庶民,親也。”“懷慈”與“懷保”“慈保”意近。幼、弱、羸、寡、煢、獨,六項並列。

[7] 整理者注:“《説文·心部》:‘懋……一曰説也。’《文心雕龍·論説》:‘説者,悦也。’”

[8] 熾,《説文》:“盛也。”昌、熾連用,見《詩經·魯頌·閟宫》:“俾爾熾而昌”“俾爾昌而熾”。

二啓曰:

天猷畏矣,舍命無成[1]。生□□難,不秉純德[2],其度用失[3]。營莫好安[4],情于何有静[5]。莫稱厥位[6],而不知允盈[7]。莫……型。自起殘虐[8],邦用不寧。

[1] 整理者注:“‘舍命’乃古人常語。毛公鼎:‘父厝舍命。’《鄭風·羔裘》:‘舍命不渝。’指發布號令而言。”按,“舍命”固然有發布號令的意思,“舍命不渝”的“舍命”卻並不是這個意思,此“舍”字,鄭箋訓爲“處”,《正義》引王肅曰訓爲“受”,《後箋》訓爲“釋”,未見釋爲發布的。本句的“舍”正當訓爲“受”,“舍命”即“受命”。“無成”,海天遊蹤(魚游春水 2013)認爲應該理解爲“無定”,甚是。“舍命無成”即“受命無定”,也就是説天命是可以變化的、可以轉移

的,從殷人轉移到周人就是如此,這是“天猷畏”,即天帝可怕之處。

［2］ 純讀爲焞,“純德”即明德。參見《天多》“啓曰”注［5］。

［3］ 度,《説文》:“法制也。”本義爲計量長度的標準,引申有制度、禮法的意思。

［4］ 營,惑亂。《逸周書・官人》“煩亂以事而志不營”,朱右曾《集訓校釋》:“營,惑亂也。”《楚辭・天問》“鯀何所營”,孫詒讓《札迻》:“營,惑也,亂也。”“好”是動詞,“好安”與“衈不寧”正是一體兩面。

［5］ 情,《説文》:“人之侌气有欲者。”段玉裁注:“董仲舒曰:‘情者,人之欲也。’人欲之謂情。情非制度不節。《禮記》曰:‘何謂人情?喜怒哀懼愛惡欲,七者不學而能。’《左傳》曰:‘民有好惡喜怒哀樂,生於六氣。’《孝經援神契》曰:‘性生於陽以理執,情生於陰以繫念。’”“情”不能“静”,猶上文所言“莫能止欲”。

［6］ 子居(2013b)説:“稱,意爲符合、相應。《詩經・曹風・候人》:‘彼其之子,不稱其服。’鄭箋云:‘不稱者,言德薄而服尊。’”

［7］ 允,語詞,不表意。《詩經・小雅・采芑》“顯允方叔”,《周頌・小毖》“肇允彼桃蟲”,陳奂《傳疏》並曰:“允,語詞。”“不知盈”猶言“不知足”。

［8］ 整理者注:“殘、虐同義連用。《周禮・夏官・大司農》‘放弑其君,則殘之’,鄭玄注:‘殘,殺也。’《爾雅・釋言》:‘獵,虐也。’邵晉涵《正義》:‘古者以弑爲虐。’”

凡惟君子,尚監于先舊[1]。道讀善敗[2],俾匡以戒[3]。□□功績,恭潔享祀[4]。和德定刑[5],正百有司[6]。胥訓胥教,胥箴胥誨[7]。各圖厥永[8],以交罔悔[9]。天之所壞,莫之能支。天之所支,亦不可壞[10]。板板其無成[11],用皇可畏[12]。

［1］　整理者注:"'先舊'見於叔尸鐘(《集成》二七五),銘文説'尸篾其先舊,及其高祖',指舊人、先人而言。"

［2］　子居(2013b)説:"道讀,即宣説,其例可見於《詩經·鄘風·墻有茨》:'中冓之言,不可道也。所可道也? 言之醜也。……中冓之言,不可讀也。所可讀也? 言之辱也。'高亨注:'讀,宣揚。'""善敗"猶"成敗",《左傳》僖公二十年"君子曰":"隨之見伐,不量力也。量力而動,其過鮮矣。善敗由己,而由人乎哉?"竹添光鴻《會箋》(1978:第六 16):"'善敗'猶云'成敗'。《周語》召公曰:'口之宣言也,善敗於是乎興。'言口能作事之成敗也,其下云:'夫民慮之心而宣之口,成而行之。'直以'成'字代'善'字,可以見矣。又《晉語》趙簡子曰:'擇才而薦之,朝夕誦善敗而納之。'《楚語》:'左史倚相能道訓典,以敘百物,以朝夕獻善敗於寡君。'其義皆同。""善敗"就是指歷史的經驗教訓,趙簡子之言可與本詩這幾句並觀。

［3］　整理者注:"《小雅·六月》'以匡王國',鄭箋:'正也。'"子居聯繫到《國語·楚語上》"教之故志,使知廢興者而戒懼焉",甚是。

［4］　鄔可晶(2013)説:"'恭潔享祀'即强調享祀要恭敬、清潔,此意見於古書,如《逸周書·酆保》'恭敬齊潔,咸格而祀於上

帝’、《史記·五帝本紀》‘潔誠以祭祀’、《春秋繁露·四祭》‘潔清致敬,祀其先祖父母’等;江淹《袁太尉淑從駕》還有‘恭潔由明祀’之語,可以參考。”

［5］ 整理者認爲此句“應理解爲和以德,定以刑”,可從。

［6］ 百有司,即《尚書·立政》“百司”,其中曰“百司庶府”,江聲《音疏》:“若《曲禮》云‘天子之六府,曰司土、司木、司水、司草、司器、司貨’是也。《周禮》則官名言司者尤多。府則有太府、玉府、内府、外府、泉府、天府之屬。言百言庶,皆凡括諸宫之詞也。”又曰“表臣百司”,《音疏》:“百司兩見者,蓋内外之别與?‘表臣百司’,表之言外,是外百司也。”“百司”“百有司”即内外百官。

［7］ 魚游春水(2013)説:“訓、教、箴、誨四字詞義相通。箴,慧琳《音義》:‘箴,教也。’又,‘誨言也’。誨,典籍釋‘教也’,是常見的。《廣韻》隊韻:教訓也。慧琳《音義》:‘訓也。’故人常以‘教訓’、‘訓教’成詞,前引字書、韻書已見,此不贅。又以‘箴誨’、‘誨箴’成詞。《後漢書》‘耳蔽箴誨’,《中論》‘庶僚箴誨’;《國語》‘朝夕規誨箴諫’,皆可參證。胥訓胥教,胥箴胥誨,訓、教、箴、誨四字義近並列,古人常有這種文法。大家熟悉的‘如切如磋,如琢如磨’即其顯例。訓、教、箴、誨,切、磋、琢、磨,就其立言之意來説,似乎也可以合看。”又説:“《尚書·無逸》:‘古之人猶胥訓告、胥保惠、胥教誨。’與簡文遣詞造句都很近。訓、告、教、誨,和簡文只有一個‘告’字不同。告、箴都表訓導、告誡、教育等意。結合上條所引《國語》,即可知後世‘箴規’‘箴誨’之語所從出。裴松之注《三國志》,評司馬朗對董卓論道而‘未相箴誨’;孔穎達《皋陶謨》正義解‘百僚師師’曰‘轉相教誨’;蔡沈《集傳》解《胤征》‘官師相規’曰:‘胥教誨

也。’都是合用《尚書》《國語》。至於韓愈《答馮宿書》云朋友有‘相箴規磨切之道’,當看成是合用《國語》‘規誨箴諫’與《詩經》‘切磋琢磨’之語。”辨析得很透徹,梳理得很詳明。

［8］ 子居(2013b)認爲可以參看《尚書·金縢》“惟永終是圖”,甚是。吴汝綸《尚書故》:“《史記》‘永’作‘長’。汝綸案:長終者,長久也。《爾雅》:‘彌,終也。’《周書·謚法解》:‘彌,久也。’是終與久同義。”《爾雅·釋詁》:“圖,謀也。”

［9］ 黄傑(2013n)説:“‘交’當讀爲‘要’或‘邀’,義爲求。古從‘交’聲、‘敫’聲之字常相通用,而‘邀’‘要’可通,所以‘交’可以讀爲‘要’。《孟子·公孫丑上》‘非所以要譽於鄉黨朋友也’,朱熹《集注》:‘要,求。’《易·繫辭下》:‘噫亦要存亡吉凶,則居可知矣。’高亨先生注:‘要亦求也。此言用《易經》求人事之存亡吉凶,則安坐可知矣。’此義亦可用‘邀’表示。《論衡·自然》:‘不作功邀名。’《龍龕手鑒》:‘邀,求也。’‘交’‘要’‘邀’均屬宵部喉音,音近可通。……‘以要無悔’,即以求無悔。前文‘圖厥永’是作長遠考慮之意,‘以邀無悔’與之意思一貫。”“悔”“無悔”“悔亡”皆習見於《周易》,《恒》卦九二爻辭曰:“悔亡。”《象傳》:“九二悔亡,能久中也。”高亨(1979:299)注:“中,正也。久中,久於正中之道。傳意:爻辭云‘悔亡’,因其久於中正之道也。《象傳》此釋乃以卦名及九二之爻位爲據。《象傳》認爲:卦名曰恒,則爻辭亦含恒久之意。九二居下卦之中位,象人守正中之道。兩者結合,則是久於正中之道矣。”以卦象解恒久、中正與“悔亡”(無悔)的關係,可參考。

［10］ 整理者注:“此‘天之’二句見於典籍,文字上略有出入。《左傳》定公元年:‘天之所壞,不可支也。’《國語·周語下》記衛彪

傒見單穆公時云:‘周詩有之曰:“天之所支,不可壞也。其所壞,亦不可支也。”昔武王克殷而作此詩也,以爲飫歌,名之曰《支》。’”《國語》這段話,韋昭注:“周詩,飫時所歌也。支,柱也。”所謂“飫”,下文曰:“夫禮之立成者爲飫,昭明大節而已,少曲與焉。”因此飫歌很簡短,僅四句。本是武王所作,被芮良夫用到自己的詩中。類似情況是有的,《左传》僖公二十四年載富辰之言曰:“召穆公思周德之不類,故糾合宗族于成周而作詩,曰:‘常棣之華,鄂不韡韡,凡今之人,莫如兄弟。’其四章曰:‘兄弟鬩於墻,外御其侮。’”所引詩句在《小雅・常棣》,召穆公即西周厲王、宣王時的大臣召伯虎。《國語・周語中》載富辰之言卻說:“周文公之詩曰:‘兄弟鬩於墻,外御其侮。’”《集解》:“文公之詩者,周公旦之所作《棠棣》之詩是也,所以閔管、蔡而親兄弟。此二句,其四章也。……其後周衰,厲王無道,骨肉恩闕,親親禮廢,宴兄弟之樂絶,故邵穆公思周德之不類,而合其宗族於成周,故復脩《棠棣》之歌以親之。”説是復脩原詩,其實召穆公用周公詩成句入己詩的可能性更大。

［11］ 板板,見於《詩經・大雅・板》:“上帝板板,下民卒癉。”毛傳:“板板,反也。”孔穎達疏:“《釋訓》云:‘板板,僻也。’邪僻即反戾之義,故爲反也。”詩人不至於直斥上帝“邪僻”,“板板”仍應以“反”爲訓,蓋謂反復無常。“其無成”,海天遊蹤(魚游春水 2013)説:“‘其’,指‘天’。‘無成’似乎不能理解爲没有成就的意思,此處的‘成’可能是指‘必也’‘定也’,即‘成式’‘成命’‘成法’的‘成’。‘其無成’的意思是説老天捉摸不定,所以很可畏。”所言甚是,此句和下句,實爲對上文“天猷畏矣,舍命無成”的再次强調。

［12］ 整理者注:“《逸周書・成開》‘式皇敬哉’、《祭公》‘汝其

皇敬哉',孔晁注:'皇,大也。'"

德刑怠惰[1],民所訞訛[2]。約結繩剸[3],民之關閉[4]。如關楗扃管[5],繩剸既正[6],而五相柔比[7]。遹易凶心[8],研甄嘉惟[9]。敉和庶民[10],政命德刑[11],各有常次[12]。邦其康寧,不逢庶難,年穀紛成[13],風雨時至。此惟天所建[14],惟四方所祇畏[15]。

[1] 《荀子·禮論》:"苟怠惰偷懦之爲安,若者必危。"楊倞注:"言苟以怠惰爲安居,不能恭敬辭讓,若此者必危也。"

[2] 子居(2013b)説:"訞,言論怪異。如《大戴禮記·保傅》:'故今日即位,明日射人,忠諫者謂之誹謗,深爲計者謂之訞誣。'盧辯注:'昔伊尹諫夏桀,桀笑曰:"子爲訞言矣。"莊辛諫襄王,襄王曰:"先生爲楚國訞與!"是也。'訛,即呲,呰毁也。《莊子·列御寇》:'中德也者,有以自好也,而呲其所不爲者也。'郭象注:'呲,呰也。'《集韻》卷五:'諀,呲,普彌切,《博雅》:"諀,呰毁也。"或作呲。'爲政者若德刑怠惰、怠忽職守,那麼老百姓自然就不會説好聽的了。"此論大體不誤,唯"訞"字在此句不當訓爲"言論怪異",《保傅》篇"誹謗"連言、"訞誣"連言,則"訞"與"誣"義近。誣,《玉篇》:"欺罔也。"《廣韻》:"枉也。""訞"亦應爲欺詐之義。"民所訞訛"説的是爲政者成爲民衆欺騙、呰議的對象。

[3] 此句研究者歧見紛出,關鍵在於"剸"字的訓釋,整理者讀爲"斷",難以説通。網友紫竹道人(易泉 2013)讀爲"端",認爲

是“規矩法度”的意思；網友（易泉 2013）苦行僧讀爲“膊”，認爲表示“以度器使無衺曲者”，皆似嫌迂曲。愚意“剸”可讀爲“縛”，《廣雅・釋詁》：“縛，束也。”《集韻》：“縛，束也。”“約結繩縛”猶“繩縛約結”，今語言之，即繩捆打結，用來比喻對民衆的約束管理，即“德刑”。《老子》第二十七章：“善閉無關楗而不可開，善結無繩約而不可解。”這是繩、約、結同見於一句的例子，而本詩下文也説到“關楗”。

［4］　整理者注：“關、閉本指門之門木，《説文通訓定聲》‘關’下：‘豎木爲閉，横木爲關。’”上句“約結繩斷”已是比喻，此句在比喻之上又加一層比喻。

［5］　此句是對“關閉”的細化説明，王坤鵬（2013）説：“扃，《説文・户部》：‘外閉之關也。’‘管’義爲鑰匙，《左傳・僖公32年》‘鄭人使我掌其北門之管’，‘北門之管’即北門之匙。關、栊、扃、管都是約束大門的關楗。”

［6］　此句，字面上的意思是“繩子綁正了”。“繩剸”是“約結繩剸”的縮略，指德刑，此句意爲“德刑既正”。

［7］　整理者注：“‘五’通‘互’，五、互均爲魚部字，一在疑母，一在匣母，古音很近。古書中‘五’可通‘牙’，‘牙’可通‘互’，‘五’‘互’間接通用（參見《古字通假會典》第八五四～八五七頁）。柔，《爾雅・釋詁》：‘安也。’”説固可通，但“互相”一詞不見於上古文獻。愚以爲“五”當讀爲“午”，交午之義，《詩經・秦風・小戎》：“小戎俴收，五楘梁輈。”《風詩類鈔》：“束革交午成文曰五楘。”于省吾《新證》：“五、午古通。……五楘梁輈，言曲木之上交午相束，視之而歷录然也。”“五相”猶言“交相”，《詩經・小雅・角弓》：“不令兄

弟,交相爲痡。”

[8] 遹,句首語氣詞。易,改變。凶心,咎惡之心。《爾雅・釋詁》:“凶,咎也。”邢昺疏:“謂咎惡也。”《説文》:“凶,惡也。”《墨子・非命下》引“禹之《總德》”曰:“允不著,惟天民不而葆,既防凶心,天加之咎,不慎厥德,天命焉葆?”

[9] 整理者注:“《易・繫辭下》‘能研諸侯之慮’,孔穎達疏:‘研,精也。’《文選・張衡〈東京賦〉》‘研覈是非’,薛綜注:‘研,審也。’惟,《爾雅・釋詁上》:‘謀也。’邢昺疏:‘惟者,思謀也。’”“研甄嘉惟”即“審察嘉謀”。

[10] 方媛(2016:115-116)説:“《説文》:‘敉,撫也。从攴米聲。《周書》曰:“亦未克敉公功。”讀若弭。侎,敉或从人。’《爾雅・釋言》:‘敉,撫也。’《書・洛誥》:‘亦未克敉公功。’鄭玄注:‘敉,安也。’《玉篇・攴部》:‘敉,安也,撫也。’《廣韻・紙韻》:‘敉,撫也。愛也。安也。’可見,‘敉’字古有安撫之義。典籍中這種用法的‘敉’字亦可用‘彌’或‘弭’字表示。”

[11] 政命,即政令,習見於《周禮》和《左傳》,如《左傳》昭公五年:“禮,所以守其國、行其政令、無失其民者也。”

[12] 次,序。《儀禮・公食大夫禮》“去鼏于外次”,胡培翬《正義》引敖氏云:“次,序也。”《逸周書・小開》“不次人菑”,朱右曾《集訓校釋》:“此,序也。”

[13] 整理者注:“《易・巽》‘用史巫紛若’,陸德明《釋文》:‘紛,盛也。’”

[14] 方媛(2016:17):“《説文》:‘建,立朝律也。从聿,从廴。’段玉裁注:‘今謂凡豎立爲建。’徐灝注箋:‘凡言建者皆朝廷之

事……律,猶法度也。’”“天所建”猶言“天之所支”。

［15］　祇,《爾雅・釋詁》:“敬也。”

曰其罰時賞[1],其德刑義利[2]。如關楗不閉,而繩剸失楑[3]。五相不㯭[4],罔肯獻言,人訟干違[5]。民乃嗥囂[6],靡所㑪依。日月星辰,用交亂進退,而莫得其次[7]。歲迺不度[8],民用戾盡[9],咎其如台哉?

［1］　時,語詞,不表意。《群經平議・周易二》“六位時成乘六龍以御天”,俞樾按:“時乃語詞。”《詩經・周頌・時邁》“時邁其邦”,馬瑞辰《通釋》:“時、是皆語詞”。

［2］　上句“罰”與“賞”,本句“德”與“刑”、“義”與“利”皆是相對的範疇。三組連用,表示治理民衆的各種措施手段。

［3］　整理者注:“楑,《説文・木部》:‘度也。’段玉裁注:‘此與手部‘揆’音義皆同,‘揆’專行而‘楑’廢矣。’”

［4］　㯭,讀爲申,《廣韻》:“申,容也。”“五相不㯭”即交相不容。

［5］　訟,《説文》:“争也。”干,《説文》:“犯也。”違,《説文》:“離也。”此句意謂人與人之間相争相犯相離。

［6］　整理者注:“《周禮・春官・大祝》‘令皋舞’,鄭玄注:‘皋讀爲卒嗥呼之嗥。’孫詒讓《正義》:‘嗥、號音義同。’”《管子・海王》:“今吾非籍之諸君吾子,而有二國之籍者六千萬,使君施令曰‘吾將籍於諸君吾子’,則必囂號。”可知“囂號”是急切表達反對與

不滿的表現,“嗥嚚”與“嚚號”同。

[7] 次,天體運行的位置。《禮記·月令》“日窮于次”,鄭玄注:“次,舍也。”《楚辭·天問》“次于蒙汜”,王逸注:“次,舍也。”

[8] 度,讀爲斁,皆鐸部字,一定母一端母,音近可通。《説文》:“斁……一曰終也。”“歲迺不度”猶言“歲迺不卒”,《詩經·豳風·七月》:“無衣無褐,何以卒歲?”鄭箋:“人之貴者無衣,賤者無褐,將何以終歲乎? 是故八月則當績也。”此句若以今語言之,猶言“一年過不到頭”。

[9] 戾,至。《詩經·小雅·小宛》“翰飛戾天”,毛傳:“戾,至也。”

朕惟沖人,則如禾之有稺[1]。非穀哲人[2],吾靡所援□詣[3]。我之不言,則畏天之發機[4]。我其言矣,則逸者不戢[5]。民亦有言曰:謀無小大,而器不再利[6]。屯可與忨[7],而鮮可與惟[8]。曰嗚呼畏哉! 言深于淵,莫之能測。

[1] 稺,《説文》:“幼禾也。”

[2] 黄傑(2013b)説:“(穀)意爲善,與‘哲’意近。‘穀哲人’即穀哲之人。”

[3] 黄傑(2013b)説:“‘詣’前一字殘泐不可識,但可以推測‘援’、□、‘詣’等動詞與‘穀哲人’在意義上的關係是‘援’、□、‘詣’於‘穀哲人’,《書》類文獻中多見諮謀於哲人的説法。所以,它們應當是類似於諮詢的意思。‘詣’當讀爲‘稽’,考校之義,《廣雅·釋

言》:‘稽,考也。’”

［4］　整理者注:“《莊子·齊物論》:‘其發若機栝。’《孫子·勢》:‘節如發機。’……發機指發動的機關。”此論稍有可商,“發機”應該就是“發動機關”的意思,而不是“發動的機關”。

［5］　媺,即美,黄傑(2013e)説:“美,意爲喜。《老子》‘兵者,不祥之器,非君子之器,不得已而用之,恬淡爲上。勝而不美。而美之者,是樂殺人’,‘勝而不美’即勝而不喜。”

［6］　典籍中言“利器”,多指治國所憑藉的重要資本或手段,如《莊子·胠篋》:“彼聖人者,天下之利器也。”《管子·霸言》:“獨明者,天下之利器也。”《韓非子·内儲説下》:“賞罰者,利器也。”《尹文子》:“勢者,制法之利器,群下不可妄爲。”因政治主張不同,所言“利器”也就不同,故《老子》“國之利器不可以示人”後世注解歧見紛出。無論如何,“利器”就是治國的關鍵。那麼“器不再利”的意思應即:政柄一旦喪失,就不可再有。“謀無小大,而器不再利”,就是説:謀略不在大小(只要能維護統治就是好謀略,如果謀劃不好),倘若失去統治的憑依,就不可能再恢復統治了。

［7］　整理者注:“忨,可訓‘皆’,爲總括詞(參見《朱德熙文集》第五卷,第三二～三五,一七三～一八四頁,商務印書館,一九九九年)。忨,《説文·心部》:‘貪也。从心元聲。《春秋傳》曰:“忨歲而潚日。”’”按《説文》“忨”字,段玉裁注:“貪者,欲物也。忨與玩翫義皆略同。……(春秋傳曰忨歲而潚日)按《左傳》昭元年曰:‘翫歲而愒日。’《習部》引之。《國語》作‘忨日而潚歲’,韋曰:‘忨、偷也。潚、遲也。’此所偁疑用外傳文。然杜注:‘翫愒皆貪也。’《釋文》曰:‘翫字又作忨。’則許所據《左傳》如是。”當以韋注爲是,“忨”即

偷惰。

［8］ 鮮,少。惟,謀。

民多艱難,我心不快,戾之不□□。無父母能生,無君不能生。吾中心念絓[1],莫我或聽,吾恐罪之□身[2]。我之不□,□□是失,而邦受其不寧。吾用作毖再終,以寓命達聽[3]。

［1］ 整理者注:"《楚辭·九章·哀郢》'心絓結而不解兮',王逸注:'絓,懸。'"

［2］ 闕字疑是"及"。

［3］ 整理者訓"寓"爲"寄託",以"命"爲"天命",似可商榷。子居(2013b)説:"此處所寄託者,當爲百姓與作者自身的命運。雖然自始至終作者也没有直指朝臣、直言朝政,但其仍然是寫出了《芮良夫毖》來表達自己的憂慮,難保不會因言獲罪,故對於作者而言,其命已非其所有,而是與民間百姓之疾苦都寄希望於《芮良夫毖》篇了。"説"命"當指命運,甚是,但只是自己的命運,不應包括"百姓"的命運。前面説"莫我或聽,吾恐罪之□身",是"言"的可能後果,如果"不言",又怕"邦受其不寧"。終究還是"言"了(也才有了《芮良夫毖》),也就是置一己得失於度外,聽天由命了。子居"没有直指朝臣"云云,是因爲他把《芮良夫毖》視爲後人僞託之作。筆者與其他一些學者認爲此篇確應是芮良夫所作,則詩正是"直言"。"達聽"指上達周王之聽,即用詩作爲對周王的進諫。

參考文獻

楚簡逸詩研究相關論著目錄

（只列直接相關的論著，按姓氏或網名首字字母順序排列，首字相同者以第二個字字母順序排列，以此類推）

B

白於藍（2014）：《〈清華大學藏戰國竹簡（三）〉拾遺》，《中國文字研究》2014 年第 2 期。

［日］白川靜通釋，曹兆蘭選譯（2000）：《金文通釋選譯》，武漢大學出版社，2000 年。

C

蔡根祥（2009）：《〈上博（四）〉逸詩〈多新〉再論》，《傳統中國研究集刊》（第六輯），上海人民出版社，2009 年。

蔡　偉（2012）：《讀新見的出土文獻資料札記二則》，復旦大學出土文獻與古文字研究中心網，2012 年 12 月 24 日。

蔡先金（2014）：《清華簡〈周公之琴舞〉的文本與樂章》，《西北師大學報（社會科學版）》2014 年第 4 期。

蔡先金(2017):《清華簡〈耆夜〉古小説與古小説家"擬古詩"》,《濟南大學學報(社會科學版)》2017 年第 1 期。

曹建國(2010):《楚簡逸詩〈交交鳴鷖〉考論》,《考古與文物》2010 年第 5 期。

曹建國(2011):《論清華簡中的〈蟋蟀〉》,《江漢考古》2011 年第 2 期。

曹建國(2016):《清華簡〈芮良夫訟〉試論》,《復旦學報》(社會科學版)2016 年第 1 期。

常佩雨(2012):《上博簡逸詩〈多薪〉考論》,《河南師範大學學報(哲學社會科學版)》2012 年第 1 期。

晁福林(2012):《從新出戰國竹簡資料看〈詩經〉成書的若干問題》,《中國史研究》2012 年第 3 期。

晁天義、周學軍(2013):《學界圍繞清華簡〈耆夜〉真僞展開激辯》,《中國社會科學報》2013 年 9 月 23 日。

陳　才(2015):《清華簡〈耆夜〉拾遺》,《歷史文獻研究》(總第三十五輯),華東師範大學出版社,2015 年。

陳　劍(2013a):《清華簡與〈尚書〉字詞合證零札》,出土文獻與中國古代文明國際學術研討會,清華大學,2013 年 6 月 17—18 日。

陳　劍(2013b):《清華簡"戾災辠蠱"與〈詩經〉"烈假"、"罪罟"合證》,"清華簡與《詩經》研究"國際會議,香港浸會大學,2013 年 11 月 1—3 日。

陳美蘭(2013):《〈清華大學藏戰國竹簡(叁)·周公之琴舞〉"成王作儆毖"第二首詮釋》,"2013 經學與文化"學術研討會,國立中興大學中國文學系,2013 年 12 月 6 日。

陳美蘭(2014):《〈清華大學藏戰國竹簡(叁)·周公之琴舞〉"××其有×"句式研究》,《中國文字》(新四十期),藝文印書館,2014 年。

陳夢家(2004):《西周銅器斷代》,中華書局,2004 年。

陳民鎮(2013):《〈蟋蟀〉之"志"及其詩學闡釋——兼論清華簡〈耆夜〉周公作〈蟋蟀〉本事》,《中國詩歌研究》(第九輯),社會科學文獻出版社,2013 年。

陳鵬宇(2013):《周代古樂的歌、樂、舞相關問題探討——兼論清華簡〈周公之琴舞〉》,《出土文獻》(第四輯),中西書局,2013 年。

陳鵬宇(2014):《清華簡〈芮良夫毖〉套語成分分析》,《深圳大學學報(人文社會科學版)》2014 年第 3 期。

陳奇猷(2002):《吕氏春秋新校釋》,上海古籍出版社,2002 年。

陳思婷(2006):《〈上海博物館藏戰國楚竹書(四)·采風曲目、逸詩、内豊、相邦之道〉研究》,臺灣師範大學碩士論文,2006 年。

陳偉武(2000):《舊釋"折"及从"折"之字平議——兼論"慎德"和"悊終"問題》,《古文字研究》(第二十二輯),中華書局,2000 年。

陳偉武(2013):《讀清華簡〈周公之琴舞〉和〈芮良夫毖〉零札》,"清華簡與《詩經》研究"國際會議,香港浸會大學,2013 年 11 月 1—3 日。

陳穎飛(2013):《從清華簡〈周公之琴舞〉看西周早期"德"的觀念》,"清華簡與《詩經》研究"國際會議,香港浸會大學,2013

年11月1—3日。

陳　致(2011):《清華簡所見古飲至禮及〈郜夜〉中古佚詩試解》,簡帛研究網,2011年3月30日。

陳　致(2012):《清華簡〈周公之琴舞〉中"文文其有家"試解》,《出土文獻》(第三輯),中西書局,2012年。

陳　致(2013):《讀〈周公之琴舞〉札記》,"清華簡與《詩經》研究"國際會議,香港浸會大學,2013年11月1—3日。

程　浩(2011):《清華簡〈耆夜·蟋蟀〉與今本〈蟋蟀〉關係辨析》,復旦大學出土文獻與古文字研究中心網,2011年6月11日。

D

鄧佩玲(2011):《讀清華簡〈耆夜〉佚詩〈輶乘〉〈贔₌(央央)〉小札》,復旦大學出土文獻與古文字研究中心網,2011年9月10日。

鄧佩玲(2013):《讀清華簡〈耆夜〉所見古佚詩小識》,載陳致主編:《簡帛·經典·古史》,上海古籍出版社,2013年。

鄧佩玲(2015):《清華簡三·周公之琴舞》"非天詮惪"與〈詩·周頌〉所見誡勉之辭》,《漢語言文字研究》(第一輯),上海古籍出版社,2015年。

丁　進(2011):《清華簡〈耆夜〉篇禮制問題述惑》,《學術月刊》2011年第6期。

丁若山(2013):《讀清華三懸想一則》,簡帛網,2013年1月12日。

董　珊(2005):《讀〈上博藏戰國楚竹書(四)〉雜記》,簡帛研究網,2005年2月15日。

杜　勇(2013):《從清華簡〈耆夜〉看古書的形成》,《中原文化研究》2013 年第 6 期。

F

方建軍(2014a):《清華簡"作歌一終"等語解義》,《中國音樂學》2014 年第 2 期。

方建軍(2014b):《論清華簡"琴舞九絉"及"啓、亂"》,《音樂研究》2014 年第 4 期。

方　媛(2016):《清華叁〈芮良夫毖〉集釋》,安徽大學碩士學位論文(指導教師:程燕),2016 年。

復吉讀書會(2011):《清華簡〈耆夜〉研讀札記》,復旦大學出土文獻與古文字研究中心網,2011 年 1 月 5 日。

伏俊璉、冷江山(2011):《清華簡〈郜夜〉與西周時期的"飲至"典禮》,《西北師範大學學報(社會科學版)》2011 年第 1 期。

G

高　亨(1963):《周頌考釋》,《中華文史論叢》第四輯,1963 年。

高　亨(1979):《周易大傳今注》,齊魯書社,1979 年。

高　亨(1984):《周易古經今注》,中華書局,1984 年。

高中華(2011):《讀清華簡札記二則》,《文藝評論》2011 年第 12 期。

高中華、姚小鷗(2016a):《論清華簡〈芮良夫毖〉的文本性質》,《中州學刊》2016 年第 1 期。

高中華、姚小鷗(2016b):《周代政治倫理與〈芮良夫毖〉"誰適爲王"釋義》,《文藝評論》2016 年第 9 期。

顧頡剛、劉啟釪(2005):《尚書校釋譯論》,中華書局,2005 年。

顧史考(2014a):《清華簡〈周公之琴舞〉及〈周頌〉之形成試探》,第三屆中國古典文獻學國際學術研討會,臺灣東吴大學,2014 年 4 月。

顧史考(2014b):《清華簡〈周公之琴舞〉成王首章初探》,《古文字研究》(第三十輯),中華書局,2014 年。

郭永秉(2011):《清華簡〈耆夜〉詩試解二則》,"楚簡、楚文化與先秦歷史文化"國際學術研討會論文集,2011 年。

郭永秉(2015):《釋清華簡中倒山形的"覆"字》,《清華簡研究》(第二輯)("清華簡與《詩經》研究"國際學術研究會論文集),中西書局,2015 年。

H

郝貝欽(2012):《清華簡〈耆夜〉整理與研究》,天津師範大學碩士學位論文(指導教師: 周寶宏),2012 年。

何昆益(2011):《〈上博(四)〉逸詩〈交交鳴鶩〉析論》,《詩經研究叢刊》(第二十一輯),學苑出版社,2011 年。

何有祖(2011a):《清華大學藏簡讀札(一)》,簡帛網,2011 年 1 月 8 日。

何有祖(2011b):《上博楚簡釋讀札記》,簡帛網,2011 年 7 月 24 日。

胡敕瑞(2013a):《讀〈清華大學藏戰國竹簡(叁)〉札記之二》,清華大學出土文獻研究與保護中心網,2013 年 1 月 5 日。

胡敕瑞(2013b):《讀〈清華大學藏戰國竹簡(叁)〉札記之三》,清華大學出土文獻研究與保護中心網,2013年1月7日。

胡敕瑞(2013c):《讀〈清華大學藏戰國竹簡(叁)〉札記之四》,清華大學出土文獻研究與保護中心網,2013年1月7日。

胡　寧(2014):《從"造篇"到"誦古"——春秋宴饗賦詩的歷史淵源》,《光明日報》2014年12月2日。

黄敦兵、雷海燕(2007):《試論上博簡〈多薪〉篇對兄弟倫情的詩意言説》,《倫理學研究》2007年第11期。

黄懷信、張懋镕、田旭東(1995):《逸周書彙校集注》,上海古籍出版社,1995年。

黄懷信主撰(2005):《大戴禮記彙校集注》,三秦出版社,2005年。

黄懷信主撰(2008):《論語彙校集釋》,上海古籍出版社,2008年。

黄懷信(2012):《清華簡〈耆夜〉句解》,《文物》2012年第1期。

黄懷信(2013):《清華簡〈蟋蟀〉與今本〈蟋蟀〉對比研究》,《詩經研究叢刊》(第二十三輯),學苑出版社,2013年。

黄　傑(2013a):《初讀清華簡(三)〈周公之琴舞〉筆記》,簡帛網,2013年1月5日。

黄　傑(2013b):《初讀清華簡(三)〈芮良夫毖〉筆記》,簡帛網,2013年1月6日。

黄　傑(2013c):《初讀清華簡(叁)〈良臣〉、〈祝辭〉筆記》,簡帛網,2013年1月7日。

黄　傑(2013d):《再讀清華簡(叁)〈周公之琴舞〉筆記》,簡帛網,2013年1月14日。

黄　傑(2013e):《再讀清華簡(叁)〈芮良夫毖〉筆記》,簡帛網,

2013 年 1 月 16 日。

黄人二、趙思木(2011a):《讀〈清華大學藏戰國竹簡(壹)〉書後(一)》,簡帛網,2011 年 1 月 7 日。

黄人二、趙思木(2011b):《讀〈清華大學藏戰國竹簡(壹)〉書後(四)》,簡帛網,2011 年 2 月 17 日。

黄甜甜(2013):《〈周公之琴舞〉初探》,《深圳大學學報(人文社會科學版)》2013 年第 6 期。

黄甜甜(2015):《試論清華簡〈周公之琴舞〉與〈詩經〉之關係》,《中原文化研究》2015 年第 2 期。

侯乃峰(2013):《清華簡(三)所見"倒山形"之字構形臆説》,簡帛網,2013 年 1 月 14 日。

侯乃峰(2017):《戰國文字中的"𠂤"》,《貴州師範大學學報(社會科學版)》2017 年第 1 期。

J

季旭昇(2005):《〈上博四·逸詩·交交鳴烏〉補釋》,簡帛研究網,2005 年 2 月 15 日。

季旭昇(2006):《〈交交鳴烏〉新詮》,第一屆古文字與古代史學術研討會,中研院歷史語言所,2006 年 9 月 22—24 日。

季旭昇主編(2007):《上海博物館藏戰國楚竹書(四)讀本》,臺灣萬卷樓圖書有限公司,2007 年。

季旭昇(2013):《〈周公之琴舞·周公作多士儆毖〉小考》,"清華簡與《詩經》研究"國際會議,香港浸會大學,2013 年 11 月 1—3 日。

季旭昇(2014a):《〈清華三·周公之琴舞·成王儆毖〉第五篇研究》,《中國文字》(新四十期),藝文印書館,2014年。

季旭昇(2014b):《〈清華三·周公之琴舞·成王儆毖〉第四篇研究》,《古文字研究》(第三十輯),中華書局,2014年。

季旭昇(2015):《〈毛詩·周頌·敬之〉與〈清華三·周公之琴舞·成王作儆毖〉首篇對比研究》,《古文字與古代史》(第四輯),臺灣中研院歷史語言研究所,2015年。

季旭昇古文字讀書會(2013):《清華簡〈周公之琴舞〉集釋》(未刊稿),2013年8月24日。

賈海生、錢建芳(2013):《周公所作〈蟋蟀〉因何被編入〈詩經·唐風〉中》,《中國典籍與文化》2013年第4期。

姜廣輝、付　贊、邱夢燕(2013):《清華簡〈耆夜〉爲僞作考》,《故宫博物院院刊》2013年第4期。

姜昆武(1989):《詩書成詞考釋》,齊魯書社,1989年。

江林昌(2013):《清華簡與先秦詩樂舞傳統》,《文藝研究》2013年第8期。

江林昌、孫　進(2013):《由清華簡論"頌"即"容"及其文化學意義》,《中國高校社會科學》2013年第3期。

K

柯鶴立(2013a):《詩歌作爲一種教育方法:試論節奏在〈周公之琴舞〉誡小子文本中的作用》,出土文獻與中國古代文明國際學術研討會,清華大學,2013年6月17—18日。

柯鶴立(2013b):在"達慕斯——清華'清華簡'國際學術研討會"

上的發言,美國達慕思大學,2013 年 8 月 30—31 日。

L

來國龍(2013):《從楚簡中“兔”與“鼠”字的混淆談楚方言與雅言的接觸和影響》,“清華簡與《詩經》研究”國際會議,香港浸會大學,2013 年 11 月 1—3 日。

黎翔鳳(2004):《管子校注》,中華書局,2004 年。

李炳海(2014):《清華簡〈耆夜〉與〈詩經〉相關詞語的考釋——兼論〈詩經〉的科學闡釋體系的建立》,《文史哲》2014 年第 1 期。

李昌集(2014):《周詩體式生成論——文化文體學的視角》,《中國社會科學》2014 年第 7 期。

李家浩(2013a):《清華竹簡〈耆夜〉的飲至禮》,《出土文獻》(第四輯),中西書局,2013 年。

李家浩(2013b):《櫝枳、竹枳、枳銘》,《出土文獻研究》(第十二輯),中西書局,2013 年。

李均明(2014):《〈蟋蟀〉詩主旨辨——由清華簡“不喜不樂”談起》,《紹興文理學院學報》2014 年第 1 期。

李　銳(2006):《上博簡〈子羔〉〈交交鳴烏〉札記二則》,簡帛網,2006 年 10 月 1 日。

李　銳(2013):《讀清華簡 3 札記(三)》,簡帛研究網,2013 年 1 月 8 日。

李　銳(2014):《清華簡〈耆夜〉續探》,《中原文化研究》2014 年第 2 期。

李守奎(2012a):《清華簡〈周公之琴舞〉與周頌》,《文物》2012 年第

8 期。
李守奎(2012b):《〈周公之琴舞〉補釋》,《出土文獻研究》(第十一輯),中西書局,2012 年。
李守奎(2013a):《清華簡中的詩與〈詩〉學新視野》,《中國高校社會科學》2013 年第 3 期。
李守奎(2013b):在"達慕斯——清華'清華簡'國際學術研討會"上的發言,美國達慕思大學,2013 年 8 月 30—31 日。
李守奎(2014):《先秦文獻中的琴瑟與〈周公之琴舞〉的成文時代》,《吉林大學社會科學學報》2014 年第 1 期。
李曉梅(2015):《上博簡與清華簡詩賦文獻校注》,西南大學碩士學位論文,2015 年。
李學勤(2009):《清華簡〈郘夜〉》,《光明日報》2009 年 8 月 3 日。
李學勤(2011):《論清華簡〈耆夜〉的〈蟋蟀〉詩》,《中國文化》2011 年第 1 期。
李學勤(2013a):《簡帛佚籍的發現與重寫中國古代學術史》,《河北學刊》2013 年第 1 期。
李學勤(2013b):《初識清華簡》,中西書局,2013 年。
李學勤(2013c):《清華簡的文獻特色與學術價值》,《文藝研究》2013 年第 8 期。
李學勤(2013d):《讀〈周公之琴舞〉小記》,"清華簡與《詩經》研究"國際會議,香港浸會大學,2013 年 11 月 1—3 日。
李學勤(2014):《再讀清華簡〈周公之琴舞〉》,《紹興文理學院學報(哲學社會科學版)》2014 年第 1 期。
李　穎(2014):《清華簡〈周公之琴舞〉與楚辭"九體"》,《中國詩歌研究》(第十輯),2014 年。

李永娜(2013):《二重證據視野下的先秦經學文獻研究——〈清華大學藏戰國竹簡〉與先秦經學文獻國際文獻學術研討會綜述》,《文藝研究》2013 年第 6 期。

廖名春(2005a):《楚簡〈逸詩·交交鳴烏〉補釋》,《中國文化研究》2005 年第 1 期。

廖名春(2005b):《也説"交交鳴鴍"》,Confucius2000 網,2005 年 2 月 21 日。

廖名春(2006):《楚簡〈逸詩·多薪〉補釋》,《文史哲》2006 年第 2 期。

廖名春(2013):《清華簡專題研究:清華簡〈周公之琴舞〉與〈周頌·敬之〉篇對比研究》,《深圳大學學報(人文社會科學版)》2013 年第 6 期。

林碧玲(2005):《〈上博(四)逸詩·交交鳴鴍〉研究》,"出土簡帛文獻與古代學術國際研討會"論文集,臺北政治大學,2005 年 12 月 2—3 日。

林碧玲(2006):《上博四〈逸詩·多薪〉導讀》,臺大第八次簡帛數據文哲研讀會,2006 年 12 月 9 日。

劉成群(2010):《清華簡〈郜夜〉〈蟋蟀〉詩獻疑》,《學術論壇》2010 年第 6 期。

劉光勝(2011):《清華簡〈耆夜〉考論》,《中州學刊》2011 年第 1 期。

劉光勝(2015):《清華簡〈耆夜〉禮制解疑》,《陝西師範大學學報(哲學社會科學版)》2015 年第 5 期。

劉光勝、李亞光(2011):《清華簡〈耆夜〉與周公酒政的思想意藴》,

《社會科學戰綫》2011年第12期。

劉國忠(2013):《新公布的清華簡樂詩——〈周公之琴舞〉》,《中華詩詞》2013年第2期。

劉洪濤(2007a):《讀〈上海博物館藏戰國楚竹書(四)〉札記(二)》,簡帛網,2007年1月17日。

劉洪濤(2007b):《上博竹書〈鳴烏〉解釋》,簡帛網,2007年4月24日。

劉樂賢(2005):《楚簡〈逸詩·多薪〉補釋一則》,簡帛研究網,2005年2月20日。

劉麗文(2014):《清華簡〈周公之琴舞〉與孔子删〈詩〉説》,《文學遺産》2014年第5期。

劉麗文、段露航(2013):《清華簡〈周公之琴舞〉對〈詩經〉流傳與編定的啓示》,"清華簡與《詩經》研究"國際會議,香港浸會大學,2013年11月1—3日。

劉瀟川(2015):《清華簡〈周公之琴舞〉研究》,濟南大學碩士學位論文,2015年。

劉信芳(2011):《清華藏簡(壹)試讀》,復旦大學出土文獻與古文字研究中心網,2011年9月9日。

劉　雲(2011):《清華簡文字考釋四則》,復旦大學出土文獻與古文字研究中心網,2011年6月10日。

劉子珍、王向華(2016):《"變雅"及清華簡〈芮良夫毖〉所見怨刺精神探源》,《宜春學院學報》2016年第8期。

吕珮珊(2011):《〈上博(四)〉逸詩〈多薪〉析論》,《詩經研究叢刊》(第二十一輯),學苑出版社,2011年。

M

馬 芳(2015a):《從清華簡〈周公之琴舞〉、〈芮良夫毖〉看“毖”詩的兩種範式及其演變軌跡》,《學術研究》2015 年第 2 期。

馬 芳(2015b):《從清華簡〈芮良夫毖〉看“毖”詩及其體式特點》,《江海學刊》2015 年第 4 期。

馬 芳(2016):《也談〈清華簡·周公之琴舞〉與“孔子删詩”問題——兼與謝炳軍博士商榷》,《中州學刊》2016 年第 7 期。

馬 楠(2011):《清華簡第一册補釋》,《中國史研究》2011 年第 1 期。

馬 楠(2013a):《〈芮良夫毖〉與文獻相類文句分析及補釋》,《深圳大學學報(人文社會科學版)》2013 年第 1 期。

馬 楠(2013b):《試説〈周公之琴舞〉“右帝在路”》,《出土文獻》(第四輯),中西書局,2013 年。

馬 楠(未刊):《〈周公之琴舞〉與傳世文獻相類文句分析與補釋》,未刊稿。

馬銀琴(2014):《再議孔子删〈詩〉》,《文學遺産》2014 年第 5 期。

馬智全(2014):《飲至禮輯考》,《簡帛學研究》(第五輯),甘肅人民出版社,2014 年。

梅道芬(2013):《〈周公之琴舞〉的文本結構和哲學思考》,“清華簡與《詩經》研究”國際會議,香港浸會大學,2013 年 11 月 1—3 日。

梅顯懋、于婷婷(2013):《論兩〈蟋蟀〉源流關係及其作者問題》,《遼寧師範大學學報(社會科學版)》2013 年第 7 期。

孟蓬生(2005):《上博竹書(四)閒詁》,簡帛研究網,2005 年 2 月

21 日。

孟蓬生(2011):《上博竹書(四)閒詁(續)》,簡帛網,2011 年 1 月 10 日。

米　雁(2011):《清華簡〈耆夜〉〈金縢〉研讀四則》,簡帛網,2011 年 1 月 10 日。

N

牛清波(2017):《清華簡〈耆夜〉研究述論》,《文藝評論》2017 年第 1 期。

P

彭　華(2014):《2010 年出土儒學文獻研究綜述》,《西華大學學報(哲學社會科學版)》2014 年第 11 期。

Q

秦樺林(2005):《楚簡逸詩〈交交鳴鶩〉札記》,簡帛研究網,2005 年 2 月 20 日。

秦雲霞(2016):《再析兩〈蟋蟀〉之比較研究——清華簡〈耆夜〉所引〈蟋蟀〉與〈毛詩正義〉本〈唐風・蟋蟀〉》,《現代語文(學術綜合版)》2016 年第 4 期。

裘錫圭(2011):《説"夜爵"》,《出土文獻》(第二輯),中西書局,2011 年。

裘錫圭(2013a):《裘錫圭先生在〈清華大學藏戰國竹簡(三)〉成果發布會上的講話》(程浩根據録音整理),清華大學出土文獻研究與保護中心網,2013 年 1 月 5 日。

裘錫圭(2013b):《出土文獻與古典學重建》,《出土文獻》(第四輯),中西書局,2013 年。

屈萬里(2014):《尚書集釋》,中西書局,2014 年。

R

任 攀、程少軒整理(2011):《網摘·〈清華一〉專輯》,復旦大學出土文獻與古文字研究中心網,2011 年 2 月 2 日。

S

單育辰(2013):《清華三詩、書類文獻合考》,"清華簡與《詩經》研究"國際會議,香港浸會大學,2013 年 11 月 1—3 日。

沈 培(2015):《〈詩·周頌·敬之〉與清華簡〈周公之琴舞〉對應頌詩對讀》,《出土文獻與古文字研究》(第六輯),上海古籍出版社,2015 年。

宋華强(2011):《清華簡校讀散札》,簡帛網,2011 年 1 月 10 日。

蘇建洲(2011):《清華簡考釋四則》,復旦大學出土文獻與古文字研究中心網,2011 年 1 月 9 日。

蘇建洲(2013):《清華三〈周公之琴舞〉、〈良臣〉、〈祝辭〉研讀札記》,《中國文字》(新三十九期),藝文印書館,2013 年。

孫合肥(2013):《讀〈清華大學藏戰國竹簡(三)〉札記》,簡帛網,2013 年 1 月 9 日。

孫飛燕(2011):《〈蟋蟀〉試讀》,清華大學出土文獻研究與保護中心網,2011 年 7 月 28 日。

孫飛燕(2014):《清華簡〈周公之琴舞〉與〈詩經・周頌〉性質新論》,《簡帛研究二〇一四》,廣西師範大學出版社,2014 年。

孫家洲(2011):《清華簡〈耆夜〉篇讀書札記》,《出土文獻》(第二輯),中西書局,2011 年。

孫世洋(2015):《周代史官的"類詩家"功能與〈詩經〉早期傳述狀態初探》,《詩經研究叢刊》(第二十六輯),學苑出版社,2015 年。

孫永鳳(2015):《清華簡〈周公之琴舞〉集釋》,吉林大學碩士學位論文(指導教師: 馮勝君),2015 年。

W

王長華(2014):《關於新出土文獻進入文學史敘述的思考——以清華簡〈周公之琴舞〉爲例》,《河北師範大學學報(哲學社會科學版)》2014 年第 2 期。

王克家(2014):《清華簡〈敬之〉篇與〈周頌・敬之〉的比較研究》,《中國詩歌研究》(第十輯),2014 年。

王坤鵬(2013):《清華簡〈芮良夫毖〉篇箋釋》,簡帛網,2013 年 2 月 26 日。

王立增(2015):《清華簡〈周公之琴舞〉、〈耆夜〉中的音樂信息》,《交響》2015 年第 3 期。

王　寧(2008):《逸詩〈交交鳴烏〉箋釋》,簡帛研究網,2008 年 8 月 20 日。

王少林(2015):《清華簡〈耆夜〉所見飲至禮新探》,《鄭州大學學報

(哲學社會科學版)》2015 年第 6 期。

王　薇(2014):《清華簡〈周公之琴舞〉研究》,天津師範大學碩士學位論文(指導教師:周寶宏),2014 年。

王向華(2016):《清華簡頌詩初探》,煙台大學碩士學位論文,2016 年。

王永昌(2016):《清華簡文字釋讀四則》,《管子學刊》2016 年第 1 期。

王瑜楨(2012):《〈清華三·芮良夫毖〉札記》,復旦大學出土文獻與古文字研究中心網,2012 年 9 月 21 日。

王瑜楨(2015):《〈清華大學藏戰國竹簡(叁)·芮良夫毖〉釋讀》,《出土文獻》(第六輯),中西書局,2015 年。

王占奎(2012):《清華簡〈耆夜〉名義解析》,簡帛網,2012 年 4 月 8 日。

王志平(2013):《清華簡〈周公之琴舞〉樂制探微》,《出土文獻》(第四輯),中西書局,2013 年。

魏宜輝(2005):《讀上博楚簡(四)札記》,Confucius2000 網,2005 年 3 月 5 日。

鄔可晶(2013):《關於清華簡〈芮良夫毖〉簡 18 的"恭潔享祀"》,復旦大學出土文獻與古文字研究中心網,2013 年 2 月 7 日。

鄔可晶(2014):《讀清華簡〈芮良夫毖〉札記三則》,《古文字研究》(第三十輯),2014 年。

吴萬鐘(2014):《〈清華簡·周公之琴舞〉之啓示》,《中國詩歌研究》(第十輯),2014 年。

吴　霞(2014):《"二雅"及清華簡〈耆夜〉所見宴饗詩酒意象研

究》,《大慶師範學院學報》2014 年第 9 期。

吴　洋(2011):《上博(四)〈逸詩·交交鳴烏〉内容辨正即簡册制度略考》,《出土文獻研究》(第十輯),中華書局,2011 年。

吴　洋(2013):《上博(四)〈多薪〉詩旨及其〈詩經〉學意義》,《文學遺産》2013 年第 6 期。

無　語(2013):《釋〈周公之琴舞〉中的"彝"字》,武漢大學簡帛研究中心網,2013 年 1 月 16 日。

X

夏含夷(2013):《〈詩〉之祝誦:三論"思"字的副詞作用》,"清華簡與《詩經》研究"國際會議,香港浸會大學,2013 年 11 月 1—3 日。

蕭　旭(2013):《清華簡〈芮良夫毖〉"富而無涚"補證》,復旦大學出土文獻與古文字研究中心網,2013 年 3 月 9 日。

謝炳軍(2015):《再議"孔子删〈詩〉"説與清華簡〈周公之琴舞〉——與徐正英、劉麗文、馬銀琴商榷》,《學術界》2015 年第 6 期。

謝炳軍(2016):《〈詩經〉的結集及其對〈周公之琴舞·敬之〉的選編——答徐正英先生》,《中州學刊》2016 年第 2 期。

徐莉莉(2016):《清華簡所見商末周初史事初探》,煙台大學碩士學位論文,2016 年。

徐正英(2014a):《清華簡〈周公之琴舞〉組詩對〈詩經〉原始形態的保存及被楚辭形式的接受》,《文學評論》2014 年第 4 期。

徐正英(2014b):《清華簡〈周公之琴舞〉與孔子删〈詩〉相關問題》,

《文學遺産》2014 年第 5 期。

徐正英、馬 芳(2014):《清華簡〈周公之琴舞〉組詩的身份確認及其詩學史意義》,《復旦學報(社會科學版)》2014 年第 1 期。

薛元澤(2011):《〈詩經·唐風·蟋蟀〉詩義探討——兼論清華簡"武王八年戡耆(黎)"之疑》,簡帛研究網,2011 年 3 月 14 日。

Y

顔世鉉(2013):《清華簡(叁)札記一則》,"清華簡與《詩經》研究"國際會議,香港浸會大學,2013 年 11 月 1—3 日。

顔偉明、陳民鎮(2011):《清華簡〈耆夜〉集釋》,復旦大學出土文獻與古文字研究中心網,2011 年 9 月 20 日。

楊伯峻(1990):《春秋左傳注》,中華書局,1990 年。

楊 樺(2014):《清華簡〈周公之琴舞〉及其德政思想》,《長江大學學報(社科版)》2014 年第 6 期。

楊 坤(2012):《清華竹書〈耆夜〉跋》,《東方考古》(第九集),科學出版社,2012 年。

楊 坤(2013):《説清華竹書所見从爾、重貝之字》,簡帛網,2013 年 10 月 8 日。

楊 坤(2014):《跋清華竹書〈周公之琴舞〉》,簡帛網,2014 年 1 月 8 日。

楊澤生(2005):《讀〈上博四〉札記》,簡帛研究網,2005 年 3 月 24 日。

姚小鷗(2013):《〈清華大學藏戰國竹簡〉與〈詩經〉學史的若干問題》,《文藝研究》2013 年第 8 期。

姚小鷗(2014):《〈清華大學藏戰國竹簡·芮良夫毖·小序〉研究》,《中州學刊》2014年第5期。

姚小鷗、李文慧(2014):《〈周公之琴舞〉諸篇釋名》,《中國詩歌研究》(第十輯),2014年5月。

姚小鷗、孟祥笑(2013):《試論清華簡〈周公之琴舞〉的文本性質》,"清華簡與《詩經》研究"國際會議,香港浸會大學,2013年11月1—3日。

姚小鷗、楊曉麗(2013):《〈周公之琴舞·孝享〉篇研究》,《中州學刊》2013年第7期。

易　泉(2013):《清華簡〈周公之琴舞〉初讀》,簡帛論壇,主貼發表於2013年1月5日,此後至4月,有魚游春水、暮四郎、鳲鳩、苦行僧、無語、theta922等人回帖。

于省吾(2009):《雙劍誃尚書新證、雙劍誃詩經新證、雙劍誃易經新證》,中華書局,2009年。

魚游春水(2013):《清華簡三〈芮良夫毖〉初讀》,簡帛網,2013年1月5日,此後至三月,有ee、海天遊蹤、暮四郎等人回帖。

于智博(2007):《〈上海博物館藏戰國楚竹書(四)〉研究概況及文字編》,吉林大學碩士學位論文(指導教師:李守奎),2007年。

Z

張崇禮(2014):《清華簡〈耆夜〉字詞考釋》,復旦大學出土文獻與古文字研究中心網,2014年6月9日。

張崇禮(2016):《清華簡〈芮良夫毖〉考釋》,復旦大學出土文獻與古文字研究中心網,2016年2月4日。

張崇依（2015）：《清華簡釋文補正五則》，《古籍整理研究學刊》2015 年第 6 期。

張存良（2013）：《由清華簡〈周公之琴舞〉談先秦樂詩中的“啓”和“亂”》，居延遺址與絲綢之路歷史文化國際學術研討會，2013 年 8 月 24—26 日。

張　峰（2015）：《清華簡〈周公之琴舞〉研究述論》，《文藝評論》2015 年第 12 期。

張國安（2014）：《清華簡〈耆夜〉成篇問題再論》，《江蘇師範大學學報（哲學社會科學版）》2014 年第 9 期。

張懷通（2012）：《〈耆夜〉解題》，復旦大學出土文獻與古文字研究中心網，2012 年 4 月 9 日。

張三夕、鄧　凱（2016）：《清華簡〈蟋蟀〉與〈唐風・蟋蟀〉爲同題創作》，《海南大學學報（人文社會科學版）》2016 年第 2 期。

張樹國（2016）：《由樂歌到經典：出土文獻對〈詩經〉詮釋史的啓迪與效用》，《浙江學刊》2016 年第 2 期。

趙敏俐（2013）：《〈周公之琴舞〉的組成、命名及表演方式蠡測》，《文藝研究》2013 年第 8 期。

趙平安（2012）：《〈芮良夫訟〉初讀》，《文物》2012 年第 8 期。

趙平安（2014）：《再論所謂倒山形的字及其用法》，《深圳大學學報（人文社會科學版）》2014 年第 2 期。

趙思木（2016）：《從清華簡〈耆夜〉談“明”字的一種特殊含義》，《古籍整理研究學刊》2016 年第 4 期。

周寶宏（2014）：《清華簡〈耆夜〉没有證據證明爲僞作——與姜廣輝諸先生商榷》，《中原文化研究》2014 年第 2 期。

[日] 竹添進一郎(1978):《左氏會箋》,東京富山房,昭和五十三(1978)年。

子 居(2010):《清華簡九篇九簡解析》,Confucius2000 網,2010 年 6 月 30 日。

子 居(2011):《清華簡〈耆夜〉解析》,Confucius2000 網,2011 年 10 月 10 日。

子 居(2013a):《清華簡〈芮良夫毖〉簡序調整一則》,confucius2000 網,2013 年 1 月 12 日。

子 居(2013b):《清華簡〈芮良夫毖〉解析》,confucius2000 網,2013 年 2 月 24 日。

子 居(2014):《清華簡〈周公之琴舞〉解析》,《學燈》(第二十九期),2014 年 1 月。

宗靜航(2013):《〈周公之琴舞〉與〈詩經〉異文和經傳解釋小識》,"清華簡與《詩經》研究"國際會議,香港浸會大學,2013 年 11 月 1—3 日。

附　録

附録一：上博簡《采風曲目》所録詩名解
附録二：郭店楚簡所引逸詩零句一則考釋
附録三：香港中文大學文物館藏楚簡拾詩
附録四：傳世文獻所見逸詩詩名、詩句箋釋
附録五：原壤所歌：逸詩《貍首》考

附録一：上博簡《采風曲目》所録詩名解

説明：《采風曲目》現藏於上海博物館，2005 年公布於《上海博物館藏戰國楚竹書（四）》，共有殘簡 6 支，無篇名。内容如整理者所言，是五聲之四：宫、商、徵、羽各聲名領有若干詩篇名，部分詩名與現存《詩經・國風》中的篇名或語句相同或相近。

【釋讀】

又敔。《子奴（如）思我》。宫穆：《碩人》，又文又敔。宫郘（巷）：《喪之末》。宫訐：《疋埅月》《埜（野）又（有）荥》《出門㠯（以）東》。宫：《祩（祝）君壽》1

□》《牆（將）贶（媺）人》《毋逃（過）虗（吾）門》《不寅之媑》。[illegible]商：《嬰（要）丘》，又敔。《奚言不從》《豊又（有）酉（酒）》。趨商：《高木》。訐商：《锥 2

□》。訐峉（徵）：《牧人》《募人》《蠶亡》《靃氏》《城上生之葦》《道之遠尒》《良人亡不宜也》《弁也遺夬（玦）》。峉（徵）和：《輾轉之賓》3

□》《亓翱也》《鷺羽之白也》。趨羽：《子之賤奴》。訐羽：《北埜（野）人》《募虎咎比》《王音深浴（谷）》。羽譔：《嘉賓慆憙》4

居》《思之丝(兹)信然》《技詐豺虎》5

《狗(苟)虗(吾)君毋死》6

【今字寫定】

又敔。《子如思我》。宫穆：《碩人》，又文又敔。宫巷(弘)：《喪之末》。宫訐：《疋垦月》《野有莿》《出門以東》。宫：《祝君壽》1

□》《將孅人》《毋過吾門》《不寅之媑》。[illegible]商：《要丘》，又敔。《奚言不從》《豊有酒》。趩商：《高木》。訐商：《锥 2

□》。訐徵：《牧人》《募人》《蠶亡》《靁氏》《城上生之葦》《道之遠尔》《良人亡不宜也》《弁也遺玦》。徵和：《輾轉之實》3

□》《亓翱也》《鷺羽之白也》。趩羽：《子之賤奴》。訐羽：《北野人》《募虎咎比》《王音深谷》。羽：《嘉賓慆憙》4

居》《思之兹信然》《技詐豺虎》5

《苟吾君毋死》6

【詩名解】

子如思我

《鄭風・褰裳》云"子惠思我"。

碩人

與《詩經・衛風・碩人》的篇名相同，但"碩人"一詞，爲詩中常用詞，如《詩經》的《考槃》、《簡兮》皆有，所以也不能肯定簡中的《碩人》即《衛風・碩人》。

喪之末

含義不詳。疑“喪”通“桑”,《説文》:“木上曰末。”“桑之末”即桑之末梢。《詩經》中言及“桑”者甚多。

疋坐月

含義不詳。

野有荥

《鄭風》有《野有蔓草》《山有扶蘇》。《周南・樛木》每章首句爲“南有樛木”。《召南》有《野有死麕》。《召南》之《摽有梅》《江有汜》《鄘風・墻有茨》皆以結構爲“×有×”的首句三字爲名。《王風》有《中谷有蓷》《丘中有麻》。《魏風》有《園有桃》《山有樞》。《秦風・車鄰》二章曰“阪有漆,隰有栗”,三章曰“阪有桑,隰有楊”。《秦風・晨風》二章曰“山有苞櫟,隰有六駮”,三章曰“山有苞櫟,隰有樹檖”。《陳風・墓門》首章曰“墓門有棘”,二章曰“墓門有梅”。《防有鵲巢》首章曰“防有鵲巢,邛有旨苕”,二章曰“中唐有甓,邛有旨鷊”。《檜風》有《隰有萇楚》。《小雅》有《南山有臺》。《小雅・四月》四章曰“山有嘉卉”,末章曰“隰有杞桋”。《大雅・文王有聲》末章曰“豐水有芑”。

出門以東

此名讓人聯想到《詩經》中以“東門”爲名的幾首詩:《鄭風・東門之墠》《鄭風・出自東門》《陳風・東門之枌》《陳風・東門之池》《陳風・東門之楊》。

祝君壽

《詩經》中表達“祝君壽”意旨的詩句如《豳風・七月》“躋彼公堂,稱彼兕觥,萬壽無疆”、《小雅・楚茨》“神嗜飲食,使君壽考”等。

將媺人

“媺”同“美”。《詩經》中“美人”凡兩見:《邶風・簡兮》:“彼美人兮,西方之人兮。”《邶風・静女》:“匪女之爲美,美人之貽。”

“將媺人”句式同《鄭風》之《將仲子》。

毋過吾門

《邶風・谷風》:“毋逝我梁,毋發我笱。”《鄭風・將仲子》三章分别言“無踰我里”“無逾我墻”“無逾我園”。

不寅之媑

含義不詳。

要丘

《邶風》有《旄丘》,《陳風》有《宛丘》。又,《詩》中言某丘者,《鄘風・載馳》言“阿丘”,《衛風・氓》言“頓丘”,《小雅・巷伯》有“畝丘”。

奚言不從

《邶風・雄雉》言“何用不臧”,《邶風・泉水》言“靡日不思”,《小雅・節南山》言“何用不監”。

豊有酒

“豊”是“禮”的本字，此名中當指宴饗禮儀。《詩經》中言禮儀活動中用酒者甚多，如《小雅・鹿鳴》“我有旨酒，嘉賓式燕以敖”、《魚麗》“君子有酒，旨且多”、《南有嘉魚》“君子有酒，嘉賓式燕以樂”、《瓠葉》“君子有酒，酌言嘗之”等等。

高木

《周南》有《樛木》，毛傳“木下曲曰樛”，但《經典釋文・毛詩音義》曰：“木下句（勾）曰樛。……馬融、《魯詩》本並作朻，音同。《説文》以朻爲木高。”這樣就有兩個意思：一個是指彎曲下垂的樹；一個是指喬木、大樹。清人桂馥《説文義證》認爲《説文解字》裏面把“朻”和“樛”兩個字的意思搞顛倒了，訓“高木”的應該是“樛”，那麼“樛木”就應該是高樹、喬木的意思，“樛木”就是“高木”。當然，不能僅憑這一點就認定“高木”所指稱的詩就是《周南・樛木》。

锥……

含義不詳。

牧人

《周禮・地官・牧人》：“牧人掌牧六牲，而阜蕃其物，以共祭祀之牲牷。凡陽祀，用騂牲毛之；陰祀，用黝牲毛之；望祀，各以其方之色牲毛之。凡時祀之牲，必用牷物。凡外祭、毁事，用尨可也。凡祭祀，共其犧牲，以授充人繫之。凡牲不繫者，共奉之。”

蕩人

《周禮·地官·場人》:"場人掌國之場圃,而樹之果蓏珍異之物,以時斂而藏之。凡祭祀、賓客,共其果蓏,享亦如之。"

蠶亡

含義不詳。按"亡"與"喪"義近,"喪"與"桑"音同可通,"亡"與"桑"皆陽部字,一明母一心母,唇齒相鄰。"蠶亡"或即"蠶桑"。

霖氏

含義不詳。或亦官職名。

城上生之葦

"葦"即蘆葦,《大雅》有《行葦》,《衛風·河廣》言"誰謂河廣?一葦杭之",《豳風·七月》言"八月萑葦",《小雅·小弁》言"有漼者淵,萑葦淠淠"。蘆葦多生於水邊野外,如今竟生於"城上"(城墻上),顯爲反常現象。推測詩人或以之興黍離之悲,或以之喻小人居高位。

道之遠尔

《論語·子罕》載逸詩云:"唐棣之華,偏其反而。豈不爾思,室是遠而。"

良人亡不宜也

"良人"一詞,數見於《詩經》,《唐風·綢繆》:"綢繆束薪,三星在天。今夕何夕，見此良人。子兮子兮，如此良人何?"《秦風・小戎》："言念君子，載寢載興。厭厭良人，秩秩德音。"《秦風・黄鳥》："彼蒼者天，殲我良人。"《大雅・桑柔》："維此良人，弗求弗迪。""維此良人，作爲式穀。"

"亡不宜"，《小雅・天保》："罄無不宜，受天百禄。"

弁也遺玦

弁，一種禮帽，分皮弁、爵弁。此處疑讀爲"泮"或"畔"(皆並母元部字)，指水邊。"遺玦"可有兩解：

一、"遺"爲"捐棄"之義。《詩經・衛風・氓》："淇則有岸，隰則有泮。"鄭箋："泮，讀爲畔。畔，涯也。"《楚辭・九歌・湘君》："捐余玦兮江中，遺余佩兮醴浦。""捐""遺"互文，"捐余玦"即"遺余玦"，"玦"亦"佩"的一種。王逸注："玦，玉佩也。先王所以命臣之瑞，故與環即還，與玦即去也。遺，離也。佩，瓊琚之屬也。言己雖見放逐，常思念君，設欲遠去，猶捐玦佩，置於水涯，冀君求己，示有還意。"則"弁(泮，畔)也遺玦"意爲在水邊捐棄玉玦。

二、"遺"爲"贈送"或"丟失"之義。《詩經・周南》有《漢廣》一詩，三家詩以"漢皋解佩"之事解説詩意，《文選》卷十二郭景純《江賦》注引《韓詩内傳》曰："鄭交甫遵彼漢皋臺下，遇二女，與言曰：'願請子之佩。'二女與交甫，交甫受而懷之，超然而去。十步循探之，即亡矣。回顧二女，亦即亡矣。"以二女解佩與交甫言之，則爲贈佩；以玉珮後消失不見言之，則爲失佩。此二意皆可曰"遺佩"。以"弁(泮，畔)也遺玦"爲名的詩，或也與類似的故事有關。

輾轉之實

“輾轉”一詞見於《詩經》中的兩首詩:《周南·關雎》“悠哉悠哉,輾轉反側”、《陳風·澤陂》“寤寐無爲,輾轉伏枕”,都是指翻來覆去,難以安眠。實,《廣雅·釋詁》:“誠也。”《國語·晉語五》:“今陽子之貌濟,其言匱,非其實也。”俞樾《群經平議》:“實者,誠也。”《楚辭·離騷》“羌無實而容長”,王逸注:“實,誠也。”“輾轉之誠”或謂鬱結之情。

亓翱也

《詩經》中言“翱翔”,皆言人,猶言遨遊、彷徉、逍遥。《鄭風·清人》首章曰“二矛重英,河上乎翱翔。”二章曰:“二矛重喬,河上乎逍遥。”《鄭風·女曰雞鳴》:“將翱將翔,弋鳧與鴈。”《鄭風·有女同車》:“將翱將翔,佩玉瓊琚。”“將翱將翔,佩玉將將。”《齊風·載驅》:“魯道有蕩,齊子翱翔。”《檜風·羔裘》:“羔裘翱翔,狐裘在堂。”

鷺羽之白也

《陳風·宛丘》:“坎其擊鼓,宛丘之下。無冬無夏,值其鷺羽。”

子之賤奴

此名極易懂,詩的意旨卻不易揣測,疑是女子口吻的情詩。

北野人

“野人”是與“國人”相對而言的,居住在國郊以外,應非貴族而是平民。就周人通過軍事殖民而建立的國家而言，野人主要是當地的原住民。《孟子・萬章上》言及“齊東野人”，即齊國東部的野人。故“北野人”可能是指某諸侯國北部的野人。

雺虎咎比

研究者皆將“雺虎”和“咎比”視爲兩首詩之名，非是，當是四字詩名。“雺”即“頒”，讀爲“斑”，文彩相雜之義。《孟子・梁惠王上》“頒白者不負載於道路矣”，朱熹《集注》：“頒與斑同，老人頭半白黑者也。”“頒虎”即“斑虎”，斑紋老虎也。“咎”讀爲“皋”，如“皋陶”，《楚辭》之《離騷》《九章・惜誦》皆寫作“咎繇”。“皋比”即虎皮，《左傳》莊公十年：“自雩門竊出，蒙皋比而先犯之。”杜預注：“皋比，虎皮。”所以此詩名意爲“斑紋老虎的虎皮”。

王音深谷

“王音”一詞似不見於現存先秦典籍，可能就是“王者之言”的意思。“深谷”即深深的山谷或合谷，《詩經・小雅・十月之交》：“高岸爲谷，深谷爲陵。”此名之意，可能是指王者之言如深谷般深邃。清華簡《芮良夫毖》“言深于淵”一句可以參看。

嘉賓慆憙

慆，《玉篇》：“喜也。”“憙”同“喜”。“嘉賓慆憙”應是宴饗用詩之名，《詩經・小雅》中多有意旨相近的詩句，如《鹿鳴》“以燕樂嘉賓之心”、《南有嘉魚》“嘉賓式燕以樂”等。

……居

含義不詳。

思之茲信然

“茲”是“滋”的古字，更加。用例如《逸周書・文酌》“既用茲憂”、《墨子・非攻上》“其不仁茲甚”。此或爲情侶揣測之言，爲情詩之名。

技詐豺虎

技，讀爲“忮”。《説文》：“忮，很也。”段玉裁注：“很者，不聽從也。《雄雉》《瞻卬》傳皆曰：‘忮、害也。’害即很義之引申也。”詐，《爾雅・釋詁》：“僞也。”《説文》：“欺也。”“技（忮）詐豺虎”意謂“凶狠狡詐的豺虎”或“像豺虎一樣凶狠狡詐”。在古人觀念中，豺是狡詐的動物，虎是凶狠的動物。

苟吾君毋死

此名字面意思也很好懂，但用爲詩名，詩所言何事，則無從考知。

附録二：郭店楚簡所引逸詩零句一則考釋

郭店楚墓儒家文獻有引詩現象，其中《緇衣》篇所引詩句，有一則當屬逸詩，兹録於此，並作考釋。原文爲：

寺（詩）員（云）："虐夫夫共㪟𩏂，粀人不斂。"

釋讀目前已有定論，即"吾大夫恭且儉，靡人不斂"，從這兩句看，頗類雅詩之句。

"恭"與"儉"並稱，典籍中習見，《禮記·樂記》："恭儉而好禮者，宜歌《小雅》。"孔穎達疏："恭，謂以禮自持。儉，謂以約自處。好禮而動，不越法也。性既恭儉好禮而守分，不能廣大疏達，故宜歌《小雅》。"孫希旦《集解》："恭儉而好禮者，《小雅》之德也，故德如此者宜歌《小雅》。"《禮記·表記》所載"子曰"對"恭"、"儉"有詳細的論述：

恭近禮，儉近仁，信近情，敬讓以行此，雖有過，其不甚矣。夫恭寡過，情可信，儉易容也；以此失之者，不亦鮮乎？

《集解》引吕大臨曰："恭則不侮，得禮之意，近乎禮矣。儉則不奪，得仁之意，近乎仁矣。言語必信，存心正行，近乎情矣。三者之行，以敬讓行之，雖有過差，其情則善，故不甚矣。不侮人，則人亦不侮，斯寡過矣。近乎情，則不志乎欺，斯可信矣。不奪人則知足，斯易容矣。如是而失之者，鮮可與進於德矣。"此詮有可取處，但頗夾纏，且發揮過度。"恭"之所以"近禮"，因爲"恭"是對人對事的態度，與禮儀的基本要求是符合的，故後文説"寡過"，至於内在是否真具備禮的精神（即所謂"禮義"），則尚不可知，只是跡類有禮。"儉"之所以"近仁"，因爲"儉"是生活的狀態，不奢侈，少需索，則對他人的利益較少威脅、妨礙與損害，易於在社會中立足容身，故後文説"易容"，至於是否有仁愛之心，則尚不可知，只是跡類仁愛。回到逸詩詩句，正因爲"恭"和"儉"是外在的態度、狀態，可以見到，可以效仿，所以"大夫"如此，會有影響、誘導民衆的作用。

斂，《説文》："收也。"《詩經·小雅·桑扈》"不戢不難"，鄭箋："然而則不自斂以先王之法。"孔穎達疏："斂者，收攝之名。"即自我約束。"靡人不斂"正是受"大夫恭且儉"影響的結果。

郭店楚簡中的逸詩，僅此一條。此外《唐虞之道》篇引"虞詩曰"："大明不出，萬物皆暗。聖者不在上，天下必壞。"[①]"詩三百"是周詩，故"虞詩"並不屬於"詩三百"的佚篇，不是"逸詩"。這幾句文意顯豁，應該並非真的虞舜時代的詩歌，可能是相關傳説内容的一部分。

另，馬王堆漢墓帛書《繆和》篇有："故其在《詩》也曰：'女弄不

① 因爲並不屬於"逸詩"，只是順帶提及，故直接寫出最終釋文。

敝衣裳，士弄不敝車輪。'"很可能是詩之逸句，《繆和》是漢代帛書文獻，非楚簡文獻，但都屬於"出土簡帛文獻"大類，故連類而及。這兩句，弄，《爾雅·釋言》："玩也。"《左傳》僖公九年"夷吾弱不好弄"，杜預注："弄，戲也。"在句中是遊戲、玩耍的意思。敝，《説文》："敗衣也。"引申爲凡敗壞之稱，《周禮·考工記·輪人》"輪敝"，孫詒讓《正義》："凡物敗壞並謂之敝。""女弄不敝衣裳"即女子玩耍不能弄壞衣服，"士弄不敝車輪"即男子玩耍不能弄壞車輪。這兩句話是對士女舉止的要求，與"禮"有關，也是對性别身份的提示，因爲女子是以紡織爲務，而男子以射御爲務。突出兩性不同社會角色的詩，有《詩經·小雅·斯干》，其末三章云："大人占之：維熊維羆，男子之祥；維虺維蛇，女子之祥。乃生男子，載寢之床，載衣之裳，載弄之璋。其泣喤喤，朱芾斯皇，室家君王。乃生女子，載寢之地，載衣之裼，載弄之瓦。無非無儀，唯酒食是議。無父母詒罹。"可參看。

附録三：香港中文大學文物館藏楚簡拾詩

2001年公布的香港中文大學文物館所藏簡牘，有戰國零簡十枚，經饒宗頤先生考證，其中一枚（編號1）所載當爲《緇衣》殘句①，一枚（編號2）所載當爲《周易・睽卦》六三爻殘辭②。其他八枚殘簡的内容雖能釋讀，無從知其歸屬。筆者認爲其中有兩枚簡所記當是詩中語句，兹述論如下：

一、簡4：……解於時，上帝熹之，乃無凶裃……

陳松長先生以"解於時"爲一句，訓"解"爲"解除"，舉《包山楚簡》"由攻解於槼禮"、"由攻解於禮與兵死"爲據，認爲"時"通作"畤"，即《説文》所言"天地五帝所基止"，"解於時"即"解除於畤"③。按"槼禮

---

① 饒宗頤：《緇衣零簡》，《秦漢史論叢》第七輯，中國社會科學出版社，1998年，第328—330頁。

② 饒宗頤：《在開拓中的訓詁學——從楚簡易經談到新編〈經典釋文〉的建議》，臺灣《第一屆國際訓詁學研討會論文集》，高雄，1997年。

③ 陳松長編著：《香港中文大學文物館藏簡牘》，香港中文大學文物館，2001年，第13頁。

(盟詛)”與“禮(詛)及兵死”都是所要解除的對象[①]，而“畤”是祭祀上帝的祭壇，爲地點，似不相符合。《包山楚簡》卜禱簡中表示解除，恒以“攻解”連言，除上二例外，尚有如下幾例：

> 思(使)攻解於人愚(偶)。【198】
>
> 由(使)攻解於不殆(辜)。【217】
>
> 由(使)攻解於戢(歲)。【238】
>
> 由(使)攻解於水上與溺人。【246】
>
> 由(使)攻解於日月與不辜。【248】
>
> 命攻解於漸木立。【250】[②]

“攻解於”後所接諸詞：“人偶”，劉信芳先生説：“即木偶、土偶之類，蓋攻解本屬巫術，而古代巫師攻解多以土木偶以代鬼怪。”“漸木”，劉信芳先生認爲即“建木”，“其神名‘立’，故稱‘漸木立’”[③]。“不辜”即冤死鬼，“歲”即太歲，“溺人”即溺死鬼。“水上”與“溺人”並稱，疑指水神。“日月”與“不辜”並稱，疑指異常天象，《詩經・小雅・十月之交》：“日月告凶，不用其行。”《鄭箋》釋“告凶”：“告天下以凶亡之徵也。”[④]都是攻解的對象，並無“解於某地”的用例。

---

① 曾憲通先生認爲“盟詛”“殆指主盟詛之神靈”，參見氏著《包山卜筮簡考釋(七篇)》，收入《第二屆國際中國古文字學研討會論文集》，香港中文大學，1993 年。“兵死”即《淮南子・説林》“兵死之鬼”，指戰死者的鬼魂。

② 劉信芳：《包山楚簡解詁》，藝文印書館，2003 年，第 209、215、240、241、250 頁。方括號内爲原簡編號。

③ 劉信芳：《包山楚簡解詁》，第 250 頁。

④ 孔穎達：《毛詩正義》卷一二，中華書局影印阮元校刻《十三經注疏》本，1980 年，第 445 頁。

此爲零簡，且上端殘，"解"上當有"不"字，原以"不解於時"爲一句，《國語·周語上》："民用莫不震動，恪恭於農，修其疆畔，日服其鎛，不解於時，財用不乏，民用和同。"徐元誥曰："解，古懈字。"[①]《詩經·大雅·假樂》有詩句："不解於位，民之攸塈。"鄭箋："不解於其職位，民之所以休息由此也。"[②]"不解於位"的"解"也是"懈"之本字。"不解於時"指不懈怠於農時，故下文言"乃無凶祅(祀)"。

"熹"，當通作"喜"。《詩經·小雅·彤弓》"中心喜之"，毛傳："喜，樂也。"[③]《詩經·大雅·皇矣》："上帝耆之，憎其式廓。"馬瑞辰曰："《傳》：'耆，惡也。'(毛本作'老也'，誤)……瑞辰按：《廣雅》：'諸，怒也。'《玉篇》：'耆，怒訶也。'《廣韻》：'諸，訶怒也。'怒、惡義同。《傳》蓋以耆爲諸之借字，故訓爲惡。《説文》無諸字，古蓋止借作耆耳。又按耆从旨聲，旨、責二字雙聲。《廣雅》：'怒，責也。''讀，怒也。'責與怒皆惡也，以聲爲義，則耆字亦得訓惡耳。《箋》訓爲老，失之。"[④]胡承珙《後箋》："《傳》意蓋謂夏殷之政不得人心，致使四國懼而各謀所居，於是上帝惡之。"[⑤]"喜"、"惡"正是一對反義詞。甲骨卜辭中，上帝有"令雨"、"令鳳(風)"等與農業密切相關的權能，還能直接決定年成[⑥]。周人的農業思想中也有上帝崇拜的成分，清華簡《繫年》首章記載了周武王"作帝籍，以登祀

① 徐元誥著，王樹民、沈長雲點校：《國語集解》，中華書局，2002年，第21頁。

② 孔穎達：《毛詩正義》卷一七，第540頁。

③ 孔穎達：《毛詩正義》卷一〇，第421頁。

④ 馬瑞辰著，陳金生點校：《毛詩傳箋通釋》卷二四，中華書局，1989年，第840頁。

⑤ 胡承珙著，郭全芝校點：《毛詩後箋》卷二三，黃山書社，1999年，第1279頁。

⑥ 參見朱鳳瀚：《商周時期的天神崇拜》，《中國社會科學》1993年第4期，第194頁。

上帝天神，名之曰千畝”之事[①]，親耕帝籍是周王例行的重大儀式活動，《國語・周語上》載虢文公之言，詳論此制度[②]。《詩經》中，《周頌・臣工》是“戒農官之詩”，其中有：“於皇來牟，將受厥明。明昭上帝，迄用康年。”朱熹注：“然麥亦將熟，則可以受上帝之明賜，而此明昭之上帝，又將賜我新畬以豐年也。”[③]《大雅・雲漢》是“宣王憂旱”之詩[④]，篇中四呼“上帝”。

“祅”字，饒宗頤先生認爲“即禩字”，是“祀”的或體[⑤]，甚是。“凶祀”猶言“凶年”。“乃無凶祀”句式類似《老子》“則無敗事”[⑥]、《逸周書・大戒解》“乃無謀亂”[⑦]。《尚書・盤庚上》：“若農服田，力穡，乃亦有秋。”[⑧]“乃無凶祀”與“乃亦有秋”意旨相似。

此三句的最後一個字分別是“時”、“之”、“祀”，皆之部字，第二句第三個字“熹（喜）”也是之部字。《詩經》中押之部韻的詩篇很多，以“喜”、“祀”爲韻腳的有《小雅・大田》等。以“祀”、“時”爲韻

---

① 清華大學出土文獻研究與保護中心編、李學勤主編：《清華大學藏戰國竹簡（貳）》，中西書局，2011 年，第 136 頁。

② 徐元誥，王樹民、沈長雲點校：《國語集解》，第 15—21 頁。

③ 朱熹：《詩集傳》卷一九，中華書局，1958 年，第 228 頁。

④ 《春秋繁露・郊祀之六十九》：“周宣王時，天下旱，歲甚惡，王憂之，其詩曰：‘倬彼雲漢……’宣王自以爲不能乎后稷，不中乎上帝，故有此災。”（董仲舒著，淩曙注：《春秋繁露》卷一五，中華書局，1975 年，第 514—515 頁）

⑤ 饒宗頤：《楚帛書新證》，收入饒宗頤、曾憲通編著：《楚帛書》，中華書局香港分局，1985 年，第 65 頁。

⑥ 王弼注，樓宇烈校釋：《老子道德經注校釋》，中華書局，2008 年，第 166 頁。

⑦ 黄懷信、張懋鎔、田旭東撰：《逸周書彙校集注》卷五，上海古籍出版社，1995 年。第 606 頁。

⑧ 孔穎達：《尚書正義》卷九，中華書局影印阮元校刻《十三經注疏》本，1980 年，第 169 頁。

腳的有《小雅·楚茨》、《大雅·生民》等[①]。故無論"之"字是否入韻,都是句句押韻的。

綜上所述,此簡所載,四字一句,句句押韻,用語、用韻與《詩經》中雅詩接近,可以認定爲詩的一部分。

二、簡6: 𦎫言則𧗿,舀民隹(維)懌,不欲……

"𦎫"字,陳松長先生據《説文》及段玉裁注,認爲是"醇"之本字[②],可從。"醇言"即醇厚之言。𧗿字右半即"𧷏"字,朱德熙先生曾著文考之甚詳[③]。陳松長先生認爲通作"篤"或"黷"[④],當從前者,《詩經·周頌·維天之命》:"駿惠我文王,曾孫篤之。"《毛傳》:"成王能厚行之也。"[⑤]"篤"是"厚行"之義;《論語·泰伯》:"君子篤於親,則民興於仁。"邢昺《疏》:"言君能厚於親屬,則民化之,起爲仁行,相親友也。"[⑥]"篤"是厚待之義。"醇言則篤"的"篤"也是用爲動詞,義爲厚待、厚遇。與"醇言則篤"句式類似的,《詩經》中有兩處:《小雅·雨無正》:"聽言則答,譖言則退。"《大雅·桑柔》:"聽言則對,誦言如醉。"此二者皆譏刺統治者拒

---

① 《詩經》用韻情况,可參考王顯:《詩經韻譜》,商務印書館,2011年。

② 陳松長編著:《香港中文大學文物館藏簡牘》,第14頁。

③ 朱德熙:《古文字考釋四篇·釋𧷏》,《朱德熙古文字論集》,中華書局,1995年,第152—153頁。

④ 陳松長編著:《香港中文大學文物館藏簡牘》,第14頁。

⑤ 孔穎達:《毛詩正義》卷一九,第583頁。

⑥ 邢昺:《論語注疏》卷八,中華書局影印阮元校刻《十三經注疏》本,1980年,第2486頁。

諫喜諛[①]，"醇言則篤"則是褒義的，《論語·先進》："論篤是與。"[②]與此意旨相近。

"舀"，陳松長先生認爲當讀爲"慆"，訓爲"喜"，"《左傳·昭公元年》：'非以慆心也。'本簡之'舀'，其意與此同，在句中當用作使動用法，即'使民舀(慆)'之義"[③]。甚是。整句則是意動用法，以"慆民"爲"懌"也。《詩經》中類似句式如《大雅·板》："价人維藩，大師維垣。大邦維屏，大宗維翰。懷德維寧，宗子維城。"[④]《大雅·桑柔》："稼穡維寶，代食維好。"[⑤]《大雅·烝民》："柔嘉維則。"[⑥]典籍中與"慆民維懌"意旨相近的表述，見於《尚書》。《康誥》："汝亦罔不克敬典乃由，裕民惟文王之敬忌；乃裕民曰'我惟有及'，則予一人以懌。"于省吾先生讀"裕"爲"欲"，顧頡剛、劉起釪《尚書校釋譯論》從之，將這幾句譯爲："我們要人民常想到文王的愛憎——他所要做的和所反對的，要人民都能自己説願意追隨文

① "聽言則答，譖言則退"，馬瑞辰曰："聽有順從之義，'聽言'對'譖言'而言，正謂順從之言。《廣韻》：'譖，毀也。''毀，猶謗也。'古以諫言爲誹謗，故堯有誹謗之木，譖言即諫言也。言凡百君子所以莫肯直諫，蓋以王好順從而惡諫譖，聞順從之言則答而進之，聞譖毀之言則退而不答。聽言言答，則進之可知；譖言言退，則不答可知。互文以見義。""聽言則對，誦言如醉"，馬瑞辰曰："《説文》：'聽，聆也。''从，相聽也。'《廣雅》：'聽、聆，從也。'聽言謂順從之言，即譽言也。《説文》：'誦，諷也。'《楚語》：'倚几有誦訓之諫。'又曰：'使工誦諫於朝。'誦言即諷諫之言也。詩言貪人好譽而惡諫，聞譽言則答，聞諫言則如醉。"見《毛詩傳箋通釋》卷二〇、二六，第626、973頁。

② 朱熹注："言但以其言論篤實而與之。"(《四書章句集注》卷六，中華書局，1983年，第128頁)

③ 陳松長編著：《香港中文大學文物館藏簡牘》，第15頁。

④ 孔穎達：《毛詩正義》卷一七，第548頁。

⑤ 孔穎達：《毛詩正義》卷一八，第558頁。

⑥ 孔穎達：《毛詩正義》卷一八，第568頁。

王的遺教,那我就高興了。”[①]另有《梓材》:“肆王惟德用,和懌先後迷民,用懌先王受命。”屈萬里先生説:

> 肆,《爾雅·釋詁》:“故也。”懌,悦也;義見《詩·板》毛傳。先,謂導其先。後,謂護其後。義參《詩·綿》毛傳。迷民,迷惑之民衆。下懌字,一作斁(見《釋文》及《書》古文訓)。《説文》:“斁……一曰終也。”孫氏《注疏》解此句云:“用終先王所受大命。”是也。[②]

都有使民和悦、以民衆之樂爲樂的意思。

這兩句從句式來看,應是逸詩零句。因爲僅存兩句,無法詳論用韻情況。第一句末一字爲“篤”,是覺部字;第二句末一字爲“懌”,是鐸部字,尾音相同而主要母音相近,則這兩句視爲覺鐸合韻,亦未嘗不可。又,“醇言則篤”,“醇”與“篤”義近;“慆民維懌”,“慆”與“懌”義近。是一種語言上的特色,值得關注。

這兩枚簡所記的内容都是詩句,是諸子著作中引詩,還是獨立的記詩文獻的一部分?則無從考索了。近年出土的戰國簡牘,這兩類文獻都有,前者如《緇衣》,簡1即其殘編,有引詩的内容;後者則如上博簡《逸詩》,清華簡《耆夜》、《周公之琴舞》、《芮良夫毖》等[③]。無

---

① 顧頡剛、劉起釪:《尚書校釋譯論》,中華書局,2005年,第1361頁。

② 屈萬里:《尚書集釋》,中西書局,2014年,第173頁。

③ 參見馬承源主編:《上海博物館藏戰國楚竹書(四)》,上海古籍出版社,2005年;清華大學出土文獻研究與保護中心編,李學勤主編:《清華大學藏戰國竹簡(壹)》、《清華大學藏戰國竹簡(叁)》,中西書局,2010、2012年。

論原本歸屬於哪一類，簡 4、簡 6 所記詩句都是不見於今本《詩經》的逸詩的一部分。較多逸詩的出現，是戰國簡牘帶給學界的"新景觀"之一，對於先秦詩學、詩史等領域的研究提供了新材料和新啓發，港中大所藏這兩枚簡的内容，亦應歸入先秦逸詩殘篇，從用語上看，當屬雅詩。詩句的思想内容，簡 4 與農業相關，簡 6 與納諫治民相關，是探究先秦農業思想史和政治思想史的新材料。陳松長先生在《香港中文大學文物館藏簡牘》卷前介紹中說：

> 戰國簡雖僅十枚，且又多是殘簡，其内容尚無法繫聯，但很珍貴的是，它們大都是文獻類的楚簡。現已可考的是一枝《緇衣》簡和一枝《周易》簡。……另外八枝雖還不能落實其文本所自，但隨着戰國簡的不斷出土和上海博物館所藏楚簡的整理出版，可能會逐漸顯示這幾枝殘簡的價值和意義。①

筆者不揣淺陋，在此文中就兩支簡的文本性質和思想内容作了一些嘗試性的探討，希望能作爲引玉之磚，促進對這些戰國簡史料價值的發掘和利用。

（此文原發表於"中國詩經學會第十二屆年會暨國際學術研討會"論文集，收入本書時作了補充修改）

① 陳松長編著：《香港中文大學文物館藏簡牘》，第 5 頁。

附録四：傳世文獻所見逸詩詩名、詩句箋釋

一、詩名、零句皆存者

1.《徵招》《角招》

《孟子·梁惠王下》述晏子向齊景公進諫："景公説，大戒於國，出舍於郊。於是始興發補不足。召大師曰：'爲我作君臣相説之樂。'蓋〈徵招〉〈角招〉是也。其詩曰：'畜君何尤？'畜君者，好君也。"趙岐注："大師，樂師也。《徵招》《角招》，其所作樂章名也。其詩，樂詩也。言臣説君謂之好君，何尤者，無過也。"關於《徵招》《角招》二名，劉台拱《經傳小記》云：

> 《國語》："細鈞，有鐘無鎛，昭其大也。大鈞，有鎛無鐘，甚大無鎛，鳴其細也。大昭小鳴，和之道也。"按細大有以音聲言者，上章言"大不逾宫，細不過羽"是也。有以調言者，此言"細鈞大鈞"是也。有以器言者，此言"昭其大，鳴其細"是也。鈞亦作均，《春秋》昭二十年服注云："黄鐘之均，黄鐘爲宫，大蔟爲商，姑洗爲角，林鐘爲徵，南吕爲羽，應鐘爲變宫，蕤賓爲變徵。"《續漢志》云："天子常以日冬夏至陰氣應，則樂均調。"西京郊祀宗廟樂，惟用黄鐘一均，章帝時，太常丞鮑業始旋十二

> 宫，旋宫以七聲爲鈞，蓋古所謂均，即今所謂調。五聲十二律，旋相爲宫，爲六十調，皆具五聲，故有五均。而韋注“細鈞爲徵羽角，大均爲宫商”者，古人以聲命調，若《孟子》言“《徵招》《角招》”，師曠言“《清商》《清徵》《清角》”，皆是調名，韋氏之意，或亦爾也。

此論上古樂調甚詳。但“清”可爲描述曲調之語，“招”則不可。愚意以爲《徵招》《角招》或即《韶》樂之二章，《周禮・春官・大司樂》：“九德之歌，九韶之舞。”“九韶”又稱“九招”，《墨子・三辯》：“（湯）因先王之樂，又自作樂，命曰《護》，又脩《九招》。”《吕氏春秋・仲夏紀》：“帝嚳命咸黑作爲聲歌——《九招》《六列》《六英》。”“帝舜乃令質修《九招》《六列》《六英》，以明帝德。”“湯乃命伊尹作爲《大護》，歌《晨露》，修《九招》《六列》《六英》，以見其善。”

若《大司樂》所言可信，則“九招”之樂的歌詞能表現“九德”，可有二解：《左傳》昭公二十八年：“心能制義曰度，德正應和曰莫，照臨四方曰明，勤施無私曰類，教誨不倦曰長，賞慶刑威曰君，慈和徧服曰順，擇善而從之曰比，經緯天地曰文。九德不愆，作事無悔，故襲天禄，子孫賴之。”此“度”“莫”“明”“類”“長”“君”“順”“比”“文”爲“九德”。又《左傳》文公七年：“《夏書》曰：‘戒之用休，董之用威，勸之以九歌，勿使壞。’九功之德皆可歌也，謂之九歌。六府、三事，謂之九功。水、火、金、木、土、穀，謂之六府；正德、利用、厚生，謂之三事。義而行之，謂之德、禮。”“九功之德”亦可稱“九德”。若以前者言之，“畜君何尤”或爲言“比”德的詩句。一句當然只能屬於一詩，即《徵招》《角招》其中之一。

2.《轡之柔矣》

《左傳》襄公二十六年載晉卿"國子賦《轡之柔矣》",杜預注:"逸詩,見《周書》。"楊伯峻(1990:1117)注:"《逸周書·大子晉篇》引《詩》云:'馬之剛矣,轡之柔矣。馬亦不剛,轡亦不柔。志氣麃麃,取予不疑。'當即此詩。"這幾句,《逸周書匯校集注》(1995:1099)云:

> 潘振云:"……馬剛難制,轡柔易絶,馬不剛、轡不柔,可謂和矣。人之志如轡,人之氣如馬,麃麃而和,當取則取,當予則予,和義也。不疑於心,和之至也。逸詩之言,興而比也。以和御之,無乎不宜。蓋隱指歸田之事矣。"陳逢衡云:"麃麃,武貌。見《詩·鄭風》'駟介麃麃'傳。取予不疑,六轡在手也。"朱右曾云:"麃麃,盛也。取予,猶罄控也。言馬志氣之盛,由罄控不疑于心也。"

末二句言人抑或言馬,尚可商榷。此當爲雅詩中的一部分。

3.《祈招》

《左傳》昭公十二年載子革進諫於楚靈王之事:

> 析父謂子革:"吾子,楚國之望也。今與王言如響,國其若之何?"子革曰:"摩厲以須,王出,吾刃將斬矣。"王出,復語。左史倚相趨過,王曰:"是良史也,子善視之!是能讀三墳、五典、八索、九丘。"對曰:"臣嘗問焉:昔穆王欲肆其心,周行天下,將皆必有車轍馬跡焉。祭公謀父作《祈招》之詩,以止王

心，王是以獲没於祇宫。臣問其詩而不知也。若問遠焉，其焉能知之？”王曰：“子能乎？”對曰：“能。其詩曰：‘祈招之愔愔，式昭德音。思我王度，式如玉，式如金。形民之力，而無醉飽之心。’”王揖而入，饋不食，寢不寐，數日，不能自克，以及於難。

則《祈招》是周穆王時祭公謀父所作之詩，“祈招之愔愔”云云是詩中之語。杜預注：“謀父，周卿士。祈父，周司馬，世掌甲兵之職，招，其名。祭公方諫游行，故指司馬官而言。此詩逸。愔愔，安和貌。式，用也。昭，明也。金、玉取其堅重。言國之用民，當隨其力任，如金冶之器，隨器而制形。故言形民之力，去其醉飽過盈之心。”

祭公謀父是周穆王時大臣，雷學淇《竹書紀年義證》：“祭公謀父者，周公之孫。其父武公與昭王同没于漢。謀父，其名也。”“謀父”當是字而非名。《逸周書》有《祭公》篇。詩名“祈招”，杜預以“祈父名招”釋之，僅爲諸説之一，學者聚訟紛紜，按竹添光鴻《會箋》(1978：第二十二 52－53)曰：“‘祈招’似樂章名，‘韶濩’又作‘招濩’，齊景公作君臣相悦之樂曰《徵招》《角招》，蓋皆有因《韶》樂而名之也。”如此，則《祈招》可能與上文所論《徵招》《角招》皆屬“九招”。“式如玉，式如金”兩句，顧炎武《補正》：“猶言如金如錫，如圭如璧，謂令德也。”

4.《支》

《國語·周語下》：“衛彪傒適周，聞之，見單穆公曰：‘萇、劉其不殁乎？周詩有之曰：“天之所支，不可壞也。其所壞，亦不可支也。"昔武王克殷而作此詩也,以爲飫歌,名之曰《支》。以遺後之人,使永監焉。'"《國語》這段話,韋昭注:"周詩,飫時所歌也。支,杜也。"所謂"飫",下文曰:"夫禮之立成者爲飫,昭明大節而已,少曲與焉。"則"天之所支"云云四句,很可能就是《支》詩全璧。

5.《貍首》

《禮記・射義》:"其節,天子以《騶虞》爲節,諸侯以《貍首》爲節,卿大夫以《采蘋》爲節,士以《采蘩》爲節。"此四首作爲射節的詩,《騶虞》《采蘋》《采蘩》皆見於今本《詩經》,唯《貍首》不見。此詩部分内容可考索而知,實即《禮記・檀弓下》所載原壤所歌:"貍首之斑然,執女手之卷然。"筆者有專文考證,見本書"附録五",此處不贅。

6.《驪駒》

《漢書・儒林傳・王式傳》:"博士江公世爲《魯詩》宗,至江公著《孝經説》,心嫉式,謂歌吹諸生曰:'歌《驪駒》。'"文穎注:"其辭云'驪駒在門,僕夫俱存;驪駒在路,僕夫整駕'也。"又《文選・曹子建〈責躬詩〉》李善注:"《大戴禮》曰:'驪駒在門,僕夫俱存。'"則《驪駒》零句原見於《大戴禮記》,今本則無。就此四句而言,當是宴饗場合賓客告辭所用,或爲《小雅》逸篇。

二、僅存詩名

1.《茅鴟》

《左傳》襄公二十八年:"叔孫穆子食慶封,慶封氾祭。穆子不説,使工爲之誦《茅鴟》,亦不知。"杜預注:"工,樂師。《茅鴟》,逸詩,刺不敬。"《會箋》(1978:第十八 60):"去年爲賦《相鼠》不知,今乃使樂師誦而易曉也。《爾雅》鴟有四種，茅鴟其一，是鴟鴞之類惡聲而攫食者。”從“誦”這個動詞，就可知《茅鴟》的文辭必是譏諷意味很明顯的。

2.《新宮》

《儀禮・燕禮》：“升歌《鹿鳴》，下管《新宮》。”鄭玄注：“《新宮》，《小雅》逸篇也。”此詩用於堂下管樂，《左傳》所載春秋貴族賦詩，亦有此詩，昭公二十五年：“叔孫婼聘於宋……宋公享昭子，賦《新宮》。”杜預注：“逸詩。”

3.《九夏》

《周禮・春官・鍾師》：“鍾師掌金奏。凡樂事，以鍾鼓奏九夏：《王夏》《肆夏》《昭夏》《納夏》《章夏》《齊夏》《族夏》《裓夏》《驁夏》。”鄭玄注：“九夏皆詩篇名，頌之族類也。此歌之大者，載在樂章，樂崩亦從而亡。”

4.《采薺》

《周禮・春官・樂師》：“行以《肆夏》，趨以《采薺》。”鄭玄注引鄭司農曰：“《肆夏》《采薺》皆樂名。或曰皆逸詩。”孫詒讓曰：“凡以器播其聲則曰樂，人所歌則曰詩，二者皆有辭也。”又作《采齊》，《禮記・玉藻》：“趨以《采齊》，行以《肆夏》。”《仲尼燕居》：“和鸞中《采齊》，客出以《雍》，徹以《振羽》。”又作《采茨》，《大戴禮記・保傅》：“行中鸞和，步中《采茨》，趨中《肆夏》，所以明有度也。”與《周禮》《禮記》所言相反，當是誤倒。此詩用以調整貴族在正式禮儀場合的步態，亦不見於《詩經》。

5.《崇禹生開》

《逸周書・世俘解》：“乙卯，龠人奏《崇禹生開》三終，王定。”孔晁注："《崇禹》《生開》皆篇名。"認爲《崇禹》是一篇，《生開》又是一篇。劉師培《周書補正》："案'崇禹'即夏禹，猶鯀稱'崇伯'也。開即夏啓。《崇禹生開》當亦夏代樂舞，故實即禹娶塗山女生啓事也，孔云皆篇名似非。"顧頡剛《〈逸周書・世俘篇〉校注、寫定與評論》："'有崇伯鯀'一名見《周語下》。'啓'爲漢景帝諱，故漢人改書'開'。《崇禹生開》爲一篇，劉說甚是。"以上所引各家意見，皆轉引自黄懷信等撰《逸周書匯校集注》(1995：455)。

三、僅存零句

1. 翹翹車乘，招我以弓。豈不欲往，畏我友朋。

《左傳》莊公二十二年載陳敬仲奔齊，齊侯欲使爲卿，陳敬仲推辭之言引"詩曰"云云。杜預注："逸詩也。"《會箋》(1978：第三61)："《詩・周南》'翹翹錯薪'，毛傳：'高貌。'此詩蓋就田獵而言，田獵招人，各有其物，今招我以弓，我非不欲往，非其招而往，畏朋友之或譏我。昭二十年齊侯田于沛，招虞人以弓，不進，曰：'先君之田，旃以招大夫，弓以招士，皮冠以招虞人。臣不見皮冠，故不進。'據此，則以弓招而不往，亦據虞人而言之。蓋孟子所言'以大夫之招招虞人，虞人死不敢往'之意。此引之以言不敢貪高顯以速人之謗之意，亦斷章取義者。"可知此爲虞人之詩，《孟子・滕文公下》"招虞人以旌"，趙岐注："虞人，守苑囿之吏也。"《左傳》昭公二十年"招虞人以弓"，杜預注："虞人，掌山澤官。"《周禮・夏官・大司馬》"虞人萊所田之野爲表"，賈公彦疏："虞人者，若田在澤，澤虞；若田在山，山虞。"又，《詩經・召南》有《騶虞》詩，三家詩以"騶虞"爲天子掌鳥獸官，則亦虞人之稱。

2. 狐裘尨茸，一國三公，吾誰適從。

《左傳》僖公五年載晉侯使士蔿爲二公子築城，士蔿不慎，受責讓而辯解，“退而賦曰……”，杜預注：“士蔿自作詩也。”因爲士蔿處在“詩”之産生時代，所以即便是自作，也可釋爲逸詩。《會箋》(1978：第五26－27)：“《晉世家》作‘狐裘蒙茸’，《詩·邶風》云‘狐裘蒙戎’，尨、蒙，茸、戎皆音相通，裘敝毛雜亂貌，以比國勢敝亂，人心不定也。三公，非斥人數之言，當爲君者多而不知所從也。三人爲衆爲群，歌詩之辭，妙在不拘。”《梁書·武帝紀》：“高祖聞之，謂從舅張弘策曰：‘政出多門，亂其階矣。《詩》云：“一國三公，吾誰適從？”況今有六，而可得乎！’”徑以“《詩》云”引之。

3. 唯則定國。

《左傳》僖公九年載秦公孫枝之言：“臣聞之：……”《吕氏春秋·權勛》引此句而稱“《詩》曰”，可知此句並非僅爲古語、格言，而是《詩》中逸句。

4. 我之懷矣，自詒伊慼。

《左傳》宣公二年載趙盾之言：“嗚呼！《詩》曰……其我之謂矣。”杜預注：“逸詩也。”《詩經·邶風·雄雉》有“我之懷矣，自詒伊阻”，王肅認爲趙盾所引即《雄雉》，並非逸詩。但《雄雉》首章以“羽”“阻”押韻，魚部，“慼”則是覺部字，儘管可説是魚覺通押，似不能率爾以異文視之。《小雅·小明》有“心之憂矣，自詒伊戚”，前句又相差較大。但《雄雉》《小明》皆有類似語句，可證爲當時習用，用於它詩亦不足怪。《雄雉》二句，毛傳：“詒，遺。伊，維。阻，難也。”鄭箋：“懷，安也。‘伊’當作‘緊’，緊猶是也。君之行如是，我安其朝不去。今從軍旅，久役不得歸，此自遺以是患難。”以“患難”釋

“阻”，馬瑞辰《通釋》則引《左傳》趙盾所引兩句，言“阻”可通“戚”。愚意以爲“阻”實不必借爲它字，劉克《詩説》曰“我懷此志，自成阻隔也”，意旨已足。“慼”則是憂惱之義，“自詒伊慼”猶言自尋煩惱。兩者不必强求一律。

5. 雖有絲麻，無棄菅蒯。雖有姬姜，無棄蕉萃。凡百君子，莫不代匱。

《左傳》成公九年“君子曰”引“詩曰”，並總述其意曰“言備之不可以已也”。杜預注：“逸詩也。姬姜，大國之女。蕉萃，陋賤之人。”《會箋》(1978：第十二72)：“菅似茅，滑澤無毛，韌宜爲索，漚及曝尤善。蒯亦菅之類，《喪服》‘疏屨者’傳曰：‘藨蒯之菲，可以爲屨。’《史記·孟嘗君傳》：‘馮先生甚貧，猶有一劍耳。又蒯緱。’注云：‘蒯，茅之類，可爲繩。’言其劍把無物可裝，以小繩纏之也。夫絲可爲帛，麻可爲布，菅、蒯皆艸之可爲粗用者。言雖有精細之物，然粗物亦不可棄也。姬、姜二姓，子孫昌盛，其家之女，美者尤多，遂以‘姬姜’爲婦人之美稱。‘蕉萃’，‘憔悴’之假借字，‘姬姜’‘蕉萃’以美惡言，非以貴賤言也。二‘無’是禁止之辭，‘凡百君子’猶言‘百爾君子’，呼在位者而告之也。‘莫不代匱’者，凡有匱乏之時，無物不可代用者，故雖菅蒯亦須備之也。”

6. 周道挺挺，我心扃扃。講事不令，集人來定。

《左傳》襄公五年“君子謂……”引“詩曰”。杜預注：“逸詩也。”《會箋》(1978：第十四31－32)：“《集韻》：‘挺音珽，直也。’《玉藻》：‘天子搢珽，方正於天下也。’注：‘珽之言挺然，無所屈也。’俞樾曰：‘杜蓋讀扃爲炯，然以扃扃爲明察，則與下二句義不相蒙，殆非也。扃扃猶耿耿也，《詩·柏舟》“耿耿不寐”，傳曰：“耿耿猶儆儆也。”

《廣雅·釋訓》："耿耿，警警不安也。"此詩之旨，言我心耿耿然不敢自安，故聚賢人以定之也。所扃者，假字耳，《説文·耳部》："耿，从耳炯省聲。"故耿與炯古通用。……'俞説是也。'講事'二句，盡己忠信之謂也，言周道如矢，君子儆儆不敢自安，是以有治職之無良者，則汎與士大夫論而定之。'講'字、'定'字相照。講，校脩之義也。《外傳》'卿大夫晝講其庶政'，《禮運》'講信修睦'、又'講于仁'，皆同。'不令'者，不令之臣，不令兄弟。成十年'忠爲令德，非其人猶不可，況不令乎'，大氐一意。引此詩者以刺共王坐視壬夫之不令，而不遄會士大夫講定以黜之也。"

7. 俟河之清，人壽幾何？兆云詢多，職竟作羅。

《左傳》襄公八年載鄭國遭楚國討伐，親晉者欲堅守待晉之援，主張降楚的子駟引"周詩有之曰"。杜預注："逸詩也。言人壽促而河清遲，言晉之不可待。兆，卜。詢，謀也。職，主也。言既卜且謀多，則競作羅網之難，無成功。"《會箋》(1978：第十四44－45)："兆，卜而兆見也。云，語辭。'兆云詢多'，言卜而屢詢於兆也。哀二年：'謀協，以故兆詢可也。'杜云'既卜且謀多'，分爲二項，全失語勢。《金人銘》'綿綿不絶，或成網羅'，以蔓草喻之。此詩則以謀之多端，相牽引妨害，左支右吾而不決，喻網羅之綿絡而不可脱也。"

8. 優哉游哉，聊以卒歲。

《左傳》襄公二十一年載晉叔向引"詩曰"，楊伯峻(1990：1059)注："詩爲逸詩，今《詩·小雅·采菽》卒章有云：'優哉游哉，亦是戾矣。'不但末句不同，詩義亦異。"

9. 何以恤我，我其收之。

《左傳》襄公二十七年載"君子曰"有"……向戌之謂乎！"杜預

注:“逸詩也。恤,憂也。收,取也。”《會箋》(1978:第十八 41－42):“此《周頌》‘假以溢我’之異文,而杜乃云逸詩,殆誤。……‘何’之爲‘假’,聲之轉也。《説文》及《廣韻》引《詩》云‘誐以謐我’,‘誐’與‘何’亦音相近。伏生《尚書》‘維刑之謐哉’,古文作‘恤’。恤,慎也。故毛傳亦訓‘溢’爲‘慎’。今《傳》作‘恤’,與毛傳義合。古謐、溢字通,鄭訓爲‘盈溢’,失之。杜訓‘恤’爲‘憂’,尤誤。子罕罵向戌,欲使之慎其後,而向戌從之,故君子引此詩以美之也。”如此,則此二句非逸詩。因須如《會箋》詳辯之始知非逸詩,故仍列於此。

10. 淑慎爾止,無載爾僞。

《左傳》襄公三十年載“君子曰”引“詩曰‘文王陟降,在帝左右’,信之謂也。又曰‘……’,不信之謂也。”杜預注:“逸詩也。言當善慎舉止,無載行詐僞。”

11. 禮義不愆,何恤于人言。

《左傳》昭公四年鄭子産引“詩曰”。杜預注:“逸詩。”《會箋》(1978:第二十一 15):“《荀子·正名篇》載是詩曰:‘長夜漫兮,永思蹇兮,大古之不慢兮,禮義之不愆兮,何恤人之言兮。’其辭曼緩,不類三百篇,唯《左氏》所載逸詩,其辭皆美。”

12. 我無所監,夏后及商。用亂之故,民卒流亡。

《左傳》昭公二十六年引“詩曰”。杜預注:“逸詩也。”《晏子春秋·外上六》亦引“詩曰”。《會箋》(1978:第二十五 54):“言我他無所監,所監者獨夏商耳。或解‘無所’爲反語辭,亦通。”

13. 唐棣之華,偏其反而。豈不爾思,室是遠而。

《論語·子罕》載。何晏注:“逸詩也。”“偏”字,敦煌寫本作

“翩”。《春秋繁露・竹林》引此四句而稱“《詩》曰”,“唐”字作“棠”。黄懷信《匯校集釋》(2008：836)：“唐棣,即棠棣,亦作‘常棣’,木名,即郁李。翩,輕飄貌。其,語助詞。反,即所謂反背,寓返義。而,語助詞。唐棣之花翩然反背,引發人之思緒,故以此起興。室,家室。”

14. 巧笑倩兮,美目盼兮,素以爲絢兮。

《論語・八佾》:“子夏問曰:‘……何謂也?’”前兩句見於《詩經・衛風・碩人》,第三句不見,故很可能是《碩人》逸句,但也不排除三句整體屬於另一首詩的可能性。黄懷信《匯校集釋》(2008：220):“《衛風・碩人》之二章依次描寫碩人之手、膚、領、齒、眉及巧笑、美目,下不應别有素、絢之説,此下句當爲孔子解詩之語。舊以爲詩句,誤。孔子以‘素以爲絢兮’解《碩人》‘美目’二句而子夏不明,故問之。素以爲絢,即以素爲絢。素,無色。絢,文彩。以素爲絢,正‘美目’二句的表現手法。”此論容或可商,以描摹次第言,相貌之後接以衣飾,亦甚合理,“素以爲絢”當指衣服,就以《碩人》詩論之,首章即曰“衣錦褧衣”,周悦讓《倦遊庵槧記》論之甚詳,曰:“據《士昏禮》疏:緣衣用綃爲領,故因得名綃衣。然則亦素衣用錦爲領,故因名爲錦衣耳。本經之錦衣,蓋玄綃衣而錦領也。”素衣用錦爲領,正可以説是“素以爲絢”。

15. 如霜雪之將將,如日月之光明;爲之則存,不爲則亡。

《荀子・王霸》引“詩云”,楊倞注前兩句:“逸詩。”郝懿行則認爲四句皆逸詩,當以郝氏爲是。王先謙《集解》:“《成相篇》‘讒口將將’,王氏念孫引《周頌・執競》傳:‘將將,集也。’此義當同,謂如霜雪交集也。”按,霜雪之集、日月之明,蓋皆以喻禮。

16. 國有大命，不可以告人，妨其躬身。

《荀子·臣道》引“詩曰”，楊倞注：“逸詩。”《集解》引郝懿行曰：“有命不以告人，明哲所以保身。”按所謂“大命”當是指國家興衰存亡之運，心照而不宣，是爲明哲保身。

17. 鳳凰秋秋，其翼若干，其聲若簫。有鳳有凰，樂帝之心。

《荀子·解蔽》引“詩曰”，楊倞注：“逸詩也。《爾雅》：‘鷗、鳳，其雌凰。’秋秋，猶蹌蹌，謂舞也。干，楯也。此‘帝’蓋謂堯也。堯時鳳凰巢於阿閣。言堯能用賢不蔽，天下和平，故有鳳凰來儀之福也。”按，《説文》：“簫，參差管樂。象鳳之翼。从竹肅聲。”即排簫。則蕭之形象鳳之翼，其聲亦象鳳凰之聲。

18. 墨以爲明，狐狸而蒼。

《荀子·解蔽》引“詩云”，楊倞注：“逸詩。墨，謂蔽塞也。狐狸而蒼，言狐狸之色，居然有異。若以蔽塞爲明，則臣下誑君，言其色蒼然無别，猶指鹿爲馬者也。”《集解》引郝懿行曰：“墨者，幽闇之意。《詩》言以闇爲明，以黄爲蒼，所謂‘玄黄改色，馬鹿易形’也。（二語見《後漢·文苑傳》。）趙高欲爲亂，以青爲黑，以黑爲黄，民言從之。（語見《禮器》注。）”按，以描述反常現象寄寓對現實政治的批判，典籍中有這樣的手法，如《楚辭·九歌·湘夫人》：“鳥何萃兮蘋中，罾何爲兮木上。”又：“麋何食兮庭中，蛟何爲兮水裔。”

19. 長夜漫兮，永思騫兮。大古之不慢兮，禮義之不愆兮，何恤人之言兮。

《荀子·正名》引“詩曰”，楊倞注：“逸詩也。漫，謂漫漫，長夜貌。騫，咎也。引此以明辨説得其正，何憂人之言也。”《左傳》昭公四年鄭子産引“詩曰”：“禮義不愆，何恤于人言。”上文已述，竹添光鴻言及《荀子》所引“長夜漫兮”云云，認爲不類三百篇。按《詩經·陳風·月出》亦每句有“兮”字，語調舒緩，則三百篇故有此種體式風格。

20. 涓涓泉水，不雝不塞。轂已破碎，乃大其輻。事已敗矣，乃重大息。

《荀子·法行》引“詩曰”，楊倞注：“源水，水之泉源也。雝，讀爲壅。大其輻，謂壯大其輻也。重大息，嗟歎之甚也。三者皆言不慎其初，追悔無及也。”《集解》引盧文弨曰：“此所引詩，逸詩也。”按此三者，後二者可謂“不慎其初，追悔無及”，“涓涓泉水，不雝不塞”則是正言慎其初。“輻”即車輪的輻條，“轂”本指車輪中心插軸之處，借指車輪。輻條細弱，不堪重負，則車輪破碎。“重”爲重複之義，“大息”即“太息”“歎息”。

21. 相彼盍旦，尚猶患之。

《禮記·坊記》引“詩云”，鄭玄注：“盍旦，夜鳴求旦之鳥也，求不可得。人猶惡其反晝夜而亂昏明，況於臣之僭君也？”孔穎達疏：“此逸詩也。夜是闇時，盍旦必欲求明，欲反夜而爲晝，猶臣之奢僭，欲反臣而爲君。”

22. 昔吾有先正，其言明且清，國家以寧，都邑以成，庶民以生。

《禮記·緇衣》引“詩云”：“昔吾有先正，其言明且清，國家以寧，都邑以成，庶民以生。誰能秉國成，不自爲正，卒勞百姓。”《釋文》：“‘昔吾有先正’至‘庶民以生’五句，今《詩》皆無此語，餘在《小雅·節南山篇》，或皆逸詩也。”《節南山》無“能”字。按此八句押耕部韻，句句押韻，且語意連貫，故陸德明疑全體皆逸詩，而非先引逸詩後引《節南山》。

23. 魚在在藻，厥志在餌。

《大戴禮記・用兵》引“詩云”，盧辯注：“蓋逸詩也。”黄懷信《匯校集注》(2005：1203)：“此逸詩，喻人之有欲也。”“魚在在藻”一句見於《詩經・小雅・魚藻》。

24. 聖人之德，若天之高，若地之普，其有昭於天下也。若地之固，若山之承，不坼不崩。若日之光，若月之明，與天地同常。

《墨子・尚賢中》引“《周頌》道之曰”，王景義曰：“今《周頌》無此文。《墨子》所稱，或出孔子删佚之外。”俞樾云：“此文疑有錯誤。當云：‘聖人之德，昭於天下，若天之高，若地之普。若山之承，不坼不崩。若日之光，若月之明，與天地同常。’蓋首四句‘下’‘普’隔句爲韻。中二句‘承’‘崩’，末三句‘光’‘明’‘常’，皆每句協韻。‘昭於天下’句傳寫脱去，而誤補於‘若地之普’下，則首二句無韻矣。又增‘其’‘有’‘也’三虚字，則非頌體矣。既云‘若地之普’，又云‘若地之固’，重複無義，故知其錯誤也。”

25. 必擇所堪，必謹所堪。

《墨子・所染》引“詩曰”，蘇時學曰：“此蓋逸詩也。”

26. 魚水不務，路將何及乎？

《墨子・非攻中》引“詩曰”，蘇時學曰：“此蓋逸詩。”吴毓江《校注》：“《説文》曰：‘務，趣也。’又曰：‘趣，疾也。’《詩・大雅》‘左右趣之’，毛傳：‘趣，趨也。’《淮南子・覽冥訓》‘而詹何之鶩魚於大淵之中’，注云：‘言其善釣，令魚馳鶩來趨釣餌。’此務亦馳鶩之義。”“魚水不務”猶言“魚不務水”，蓋魚行於水而非行於路也。

27. 青青之麥，生於陵陂。生不布施，死何含珠爲？

《莊子·外物》引“詩固有之曰”，成玄英疏：“此是逸詩，久遭删削。凡貴人葬者，口多含珠，故誦‘青青’之詩刺之。”按莊生之文，寓言爲主，《外物》在外篇，非莊子本人所作，但頗有莊子的行文風格。這幾句出自“儒以詩禮發冢”，意在譏刺儒者，“大儒”與“小儒”的對話，如“東方作矣，事之何若”“未解裙襦，口中有珠”皆模仿《詩》，故雖明言“詩固有之”，未必不是假托，存疑可也。

28. 浩浩者水，育育者魚。未有室家，而安召我居。

《管子·小問》載甯戚言“浩浩乎”而桓公、管仲不知，管仲之婢知之，引“詩有之”云云。尹知章注：“水浩浩然盛大，魚育育然相與而游其中。喻時人皆得配偶以居其室家。甯戚有伉儷之思，故陳此詩以見意。”黎翔鳳《校注》(2004：976)：“‘育育者魚’即以魚喻女子。《詩·國風》多以魚比女子，如‘豈其食魚，必河之魴。豈其娶妻，必齊之姜’。此類不少，聞一多有專文論之，諸人未見及此也。”

29. 君君子則正，以行其德。君賤人則寬，以盡其力。

《吕氏春秋·愛士》引“此詩之所謂曰”，高誘注：“此逸詩也。”范耕研《集證》曰：“此四句句法不似詩，恐是詩序之類。古人亦概謂之詩也。”觀此四句，確與詩三百不甚相類，但既明言“詩之所謂”，仍列於此，存疑可也。

30. 將欲毁之，必重累之。將欲踣之，必高舉之。

《吕氏春秋·行論》引“詩曰”，高誘注：“詩，逸詩也。累之重，乃易毁也。踣，破也。舉之高，乃易破也。”馬敘倫曰：“《説文》‘踣，僵也’，與‘仆’爲一字，此當如字讀。”陳奇猷《新校釋》(2002：

1408):“馬説義長。將欲仆之,必先舉之使高,此常理也。”《老子》中有相似語句,第三十六章:“將欲歙之,必固張之。將欲弱之,必固强之。將欲廢之,必固興之。將欲奪之,必固與之。是謂微明。”

31. 毋過亂門。

《吕氏春秋・原亂》引“詩曰”,高誘注:“逸詩也。”《左傳》昭公十九年載子産之言亦引用,但稱爲“諺”。桂馥《札樸》:“古者謡諺皆謂之詩。其采於遒人者,如《國風》是也。未采者,傳聞里巷。凡周秦諸書引詩不在四家編内者,皆得之傳聞,故曰逸詩。或謂逸詩皆夫子所删,此淺學之臆説也。”此論過於武斷,戰國以前,詩皆儀式樂歌,與謡諺之類迥然有别,至吕氏所處的戰國晚期,去“尊禮重樂”的貴族社會已遠,將謡諺當作詩的可能性固有,但未可必。風詩有來自民間者,謡諺入詩本極平常。後人徵引一兩句,知其爲謡諺則謂謡諺,見於詩中則謂“詩曰”,原非謂謡諺爲詩也。

32. 木實繁者披其枝,披其枝者傷其心。大其都者危其國,尊其臣者卑其主。

《戰國策・秦策三・范雎至》引“詩曰”,鮑彪注:“逸詩。”孫詒讓曰:“按《逸周書・周祝篇》云:‘葉之美也解其柯,柯之美也離其枝,枝之美也致其本。’與此文相近。古書引《書》或通稱《詩》,策四引《詩》云:大武遠宅不設,即《周書・大武篇》之遠宅不薄。是其證也。”此論有理,此四句存疑可也。

33. 行百里者,半于九十。

《戰國策・秦策五・謂秦王曰》引“詩云”並曰“此言末路之難”,高誘注:“逸詩。言之百里者,已行九十里,適爲行百里之半耳。譬若强弩至牙上,甫爲上弩之半耳。終之猶難,故曰‘末路之難'也。"

34. 服難以勇，治亂以知，事之計也。立傳以行，教少以學，義之經也。循計之事，失而(不)累。訪議之行，窮而不憂。

《戰國策·趙策二·王立周紹爲傅》引"詩云"。鮑彪蓋"詩"作"諺"，古今學者多認爲此數句不類詩。但就詩三百而言，詩之體亦甚多樣，故慎重起見，仍列於此。

附録五：原壤所歌：逸詩《貍首》考

《貍首》是周代諸侯射禮中用爲射節的樂詩，早已亡佚。歷來研究者對於這一重要的禮儀用詩，或僅言逸詩，或據舊注認爲是禮書中所載"曾孫侯氏"云云，或另有新見卻並未詳考。本文試圖依據典籍中的相關綫索，考證此詩，並通過對相關古史傳說的研究揭示其用於禮儀的時代背景。

一、《貍首》非《曾孫》

《禮記·射義》："其節，天子以《騶虞》爲節，諸侯以《貍首》爲節，卿大夫以《采蘋》爲節，士以《采蘩》爲節。"陸德明《經典釋文》："貍之言不來也。首，先也。此逸詩也。"陸氏之説源自鄭玄，《儀禮·大射禮》："上射揖，司射退，反位。樂正命太師曰：'奏《貍首》，間若一。'"鄭玄注：

> 《貍首》，逸詩《曾孫》也。貍之言不來也。其詩有"射諸侯首不朝者"之言，因以名篇。後世失之，謂之《曾孫》。曾孫者，其章頭也。《射義》所載詩曰"曾孫侯氏"是也。以爲諸侯射節者，采其既有弧矢之威，又言"小大莫處，御於君所，以燕以射，

則燕則譽",有樂以時會君事之志也。

是以《貍首》爲逸詩,又認爲此詩就是《禮記·射義》所載的《曾孫》,案《射義》引"詩曰":

曾孫侯氏,四正具舉。大夫君子,凡以庶士,小大莫處,御于君所。以燕以射,則燕則譽。

鄭注:

此《曾孫》之詩,諸侯之射節也。四正,正爵四行也。四行者,獻賓、獻公、獻卿、獻大夫,乃後樂作而射也。莫處,無安居其官次者也。御,猶侍也。"以燕以射",先行燕禮乃射也。"則燕則譽",言國安則有名譽。譽或爲"與"。

《大戴禮記·投壺》亦載此詩,而文辭較繁:

曾孫侯氏,今日泰射。于一張侯參之曰:"今日泰射,四正具舉。大夫君子,凡以庶士。小大莫處,御于君所。以燕以射,則燕則譽。質參既設,執旌既載。干侯既亢,中獲既置。"

戴震曰:"曾孫侯氏今日泰射,案此下各本衍'於一張侯參之曰今日泰射'凡十一字。"[1]有理。則《投壺》所載比《射義》所載多五句。

以"曾孫"云云爲《貍首》,實不足憑信。此詩通篇未言及"貍首",鄭玄曰"貍之言不來也",是因爲"貍"古音在來母之部,將其視爲"不來"之合音。"詩三百"從未有如此命名者,所謂"射諸侯首不朝者"亦不類詩中語句,且若言"首不朝",詩名何不爲"首貍"? 況且《騶虞》、《貍首》同用爲射節,《騶虞》詩全文爲:

彼茁者葭,壹發五豝! 于嗟乎騶虞!
彼茁者蓬,壹發五豵! 于嗟乎騶虞!

很簡短,重章疊句。《采蘋》、《采蘩》亦是如此,與《曾孫》的形式、風格絶不相類[2]。同爲射節,不應差别如此之大。

其實,有證據表明,以《曾孫》釋《貍首》只是鄭玄的一家之言。《禮記·樂記》"左射《貍首》",孔疏:

周立虞庠之學於西郊,故知使諸侯習射於東,學歌《貍首》詩也。所以歌《貍首》者,皇氏以爲舊解云:'貍之取物,則伏下其頭,然後必得,言射亦必中,如貍之取物矣。'鄭注《大射》云:'《貍首》,逸詩。貍之言不來也,其詩有"射諸侯首不朝者"之言,因以名篇。'不取於貍之伏物。

① 黄懷信、孔德立、周海生:《大戴禮記匯校集注》,三秦出版社,2005年,第1332頁。

② 孫希旦《禮記集解》引劉敞曰:"《騶虞》、《采蘋》、《采蘩》三詩,皆在二南,則《貍首》亦必其儔。"(中華書局,1989年,第1440頁)甚是。

皇侃是南朝梁的經學家，《南史·儒林傳》言其“少好學，師事賀瑒，精力專門，盡通其業，尤明三禮、《孝經》、《論語》。……撰《禮記講疏》五十卷。書成奏上，詔付祕閣。頃之，召入壽光殿説《禮記義》，梁武帝善之，加員外散騎侍郎。”言賀瑒“世以儒術顯”，“祖道力，善《三禮》，有盛名，仕宋爲尚書三公郎”。南北朝禮學皆宗鄭玄，則皇侃於此處所言“舊解”當是與鄭注相較而言之“舊”，也就是漢儒舊説而爲鄭玄所不取者。

值得注意的是，這種“舊解”與對“貍步”的解釋是一致的。在射禮中，測量箭靶與射者間距離（侯道）的工具被稱爲“貍步”，《儀禮·大射》：“司馬命量人量侯道與所設乏以貍步：大侯九十，參七十，干五十。設乏，各去其侯西十、北十。”鄭注：“量人，司馬之屬，掌量道巷塗數者。侯，謂所射布也。……量侯道，謂去堂遠近也。容謂之乏，所以爲獲者之禦矢。貍之伺物，每舉足者，止視遠近，爲發必中也。是以量侯道取象焉。”“貍之伺物”云云與“舊解”，在詮釋思路和用語上都極爲近似，這也更説明了“舊解”乃漢人成説。

鄭玄的經學以古文爲主而兼采今文之長，“網羅衆説，删裁繁誣，刊改漏失”（《後漢書·鄭玄傳》），他爲什麽在注解“貍步”時采用以貍的特性作比附的解釋，卻在注解“《貍首》”時放棄類似的“舊解”而用《曾孫》釋之呢？因爲《貍首》久以亡佚，“舊解”也不過是就詩名中“貍”字發揮，而《禮記·射義》言“《貍首》者，樂會時也”，若以“貍之取物”解釋《貍首》，則與“樂會時”的意旨全不相干，故鄭玄注此句曰：“‘樂會時’者，謂《貍首》曰‘小大莫處，御於君所’。”正因爲《曾孫》所描述的就是射禮的過程，且其中有“小大莫處，御於君所”的詩句，可與“樂會時”之“會”相牽合，才被鄭玄視爲《貍首》。

但這樣的一首詩又何以名爲“貍首”呢？就字面難以講通，只好采用倒序和音訓的方式曲解之。他這樣解釋“貍首”，應是源自今見於《史記》的一段記載，《史記·封禪書》：“是時萇弘以方事周靈王。諸侯莫朝周，周力少。萇弘乃明鬼神事，設射貍首。貍首者，諸侯之不來者。依物怪欲以致諸侯。諸侯不從，而晉人執殺萇弘。周人之言方怪者自萇弘。”這顯然屬於今文經學中的“非常異議可怪之論”，其人物時代之錯亂，如萇弘不及事靈王，瀧川資言辨之甚詳[①]，而整體上的荒誕不可信以及與鄭説的共同點，正如孫詒讓所言：“《貍首》本射節，非萇弘所設，《史》説不經，與《禮》違。唯貍首諸侯不來之義，與鄭所説同。”[②]皇侃所引“舊解”當是古文家説，鄭玄不取，而利用今文經學中“諸侯之不來者”一義試圖將《貍首》釋爲《曾孫》，但即便以“不來”解“貍”，此二詩也顯然無法聯繫起來，“射諸侯之首不朝者”根本不像詩句，《曾孫》中也没有這句；《曾孫》中説的是諸侯設射而“大夫君子”“御於君所”，並不是天子設射，根本談不上諸侯之“來”或“不來”。

由於古射禮的久廢和《貍首》的早佚，所造成的經學詮釋上的分歧和附會，已如上述。《封禪書》所載雖然荒誕不經，但彼時去古未遠，或有某些值得重視的因素。其中言及“鬼神事”，言及“物怪”，是不是意味着《貍首》一詩與神怪傳説有關呢？這個問題我們暫且放一放。

---

① 瀧川資言考證，水澤利忠校補：《史記會注考證附校補》，上海古籍出版社，1986年，第784頁。

② 孫詒讓：《周禮正義》，中華書局，1987年，第1806頁。

二、原壤所歌二句應屬《貍首》

對於鄭玄的注解，後世亦有懷疑之並試圖另作詮釋者。劉敞言："或曰：《貍首》，《鵲巢》也。篆文'貍'似'鵲'，'首'似'巢'。"① 這僅是推測，且字形差異很明顯，不足論。其實若鉤沉《貍首》，文獻中也不是無跡可尋。早在宋代，就有注家將《貍首》與《禮記》記載的原壤所歌聯繫在一起，陳澔《禮記集説》注《射義》篇"諸侯以《貍首》爲節"一句引吕大臨曰："《貍首》詩亡，《記》有原壤所歌，乃此篇所引'曾孫侯氏……'，疑皆《貍首》詩也。貍首，田之所獲，物之至薄者也。君子相會，不以微薄廢禮，諸侯以燕射會其士大夫，物薄誠至，君至相與習禮而結歡，奉天子而修朝事，故諸侯之射以是爲節，所以樂會時也。"②吕氏將原壤所歌與《曾孫》視爲一首詩的不同部分，卻没有覺察兩者内容、風格、形式上的迥異，"貍首，田之所獲"云云也是想當然爾，但他注意到"貍首之斑然……"有可能是《貍首》中的詩句，不能不説很具啓發性。

原壤所歌，《禮記・檀弓下》原文爲：

> 孔子之故人曰原壤，其母死，夫子助之沐椁。原壤登木曰："久矣，予之不託於音也。"歌曰："貍首之斑然，執女手之卷然。"

---

① 孫希旦：《禮記集解》，第1440頁。
② 陳澔：《禮記集説》，鳳凰出版傳媒集團鳳凰出版社，2010年，第479頁。

鄭注“原壤登木”至“託於音也”曰：“木，椁材也。託，寄也，謂叩木以作音。”注“歌曰”以下曰：“説人辭也。”孔疏則云：

> 原壤登椁材而言曰：久矣，予之不託於音也。託，寄也，謂我遭喪母以來，日月久矣。我不得託寄此木爲音聲，於是乎叩木作音，口爲歌。曰“貍首之班然”者，言斲椁材，文采似貍之首。“執女手之卷然”者，孔子手執斤斧，如女子之手，卷卷然而柔弱。以此懽悦仲尼，故注云“説人辭也”。

《説文》：“託，寄也。”“託於音”即以音爲寄託，原文僅言原壤先“登木曰”而後“歌”，鄭注卻加上了“叩木以作音”，實際上把“託於音”偷换成了“託於木”，孔疏延續了這個錯誤，言“託寄此木爲音聲”。孔疏以“椁材文采似貍之首”釋“貍首之班然”，是把“登木”的“木”當成製作棺椁的木材了，這是誤解。《説文》：“登，上車也。”《玉篇》：“登，上也，進也。”《禮記·玉藻》鄭注：“登，升也。”古人有登高歌呼的習慣。禮儀用樂，弦歌恒於堂上，管籥恒於堂下。《周禮·春官·大師》：“大祭祀，帥瞽登歌，令奏擊拊。”鄭玄注引鄭司農曰：“登歌，歌者在堂也。”又稱“升歌”，如《儀禮·燕禮》：“升歌《鹿鳴》，下管《新宫》，笙入三成。”《禮記·鄉飲酒義》：“工入，升歌三終，主人獻之。”都是指登於堂上而歌，即《禮記·郊特牲》所云“歌者在上”。此外如《韓詩外傳》“登高必賦”是在山上賦詩（賦類似於歌），《禮記·禮運》“升屋而號”是爬上屋頂號哭招魂（喪事之號類於哀歌，至今亦然），至於《左傳》昭公二十年“高臺深池，撞鐘舞女”則是在高臺上奏樂歌舞。此處的“登木”而歌，實即上樹唱歌而已，也是登高而歌的一種。

對於所歌的内容，鄭注曰“説人辭也”，並不錯，[①]但孔疏卻發揮過度，不僅以“貍首”爲椁材的文采，還把“卷然”之“手”釋爲孔子之手，牽强附會實甚。此段下文緊接着就説“夫子爲弗聞也者而過之”，何嘗言二人握手言歡？此二句詩，顯然是表達歡悦的成句，並不是原壤即興創作的。其風格與風詩類似，且開頭即言“貍首”，愚意以爲應屬逸詩《貍首》。理由如下：

（一）就現存《詩經》來看，詩名絶大多數都是取詩中二字，與《貍首》同爲射節的《騶虞》，即以首章末句中二字爲名，《采蘋》、《采蘩》皆取首句二字爲名。所以，詩中有“貍首”，即以“貍首”爲名，合乎先秦詩名的常規，不像鄭玄以《曾孫》爲《貍首》，竟要以倒序和音訓的方式解釋詩名。

（二）“射節”是節奏性的音樂，而且射箭的節奏應與音樂節奏相配合，即《禮記・射義》所言“循聲而發”。[②] 换言之，這樂曲的節奏應該適於作射節。射箭的訣竅，如《射義》所云：“射之爲言者，繹也，或曰舍也。繹者，各繹己之志也，故心平體正，持弓矢審固；持弓矢審固，則射中矣。”首先要心平體正，控弦蓄勢，瞄準靶心，然後才釋弦而發。也就是説，先静而後動，先緩而後急。每射一箭皆是如此。那麽，作爲射節的音樂也應該簡單明晰，能突出射箭過程的前後對比。詩句猶歌詞，是與樂曲相適應的，樂曲的節奏也會反映

① 以“執手”表示“説（悦）人”，《詩經》中可得兩例：《邶風・擊鼓》：“死生契闊，與子成説。執子之手，與子偕老。”《鄭風・遵大路》：“遵大路兮，摻執子之手兮！無我魗兮，不寁故也！”

② 鄭注：“聲，謂樂節也。……發，或爲射。”《孔子家語・觀鄉射》也説：“射之以樂也，何以射，何以聽，循聲而發，不失正鵠者，其唯賢者乎！”

在詩句上,《騶虞》、《采蘩》、《采蘋》三詩皆篇幅短小且重章疊句,每章内部明顯有重複的節奏感,正可與射箭的節奏相對照,而原壤所歌兩句,我們姑且視其爲《貍首》詩中的一章,也是如此,列表説明如下:

	蓄 勢	發 射	蓄 勢	發 射
騶虞	彼茁者葭	壹發五豝	於嗟乎	騶虞
采蘩	於以采蘩?	於沼於沚	於以用之?	公侯之事
采蘋	於以采蘋?	南澗之濱	於以湘之?	維錡及釜
原壤所歌	貍首之	班然	執女手之	卷然

這種節奏,在《采蘩》、《采蘋》中是以一問一答形式表現出來的,而在《騶虞》中是以"壹發五豝!"和"騶虞!"的語氣表現出來的。原壤所歌的句式與"於嗟乎騶虞!"最爲接近,都是用虚詞造成前半句的舒緩,以突出末二字的急促,以前者爲鋪墊而强調後者。尤其是説"執女手之"而不説"執女之手",説明了"之"在節奏上的意義。因此,就其節奏感而言,原壤所歌是適於作射節的。

(三)從詩的意旨來看,《禮記·射義》云:"《騶虞》者,樂官備也。《貍首》者,樂會時也。《采蘋》者,樂循法也。《采蘩》者,樂不失職也。"鄭注:"'樂官備'者,謂《騶虞》曰'壹發五豝',喻得賢多也。'于嗟乎騶虞',歎仁人也。'樂會時'者,謂《貍首》曰'小大莫處,御于君所'。'樂循法'者,謂《采蘋》曰'于以采蘋,南澗之濱'。循澗以采蘋,喻循法度以成君事也。'樂不失職'者,謂《采蘩》曰'被之僮僮,夙夜在公'。"《貍首》非《曾孫》,已如前述。其他三首,鄭玄的解説正如孔疏所言,是"斷章取義",但周代貴族飲宴禮儀中賦詩言志，多斷章取義，《左傳》中所載很多。風詩用於禮儀，固有此用法。相較而言，若以《曾孫》爲《貍首》，以“小大莫處，御于君所”這一“會”的場景説明“樂會時也”，倒反而顯得過於落實而與其他三首不類了。那麽，原壤所歌可不可以引申出“樂會時”的意旨呢？恰恰可以。“貍首之班然，執女手之卷然”，鄭注曰“説人辭也”，相會而悦也。“會”而言“時”，《周禮·秋官·大行人》言“時會”云：“時會以發四方之禁，殷同以施天下之政。”鄭玄注：“時會，即時見也，無常期。”而《詩經》中男女相會之詩，《小序》多言“時”，如《召南·摽有梅》，《小序》曰：“男女及時也。召南之國，被文王之化，男女得以及時也。”又如《鄭風·野有蔓草》，《小序》曰：“思遇時也。君之澤不下流，民窮於兵革，男女失時，思不期而會焉。”值得注意的是，《左傳》襄公二十七年“垂隴七子賦詩”一會中，鄭國子大叔正是賦《野有蔓草》來表達與晉國趙孟相會的喜悦，而這正可謂“不期而會”。原文爲：“子大叔賦《野有蔓草》，趙孟曰：‘吾子之惠也。’”杜注：“取其‘邂逅相遇，適我願兮’。大叔喜於相遇，故趙孟受其惠。”“貍首之班然，執女手之卷然”，也應是男女“邂逅相遇”，也是表達相遇的喜悦，按照古人解詩、用詩的常規，正可用以表達“樂會時也”的意思。

（四）射箭本屬戎事，而原壤所歌應是情詩，情詩可以被用爲射節嗎？筆者認爲是可以的，首先，用爲射節的其他三首詩，只有《騶虞》的内容直接説到射箭，《采蘋》、《采蘩》的内容都與射箭没有直接關係。其次，射禮是與燕禮、鄉飲酒禮一起舉行的，《禮記·射義》云：“古者諸侯之射也，必先行燕禮；卿大夫、士之射也，必先行鄉飲酒之禮。”《貍首》是諸侯射節，則與燕禮相連舉行，這一整套禮儀,“上下和親”(《禮記・燕義》)和“觀盛德”(《禮記・射義》)才是意義所在,孔子説:“君子無所争。必也,射乎?揖讓而升,下而飲,其争也君子。”(《論語・八佾》)。再者,《詩經》中與田獵有關的詩,如《鄭風》之《叔于田》、《大叔于田》等都表現了男女之情,而《齊風・還》這樣的田獵詩中言“並驅從兩肩兮,揖我謂我儇兮”,固亦是相悦之意也。因此,若必求情詩或相悦之詩與射的聯繫,也是有佐證的。而且,在下面的考證中,我們還能看到原壤所歌與射獵的關係(見本文第三部分)。

基於這四點,筆者認爲原壤所歌應爲《貍首》之詩句。

另外還有一個言及《貍首》節奏的材料值得考究,《莊子・養生主》言庖丁解牛“合於桑林之舞,乃中經首之會。”成玄英疏:“《經首》,《咸池》樂章名,則堯樂也。”[①]言之鑿鑿,但並未説明依據出處。羅勉道《南華真經循本》於“經”字下注“貍字之訛”,云:

> 《左傳》注:“《桑林》,天子之樂。”《禮記・射義》:“諸侯以《貍首》爲節。”又曰:“《貍首》者,樂會時也。”又曰:“諸侯以時會天子爲節。”舉此二樂章者爲湯禱桑林以身爲犧牲、諸侯歌《貍首》以射首不來朝者,皆於解牛有取義也。[②]

近人奚桐亦持此見,曰:

① 郭象注,成玄英疏:《南華真經注疏》上册,中華書局,1998年,第67頁。
② 羅勉道:《南華真經循本》,《續修四庫全書》本,無頁碼。

> “經首”，義不可曉，疑係“貍首”之誤，“貍”俗作“貍”，與“經”形相近也，《禮·樂記》：“左射《貍首》，右射《騶虞》，所以歌爲節也。”《儀禮·大射儀》“奏《貍首》”，鄭注：“《貍首》，逸詩《曾孫》也。”是“貍首”本古樂章之名。會，聚也（見《禮記》鄭注）。言樂聲彙聚之處。即節奏也。[1]

王叔岷先生指爲“臆説”[2]。羅、奚二人確實没有提出多少證據，羅勉道揣測用此二樂章的“取義”，奚桐言貍、經二字形近致訛，都只是推想。但是，細思這種觀點，實不爲無見。

（一）《經首》與《桑林》並提，應該是當時爲人所知的古樂之名，《桑林》見於《左傳》，湯禱於桑林的傳説見於《吕氏春秋》。而《經首》除了此處之外，現存先秦典籍中皆不見提及，毫無蹤跡可循，未免令人詫異。

（二）就此句的上下文來看，《莊子發微》説得最詳明：

> “奏刀”，進刀也。不曰進而曰奏，奏刀猶奏樂然，所以起下“桑林”“經首”之文也。“向”同“嚮”。砉嚮聲微，騞則聲粗。由微以至粗，於字音求之可知，不煩釋也。聲有粗細，而參錯中節，故曰“莫不中音”。“中”讀去聲，下“乃中經首之會”同。“合於桑林之舞”，“桑林”，湯樂名。云舞者，承上觸、倚、履、踦言。“乃中經首之會”，“經首”，堯樂“咸池”樂章名。云會者，

① 轉引自王叔岷：《莊子校詮》，《中研院歷史語言研究所專刊》之八十八，1988年，第104頁。

② 王叔岷：《莊子校詮》，第104頁。

> 承上砉響騞然中音言。"會"猶合也,謂合樂也。[①]

《貍首》被作爲射節,説明它是節奏性的音樂,而"乃中經首之會"所描摹的也是"奏刀"的節奏。庖丁言:"每至於族,吾見其難爲,怵然爲戒,視爲止,行爲遲,動刀甚微,謋然已解,如土委地。"這顯然與前述先静而後動、先緩而後急的節奏感是一致的。

(三)"貍"訛爲"經",確有可能。郭店楚簡《大一生水》"地之所不能□",隸定爲"坴",白於藍釋爲"薶"[②],《窮達以時》中"理"亦寫作"坴"[③],按"坴"从来从里,在《大一生水》中爲掩藏義,釋爲"薶"不誤,俗字即"埋",《説文》無"埋"字,而曰:"薶,瘞也。"《廣韻》:"與埋同。"釋爲"貍"亦可,《周禮・天官・鱉人》:"凡貍物,春獻鱉、蜃,秋獻龜、魚。"孫詒讓《正義》:"凡此經薶藏字,皆借'貍'爲之,注或作'埋',則'薶'之俗也。"[④]將"薶"和"貍"視爲假借的關係,不確,"貍"應是"薶"的本字,蓋貍原是"伏獸"(《説文》)之名,假借以表示埋藏義,後爲區别而加艸,又俗作埋。其字形於楚簡中可寫作□,而"經"字初文爲"巠",《説文》所載篆體字可作□形,郭店楚簡《尊德義》中作□形,《唐虞之道》作□形[⑤]。兩字皆上下結構,字形下半的"□(里)"與"□(壬)"確實是相近的。"坴"上半爲

---

① 鍾泰:《莊子發微》,上海古籍出版社,1988年,第68頁。

② 白於藍:《郭店楚簡補釋》,《江漢考古》2001年第2期。

③ 陳劍:《郭店楚簡〈窮達以時〉、〈語叢四〉的幾處簡序調整》,《國際簡帛研究通訊》第二卷第五期,2002年。

④ 孫詒讓:《周禮正義》,第306頁。

⑤ 這兩個古字形摘自張守中、張小滄、郝建文:《郭店楚簡文字編》,文物出版社,2000年,第160頁。

“來”，楚簡中字形較爲規範的如郭店楚簡《語叢一》99 號簡的上半①，但也有扁平化乃至於折筆幾乎連爲兩横的，如上博簡《周易》中的幾個字形：(35 號簡)、(35 號簡)、(36 號簡)②。這樣就與“巠”字楚簡字形上半的兩横畫很相近，若豎畫上出不明顯，或字跡模糊，與下半部近似“壬”的“里”合在一起，則易被誤抄爲“巠”、誤隸爲“經”。

從這三點來看，羅、奚二人認爲《莊子·養生主》所言“經首”是“貍首”之訛的觀點，是可從的。文中以“桑林之舞”與“經(貍)首之會”並言，《左傳》襄公十年：“宋公享晉侯于楚丘，請以《桑林》，荀罃辭。荀偃、士匄曰：‘諸侯宋、魯，於是觀禮。魯有禘樂，賓祭用之。宋以《桑林》享君，不亦可乎？’”杜預注：“《桑林》，殷天子之樂名。宋，王者後；魯以周公故：皆用天子禮樂，故可觀。”可知《桑林》是作爲殷商王朝之後的宋國祭祀先王之樂。而《經首》(《貍首》)，成玄英説是“堯樂”，或有所本。且就莊子和文中的庖丁而言，《史記》言莊子爲“蒙人”，而據舊注，庖丁是宋人③，且“丁”爲日名，很可能

① 荆門市博物館編：《郭店楚墓竹簡》，文物出版社，1998 年，第 85 頁。

② 馬承源主編：《上海博物館藏戰國楚竹書(三)》，上海古籍出版社，2003 年，第 56 頁。

③ 王叔岷：《莊子校詮》：“《淮南子·齊俗篇》：‘屠牛坦一朝解九牛，而刀可以剃毛。庖丁用刀十九年，而刃如新剖硎。’……《淮南子》許慎注：‘屠牛坦，齊之大屠。庖丁，齊屠伯也。’劉文典《集解》：‘《御覽》八百二十八引《注》作：庖丁，宋人。《齊俗訓》乃許注本，《御覽》所引，乃是高注。’竊疑許注本作“庖丁，宋屠伯也”。傳寫涉上注‘齊之大屠’而誤耳。《吕氏春秋·精通篇》、《論衡·訂鬼篇》並謂‘宋之庖丁’，許慎當不至於不知庖丁爲宋人也。”

表示出身於東方民族[①]。如此看來,《貍首》本爲東方民族音樂的可能性很大。又《淮南子・説林》:"上駢生耳目,桑林生臂手,此女媧所以七十化也。"高誘注:"上駢、桑林皆神名。"在襄公十年,宋公以《桑林》享晉侯一事中,晉侯引因觀舞而受了驚嚇,"及著雍,疾。卜,桑林見。"後文又言"猶有鬼神,於彼加之",則"桑林"確是神名,故應劭《風俗通・怪神序》云:"荀罃不從桑林之祟,而晉侯之疾間。"那麽,《貍首》是不是也與神靈、古傳説有關呢? 這正是下文所要探討的。探討《貍首》與古史傳説的關係,也有利於我們深入理解此詩以及此詩被用於禮儀的時代背景。

三、《貍首》與古史傳説

《騶虞》、《貍首》同爲射節,"騶虞",毛《傳》曰:"騶虞,義獸也。白虎黑文,不食生物,有至信之德則應之。"《周禮・春官・鍾師》賈公彦《疏》則曰:"今《詩》韓、魯説: 騶虞,天子掌鳥獸官。"則本爲義獸,後又以之名天子掌鳥獸官。既是獸,也是人。那麽,作爲諸侯射節的《貍首》,其詩名又有什麽含義呢?《説文》:"貍,伏獸,似貙。"段注:"伏獸,謂善伏之獸。"也就是野貓、山貓,"狸首"是不是某種動物形象呢? 若是,則正與"騶虞"相似。

又,朱彝尊《明詩綜》録歌謡云:

貍貍斑斑,跳過南山;

① 《疏》:"庖丁,謂掌廚丁役之人,今之供膳是也。亦言: 丁,名也。"陸德明《經典釋文》:"庖人,丁其名也。""丁"當是名,若釋爲"丁役"之意,"匠石"之"石"當作何解? 以日干爲名,周人是否亦有此俗,學界尚有争論,但殷人用日名,是確定無疑的。

南山北斗，獵回界口；
界口北面，三十弓箭。

朱氏在《静志居詩話》中説："此余童稚日偕閭巷小兒聯臂蹈足而歌者，不詳何義，亦未有驗。"有學者懷疑此歌源自元代《古今風謡》所録"腳驢斑斑童謡"[①]，其實謡諺之類自有其民間的口頭傳承管道，不賴於竹帛，不能僅憑收録之早晚定其先後。以"斑"言狀貌，多用於貓、虎之類[②]，因其體表有斑紋，若形容驢，則真是不知所謂了。"貍貍斑斑"這首童謡，雖不可强解，但言"獵"、言"弓箭"，顯與狩獵活動有關。如果我們不以此謡之晚出爲嫌，考慮民間歌謡在筆之於書之前很可能已經有了很久的口頭傳承，那麽正可作爲以貍之"斑"爲開頭的詩歌可能與狩獵相關的旁證[③]。但是，"貍首"真的就是與貍貓之類有關嗎？遠没有這樣簡單。

先秦有狸姓，《國語・周語上》"有神降於莘"，内史過曰："昔昭王娶於房，曰房后，實有爽德，協於丹朱，丹朱憑身以儀之，生穆王焉。是實臨照周之子孫而禍福之。"又言祀丹朱之法曰："使太宰以祝、史帥狸姓，奉犧牲、粢盛、玉帛往獻焉，無有祈也。"韋昭《注》："狸姓，丹朱之後也。神不歆非類，故帥以往焉。"如此則狸姓爲堯子丹朱後裔之族姓。先秦典籍言得姓之由，往往帶有很强的宗教神秘色彩，如禹母吞薏苡而生禹、簡狄吞燕卵而生契、姜嫄履大人跡而生棄等，都爲衆所熟知。狸姓的得姓之由想必也有類似的神

① 石雲霄：《古代兒童遊戲與遊戲童謡》，《中國典籍與文化》1998年第3期。
② 《廣韻》："斑，駁也，文也。"《太平御覽》引《東方朔别傳》有"色斑斑類虎"之語。
③ "貍首之班然"的"班"當然假借爲"斑"。

話傳説,今日已經無從考索了。李宗桐先生曾以“圖騰”釋“姓”,他説:

按《説文》女部,“姓,人所生也。古之神聖人,母感天而生子,因生以爲姓。”則姓亦人所自出,故姓實即原始社會之圖騰。而古字實只作“生”。若再觀古代各姓,如姜之圖騰爲羊,風之圖騰爲鳳凰,扈之圖騰爲鳸鳥等,則姓之無異於圖騰,更爲明顯。[①]

現在仍有學者延續這一思路和詮釋方法,但也有很多學者反對圖騰説,認爲“圖騰”一詞不應在中國古史研究中輕易使用。本文也不擬將感生神話中的動植物徑直視爲圖騰,只是認爲:既然在傳説中姒姓之始與薏苡有關、子姓之始與燕卵有關,那麼貍姓之始也應該是某個與“貍”有關的神話傳説。

儘管貍姓之始的傳説早已無傳,但我們尚可以在其他傳説上獲得一點啓發,《尚書·堯典》:“胤子朱啓明。”顧頡剛、劉起釪兩位先生的《尚書校釋譯論》注釋得很詳細,涉及有關丹朱的傳説資料並加以辨析,兹摘抄如下:

“朱”,在神話中原是一種神鳥,也叫“離朱”(見《山海經》之《海外南經》、《海外北經》、《海外西經》)。《南經》郭璞注:“今圖作赤鳥。”袁珂注:“即日中踆烏。”《大荒南經》作“離俞”,

① 李宗桐:《中國古代社會新研》,中華書局,2010年,第30頁。

郭璞注："即離朱。"《莊子·天地篇》以離朱爲人名，這是把神話人化之一例，但把離朱與象罔並稱，仍是神性人物。又叫"讙朱"（見《海外南經》，則爲有翼、有鳥喙，有人面、吃魚之神。一作"讙頭"）。又叫"鴸"（見《南山經》云："有鳥焉，其狀如鴟……其名曰鴸。"）。這也就是轉化爲《史記·天官書》中的南宫朱鳥。亦僞《孔傳》所云"南方朱鳥七宿"。《説文·口部》有"咮"字，云："鳥口也，从口，朱聲。"保存了朱鳥傳説之遺跡，故從朱之口，就是鳥之口。但失記了原音。錢大昕《養新録》卷五云："古讀咮如鬭。"並引《釋文》轉録徐仙民音"都豆反"以爲證。由《海外南經》"讙朱"亦作"讙頭"，知"朱"音同"頭"，確讀如"咮"之都豆反。知"讙朱"、"讙頭"音同。……鄒漢勛《讀書偶記》云："驩兜（《舜典》、《孟子》）、驅頭、驩朱（《山海經》）、鴅吺（《尚書大傳》）、丹朱（《棄稷》），五者一也，古字通用。"其説甚是。……這些紛歧都是由《山海經》神話資料讙朱、讙頭以及離朱演變分化而成。按《海外南經》之離朱，曾演化爲《西山經》之"鴸鳥"，亦云"其狀如鴟"，與《南山經》之"鴸"略同。《淮南子·精神訓》篇則説"日中有踆烏"。注云"三足烏"，爲日中神鳥……《堯典》作者遇到這樣一些紛歧演化的神話傳説資料，和上文四方神名和風名一樣，也和下文堯舜朝廷中許多大臣人名一樣，都已不知其神話性，而作爲歷史資料使用。而這些明確是神話中的事物和神話中的人物，包括各部族的宗神名，或部族名，或部族首領神化之名。清人之説中，已有接觸到這點者。……其實《山海經·大荒北經》早已説："驩頭生苗氏。"是他爲苗蠻族的宗祖神。可知神話中或者人名，或者

> 物名,皆當有傳説可據之素地。像上面這些神鳥,由於我國古代東方各族大都有鳥爲圖騰的各種神話傳説,因而有這些不同的神鳥名。現在《堯典》作者不把它看爲鳥名,而作爲歷史資料成爲人名,就把"鴸"寫爲"朱"。《皋陶謨》作者則把"鵃鴸"寫爲"丹朱",……而且兩篇都把他作爲堯的兒子,於是很多古籍就都這樣沿用下來了。[①]

可知"丹朱"即"驩頭"、"讙頭"、"驩兜"……是鳥形神名,傳爲苗民之祖神。據《山海經》所述狀貌,如"鴟",其形象類似於貓頭鷹一類的猛禽。"驩"、"讙"字皆从"雚",疑本應作"雚頭",《説文》:"雚,小爵也。从萑吅聲。"(段注:"雚爵也。三字句。爵當作雀。雚今字作鸛。鸛雀乃大鳥,各本作小爵,誤。今依《太平御覽》正。陸機疏云:'鸛,鸛雀也。'亦可證。陸云'似鴻而大'。《莊子》作'觀雀'。")"萑,鴟屬。……有毛角。所鳴,其民有旤。"甲骨卜辭中有字,亦有字,皆象"有毛角"之鳥形。此二字在卜辭中用法有别,然就其字形而言,實爲同源,所以前輩多將此二字並觀。"毛角"正是貓頭鷹的特徵。商周彝器有鴟鴞尊,"爲鳥獸形尊中最多見的"[②]。其中有一些如婦好墓出土鴞尊,就特别突出其"毛角"和眼睛。這樣看來,神名爲"雚頭",實即言其首類鴟鴞。神首類雚,故名"雚頭",而雚首類貍(故俗稱貓頭鷹)[③],"貍首"當即雚之

---

① 顧頡剛、劉起釪:《尚書校釋譯論》,中華書局,2005 年,第 67—69 頁。

② 朱鳳瀚:《古代中國青銅器》,南開大學出版社,1995 年,第 99 頁。

③ 《山海經·北山經》所言"麈鴞"有"虎齒",可爲鴞首類虎之證,而虎,《方言》曰"江淮南楚之間或謂之'李耳'。""李耳"即"貍兒"也。

異名。

引文中將“離朱”、“離俞”、“離婁”等名與“讙朱”、“讙頭”、“丹朱”、“驩兜”等名一併討論，認爲源自“一種神鳥”的不同名稱，我們可以從“離朱”出發作進一步的探討，在傳説中離朱既是人也是動物，《莊子・駢拇》：“是故駢於明者，亂五色，淫文章，青黄黼黻之煌煌非乎？而離朱是已。”陸德明《釋文》引司馬彪曰：“離朱，黄帝時人，百步見秋毫之末。一云見千里鍼鋒。《孟子》作離婁。”《山海經・海外南經》則云：“狄山，帝堯葬于陽，帝嚳葬于陰。爰有熊、羆、文虎、蜼、豹、離朱、視肉。吁咽、文王皆葬其所。”袁珂注“離朱”曰：

> 郭璞云：“木名也，見《莊子》。今圖作赤烏。”郝懿行云：“郭云木名者，蓋據(《文選》)《子虛賦》‘檗離朱楊’爲説也，然郭於彼注既以朱楊爲赤莖柳，則此注非也。又云‘見《莊子》’者，《天地篇》有其文，然彼以離朱爲人名，則此亦非矣。又云‘今圖作赤烏’者，赤烏疑南方神鳥焦明之屬也。然《大荒南經》離朱又作離俞。”珂案：離朱在熊、羆、文虎、蜼、豹之間，自應是動物名，郭云木名，誤也。此動物維何？竊以爲即日中踆烏(三足烏)。《文選》張衡《思玄賦》：“前長離使拂羽兮。”注：“長離，朱鳥也。”《書・堯典》：“日中星鳥，以殷仲春。”傳：“鳥，南方朱鳥七宿。”離爲火，爲日，故神話中此原屬於日後又象徵化爲南方星宿之朱鳥，或又稱爲離朱。《山海經》所記古帝王墓所所有奇禽異物中，多有所謂離朱者。郭注云今圖作赤烏者，蓋是離朱之古圖象也。是乃日中神禽即所謂踆烏、陽烏或

> 金烏者。而世傳古之明目人，又或冒以離朱之名，喻其如日之明麗中天、無所不察也。[①]

按《莊子·秋水》："鴟鵂夜撮蚤，察毫末，晝出瞋目而不見丘山，言殊性也。"貓頭鷹眼睛的弱光敏感性極强，其"察毫末"的夜視力正是傳説中善視者"離朱""百步見秋毫之末"的原型。我們還可以從另外一則材料中窺見"離朱""離婁"目明特性與貓頭鷹的關係，《楚辭·九章·懷沙》："玄文處幽兮，蒙瞍謂之不章。離婁微睇兮，瞽以爲無明。"洪興祖《補注》："《淮南》曰'離朱之明'，即離婁也。……睇音弟，《説文》曰：'目小視也。南楚謂眄爲睇。'"[②]"睇"就是斜視，離婁微微斜視，爲什麽就被當成"無明"呢？正與貓頭鷹的眼部特性相關，貓頭鷹的柱狀眼球因爲有堅硬的鞏膜環支撑，所以是不能轉動的。也就是説，貓頭鷹是只能"正視"不能"睇（斜視）"的，要看不同方向的東西只能轉動頸部。古人雖無解剖學的知識，對於貓頭鷹這種形態特徵當很熟悉。《懷沙》這裏用"離婁微睇"，與前文"玄文處幽"都是以反常現象喻賢人的不得志，反被愚衆誤解，故下文緊接着説"變白以爲黑兮，倒上以爲下"。而"胤子朱啓明"一句中的"啓明"，也只有意識到其原本的意思是目明善視，才能恍然明白。《莊子》所謂"駢於明"、《孟子·離婁上》所謂"離婁之明"，都用"明"表示視力、善視，這一具體特性，在歷史人物化了的丹朱身上被抽象爲"啓明"。《史記·五帝本紀》譯作"開

---

① 袁珂：《山海經校注》，巴蜀書社，1992年，第247頁。

② 洪興祖：《楚辭補注》，中華書局，1983年，第143頁。

明”，以其爲稱讚丹朱之辭，《史記正義》引鄭玄注則曰：“帝堯胤嗣之子名曰丹朱開明也。”無論是指德行還是堯子之名，實際上都從目明善視而來[①]。離、貍二字，上古音同屬來母，聲調皆爲平聲，朱、頭同音，前引《尚書校釋譯論》中已言，離朱實即貍頭、貍首也。與“離朱”相比，另一個傳説人物在名稱上與“貍首”的同一性更加顯而易見，《抱朴子·道意》：“隸首不能計其多少，離朱不能察其髣髴。”這個被葛洪用來與“離朱”並列的“隸首”，是傳説中黄帝的史官、算數的創製者，《史記·曆書》索隱、《文選·西京賦》注、《廣韻》“十遇”注都引《世本》言“隸首作算數”或“隸首作數”，宋衷注：“隸首，黄帝史也。”隸首的精於算數，顯然與丹朱的“啓明”一樣源自目明善視這一特性。前者是黄帝之史，後者是堯帝之子，而孫作雲先生在《黄帝與堯之傳説以及地望》中早已指出堯即黄帝，並列舉了不少例子[②]，近年也有學者對這個觀點作了進一步論證[③]。據前文所引顧頡剛、劉起釪兩位先生對“丹朱”的考證，“朱”音同“頭”，頭即首。貍、離、隸三字，上古音同屬來母，雖韻部相隔較遠，實可視爲傳説人物名稱在流變過程中的音轉[④]。

通過以上對傳説的梳理，我們可以知道：傳説中以雚——鵃

---

① 《山海經·海内西經》有“開明獸”：“昆侖之墟……面有九門，門有開明獸守之，百神之所在。”“開明”也表示善視，可任伺察，故守門。又名“肩吾”、“陸吾”，分别見《莊子·大宗師》、《山海經·西山經》，實亦丹朱、朱的音轉。

② 孫作雲：《黄帝與堯之傳説以及地望》，《孫作雲文集——中國古代神話傳説研究》（上），河南大學出版社，2003年，第127—139頁。

③ 王青：《黄帝即堯帝考》，《中國神話研究》第八章第六節，中華書局，2010年，第137—141頁。

④ 《論語·雍也》“犁牛之子騂且角”，何晏注：“犁，雜文也。”皇疏：“犁音貍。貍，雜文也。”而《禮記·少儀》“離而不提心”，《釋文》：“犁，本又作離。”這説明“貍”、“離”雖韻部隔遠，或可相通。

鴞的一種爲原型的神在歷史化的過程中演變爲驩兜、丹朱、鴸首、離朱等等不同的人物，而無論如何演變，都在稱呼、形象或特長上提示着共同的源頭：雚最主要的形象特徵——貍頭或言貍首，而丹朱後裔以貍爲姓，也正表明了這一點。由此我們知道，“貍首”、貍姓其實皆與“貍”這種動物無關，而是與首似貍的鴟形神丹朱有關。但是，在傳説的演變過程中，雚的形象終於被貍貓替换了，這一點我們即將談到。

如今已不能知其詳的丹朱傳説，是貍姓的族源神話，而《國語·周語上》所載房后爲丹朱所“憑儀”[①]而生周穆王的傳説，則是周穆王的感生故事。穆王是西周的第五代最高統治者（如果從“文王受命”算起，就是第六代）。值得注意的是，後世關於他的傳説很多，汲冢竹書《穆天子傳》就是以穆王西征爲内容的，其中多載遠邦古族、奇物異聞。因此這則穆王的感生故事，我們應該放到有關他的種種古史傳説中去考察。在正式考察之前，必須先從一個年代相當靠後的故事説起，這就是“貍貓换太子”的故事。

“貍貓换太子”，京劇、漢劇、秦腔等戲曲都有演繹，明代《包公案》、清代《三俠五義》等小説中也能看到，情節衆所周知，這裏就不贅述了。這個故事以宋代李宸妃與仁宗母子的事蹟爲現實原型，到元代就已經出現於戲劇中，著名的有無名氏雜劇《李美人御苑拾彈丸，金水橋陳琳抱妝盒》。但是，宸妃、仁宗事蹟只是早已流傳的

① 韋昭注：“憑，依也。儀，匹也。《詩》云：‘實維我儀。’言房后之形有似丹朱憑依其身而匹偶焉，生穆王也。”

此類型故事得以表現和定型的一個憑藉，其源頭遠不止於宋朝而已。近年已經有學者對"貍貓換太子"故事的源頭進行了探索研究，如李小榮《貍貓換太子的來歷》一文，依據《佛說孝順子修行成佛經》與《大阿育王經》中，都有與"貍貓換太子"極其類似的情節，從而認爲這兩部佛經中的故事就是"貍貓換太子"的源頭[①]。《佛說孝順子修行成佛經》很可能是僞經，可以不論，《大阿育王經》中的這一段出自梁僧祐的《釋迦傳》，可知其年代相當早了，其中的故事是說阿育王的"第二夫人"生下"金色之子"，王后出於嫉妒盜殺了金子並用"豬子"替代[②]。以豬子易所生金子，確實與"貍貓換太子"的故事是同一類型。但是，源頭的追溯只能止於此嗎？並不然。伏俊璉、劉子立合著的《"貍貓換太子"故事源頭考》一文不僅添補了《大正藏・經藏・本緣部下・雜寶藏經・鹿女夫人緣》所載"鹿女夫人"等佛經中同類型故事，而且指出這一類型故事在中國本土傳說中的來源比佛經的傳入更早[③]。他們的依據是嚴可均《全上古三代秦漢三國六朝文》卷十五輯録的汲冢竹書《古文周書》二則之一：

周穆王姜后晝寢而孕，越姬嬖，竊而育之，斃以玄鳥二七，塗以彘血，寘諸姜后，遽以告王。王恐，發書而占之，曰："蜉蝣之羽，飛集于户。鴻之戾止，弟弗克理。重靈降誅，尚復其

① 李小榮：《貍貓換太子的來歷》，《河北學刊》2002年第2期。

② 《大正藏》第五十卷，（臺北）財團法人佛陀教育基金會出版部，1998年，第78頁。

③ 伏俊璉、劉子立：《"貍貓換太子"故事源頭考》，《文史哲》2008年第3期。

所。”問左史氏，史豹曰：“蟲飛集户，是曰失所。惟彼小人，弗克以育君子。”史良曰：“是謂關親，將留其身，歸于母氏，而後獲寧。册而藏之，厥休將振。”王與令尹册而藏之於櫝。居三月，越姬死，七日而復，言其情曰：“先君怒予甚，曰：‘爾夷隸也，胡竊君之子，不歸母氏？將寘而大戮，及王子於治。’”①

嚴可均自加按語曰：

《文選·思玄賦》注引《古文周書》。案：梅鼎祚《文紀》引此作汲冢《師春》，未詳所出。

似乎李善、梅鼎祚所言出處不同。《文選·思玄賦》云：“子有故於玄鳥兮，歸母氏而後寧。”李善注：“此假卜者之辭也。玄鳥，謂鶴也。母氏，喻道也。言子有故於玄鳥，唯歸於道而後獲寧也。”然後即引“《古文周書》曰”云云。依《晉書·束皙傳》所列汲冢竹書目録，並無《古文周書》，卻有“《師春》一篇”，“書《左傳》諸卜筮，師春似是造書者姓名也”。但是，李善是爲了説明所注文句乃“假卜者之辭”而引用這一段，而《師春》的内容正是“書《左傳》諸卜筮”，在與占卜相關這一點上，兩者相合。筆者認爲李善所言“《古文周書》”其實指的是汲冢竹書的總體，竹書以戰國古文書寫，是周代的文獻，完全可以總稱爲《古文周書》。因此，李善與梅鼎祚所言出處

① 嚴可均輯：《全上古三代秦漢三國六朝文》，中華書局，1958年，第109頁。

不過是總名與具體篇名的不同罷了。現存《左傳》中並無相關的記載，但行文類似，尤其是占辭與《左傳》中所載占辭在形式上很相近。至於此段文字不見於《左傳》，或者與《左傳》佚文有關，或者"書《左傳》諸卜筮"只是就《師春》大體内容而言。這樣分析起來，李善、梅鼎祚所引確是出自汲冢竹書《師春》。

這則越姬竊姜后之子而育之的故事中，越姬用"玄鳥""塗以彘血"偷換了姜后所生之子。從故事類型上看，與前述"貍貓换太子"等確是同一類的。這個故事出自戰國竹書，是此類型故事可以追溯到的最早源頭。特别值得注意的是，此事被繫於周穆王和姜后，那麽也是一個與周穆王有關的傳説，而且文中用以替换孩子的是塗了豬血的"玄鳥"，讓我們想到周穆王感生故事中的"丹朱"（鵰鶚形神）。下面擬以列表的方式對穆王感生神話、越姬竊姜后之子的傳説和貍貓换太子故事中的要點進行比較（佛經中的同類型故事因爲不屬於本土傳説，暫不考慮）：

傳説故事	人　物	故事中出現的神或動物	故事核心情節
穆王感生	周昭王、房后、周穆王	丹朱（鵰鶚形神）	丹朱憑房后之身而儀之，生穆王
越姬竊姜后之子	周穆王、姜后、越姬、姜后所生子	玄鳥（塗以彘血）	越姬竊姜后之子而易以塗了彘血的玄鳥
貍貓换太子	宋真宗、李妃、劉妃、宋仁宗	貍貓	劉妃竊李妃之子（後來的仁宗）而易以貍貓

從表格可以看到傳説演變的軌跡：這三個故事都是以王后（或皇

后)生子爲核心的,在穆王感生神話中,丹朱作爲鳥形神與房后交合,生下穆王,這樣穆王就在血緣上與丹朱及其鳥類形象發生了聯繫。在越姬竊姜后之子的傳説中,用以偷換姜后之子的是"玄鳥",也就是説,姜后之子(也就是穆王之子)與"玄鳥"是同位關係。丹朱是鴟鴞形神,鴟鴞的形象是首似貍的鳥,也就是某個外形特徵與獸類相關的鳥類。"玄鳥"是鳥,但傳説中特别説"塗以彘血",實際上也是把獸類因素加到鳥類形象上。第一個故事是關於房后生穆王的,第二個故事是關於穆王之后生子的,世次上下移了一位,但我們可以明顯看到"鳥類+獸類因素"的傳承[①],因此可以肯定這兩個傳説之間有演變關係。到了第三個故事中,鳥類形象已經完全不見,與皇后所生太子處於可替换位置的是一只剥了皮的貍貓。但是,除了在整個的故事類型上與第二個故事相同以外,"貍貓"依然與第一個故事中神的形象——鴟鴞有聯繫,因爲鴟鴞是首似貍的鳥。所以,我們可以看到傳説演變中動物形象的演變過程,並且推論出在第三個故事之前、第一個故事之後,與第二個故事平行的還應該有别的故事,而這另外的故事才是第三個故事的真正源頭,是演變過程中的缺環。第二個故事中鳥類形象突出,而獸類形象被弱化爲臨時塗上的彘血(按故事情節來説,本可以只用"玄鳥",不必塗彘血,這一看似没必要的添加正説明了其與丹朱、房后故事的淵源關係)。而在這個亡佚了的故事中,得到强化的應該是獸類形象,而鳥類形象被弱化,所以到了第三個故事中,鳥類形

① 如果詳細討論,則可以論證"玄鳥"這種習見於先秦典籍的神鳥的原型就是鴟鴞,但這不在本文必須論述的範圍之内。

象完全不見，只剩下獸類形象了。我們反過來看這個演變過程，故事中動物形象最終落在“貍貓”上，也可以證明丹朱確是“貍首”的。

既然“貍首”指的是丹朱，出現在周穆王的感生傳説中，“執女手之卷然”又該作何解呢？關鍵在“卷然”一詞上，孔疏釋爲“卷卷然柔弱”，認爲是形容“女手”之柔弱，非也。《説文》：“卷，厀曲也。”《詩經・大雅・卷阿》“有卷者阿”，毛傳：“卷，曲也。”又此詩“卷然”，陸德明《音義》曰：“一本作拳。”指掌卷合而握則爲拳，所以“卷然”或“拳然”用來形容“女手”，應該指卷曲握拳之狀。“貍首斑然”的丹朱執“卷然”之“女手”，這顯然是某個傳説中的場景，典籍無載。幸運的是，我們可以從另外一個傳説中窺其一二，這就是“鉤弋夫人”的故事。據史籍記載，鉤弋夫人姓趙，河間人，是漢武帝晚年寵倖的女子，漢昭帝劉弗陵的母親，武帝擔心自己死後會出現女主干政的情況，在立弗陵爲太子之前將她下獄並殺害。《史記・外戚世家》褚少孫補注簡略記載了她的生平，如果説有什麽特異之處，只有她的死“時暴風揚塵，百姓感傷。使者夜持棺往葬之，封識其處”，有些神秘色彩。到了《漢書・外戚傳》中，鉤弋夫人的傳記已經在很大程度上變成了傳説故事：

> 孝武鉤弋趙婕好，昭帝母也，家在河間。武帝巡狩，過河間，望氣者言此有奇女，天子亟使使召之。既至，女兩手皆拳，上自披之，手即時伸，由是得幸，號曰拳夫人。……拳夫人進爲婕妤，居鉤弋宫，大有寵。元始三年生昭帝，號鉤弋子，任身十四月乃生，上曰：‘聞昔堯十四月而生，今鉤弋亦然。’乃命其

所生門曰堯母門。

這裏面鉤弋夫人主要有兩個特異之處：一是手握成拳，直到武帝"披之"才伸展開。還有一個是懷孕十四個月産下昭帝，在妊娠時間上與傳説中的堯母相似。到了《漢武故事》、《列仙傳》等書中，鉤弋夫人的主要特異之處依然是這兩點。

漢武帝與周穆王一樣，是"箭垜"式的人物，有關他的傳説很多，而且有的就是從穆王傳説那裏移植過來的，最明顯的莫過於和"西王母"相會之事，這裏就不贅述了①。鉤弋夫人作爲武帝晚年寵倖之人，又是昭帝之母，還有着令人同情的結局，自然會在傳説中佔有一席之地。就《漢書·外戚傳》所載的兩個特異之處來看：手握成拳而不得展開，是鉤弋夫人最突出的特徵，故"號曰拳夫人"。武帝執鉤弋夫人之手而披之，與丹朱執"卷然"之"女手"對照一下，不難看出後者正是前者的原型。而懷孕十四個月才生下昭帝，故事中特别説明與堯母相同，且"命其所生門曰堯母門"，這一方面是因爲漢帝姓劉，自認是堯的後裔，另一方面也表明鉤弋夫人傳説的歸結點是昭帝之誕生；鉤弋夫人"兩手皆拳"，遇武帝而始開，文中説"由是得幸"，也顯然是被作爲孕育昭帝的最初根由。而在穆王感生傳説中，房后被丹朱"憑身而儀之"所指向的當然是周穆王的誕生。與這兩個傳説相比照，"貍首之班然，執女手之卷然"顯然是前文所言貍姓族源神話中的場景，我們不妨再用

① 鉤弋夫人故事中也有明顯來自西王母傳説的因素，如《漢武故事》言武帝在夫人死後"起通靈臺於甘泉，常有一青鳥集臺上往來，至宣帝時乃止"，青鳥在傳説中是西王母之使，見《山海經·海内北經》。

表格列出：

	父	母	子
貍姓族源神話	貍首之班然（丹朱）	女手之卷然（貍姓女始祖）	貍姓男始祖
周穆王感生傳説	丹朱	房后	周穆王
鉤弋夫人傳説	漢武帝	鉤弋夫人	漢昭帝

男性始祖爲神人交合而生，是族源神話的常見模式，這種模式可以被移用到某個偉大人物的誕生上，顏徵在"禱於尼丘得孔子"（《史記・孔子世家》）實際上就屬於這種情況，劉媪"夢與神遇""已而有身，遂産高祖"（《史記・高祖本紀》）則更爲明顯。房后與丹朱交合而生周穆王，顯然也是對族源神話模式的借用，而且其所借用的可以肯定就是貍姓的族源神話。承載了這個神話的《貍首》一詩，當其原始含義湮没，後人從政治教化的角度試圖闡述其用於射節的原因時，其意旨被總結爲"樂會時"，這依然隱含着神人不期而會的原始内藴。另一方面，這個神話在民間的長期流傳過程中，以漢武帝和鉤弋夫人的故事爲新的形式"浮出水面"。

四、從古史傳説看《貍首》用於禮儀的時代背景

從貍姓族源神話被移用爲周穆王感生傳説這一點出發，我們可以探究《貍首》被用爲射節的時代背景。很多學者談到過穆王時期在西周歷史研究上的重要性，在這一時期，西周王朝達到極盛，但同時也出現了新的危機。而在禮樂制度方面，無論是青銅器紋

飾開始於此一時期的明顯變化[①],還是由彝銘所表現出的,政治運作和禮樂儀式上的變化[②],都提示我們,這是一個西周歷史上重要的轉折時期。從彝銘中可以看到當時發生了大規模的淮夷入侵,"戰場棫林(今葉縣,相距洛邑約140公里)的位置暗示了當時的淮夷不但能夠對西周國家的周邊地區發動攻擊,並且已經深入它的核心區域,威脅周人的東部中心"[③]。而青銅裝飾上鳥紋的普遍運用應是受到東夷的影響,這些都表明與東方、南方諸部族的交往(戰争也是一種交往)在穆王時期所具有的重大意義,而這個過程應是始於其父昭王時期。昭王南征的大本營在洛邑,已是學界的共識,正是在昭王時期,東都洛邑才真正成爲政治的中心,這當然更便於東方文化對周人的影響和滲透。昭王之后來自房國,地在今河南省遂平縣,位於洛邑的東南方,而房國也正是傳説中丹朱的居地。[④] 而《國語·周語上》所載房后"實有爽德"以及被丹朱附身交合而生穆王的傳説,提示我們昭王與房后的婚姻很可能具有特殊的政治背景並且造成了意義深遠的影響,可惜史缺有間,無從詳考了,唐寫本《修文殿御覽》殘卷引《紀年》言穆王南征時"君子爲鶴,小人爲飛鴞",這個古怪的記述也很可能象徵着穆王受其母親

① 關於西周中期的青銅器紋飾,朱鳳瀚先生説:"以龍紋的2類(即顧龍紋)的鼎盛、鳥紋的2、3類(即長卷尾鳥紋與大鳥紋)的尤爲流行與簡省變形動物紋的5類(即竊曲紋)的興起爲特徵。"關於銘文字體,朱先生説穆王時期"銘文基本上沿襲以上所述昭王時期的那種小而規整的風貌,文字的象形已甚弱,表現人體的字多不再作跪跽狀而下肢向下伸展。"參氏著《中國青銅器綜論》,上海古籍出版社,2009年,第614、631頁。

② 最明顯的莫過於"册命金文"的大量出現。

③ 李峰:《西周的滅亡——中國早期國家的地理和政治危機》,第113頁。

④ 《古本竹書紀年》:"丹諸(朱)辟(避)舜於房。"《路史·國名紀丁》:"帝堯崩,有虞氏帝舜封丹朱於房。"

和母親所屬異族勢力的影響。

昭、穆時期的新氣象，以禮樂爲較顯著的方面。白川静先生在論及穆王前後的時代特色時説：

> 反映了周之大一統終於完成的事實，就是辟雍禮儀的盛行，昭、穆之南征、遠遊故事也作爲這種大一統的反映而流傳。在彝器文化中，可以看到這個時期的具有特點的事實。在器種上，與歷來的酒器同時多作鼎、簋等盛食之器，也製作了宗周鐘、編鐘之類的樂器。洋洋頌聲與雅聲，大約是以辟雍禮儀爲中心而興盛起來的。這的確是一個禮樂盛行的時代。[①]

辟雍禮儀是以射禮爲主要部分的。從西周彝銘來看，《静簋》記載了穆王命令静作學宫的司射，教導小子、服、小臣和夷僕學射。還記載了穆王與幾位臣下射於大池，静因爲司射有功而受賞。説明當時已經有了較多的射禮服務人員以及負責訓練、管理這些人的官員。《長由盉》記載了穆王在“下減”先舉行鄉(饗)禮再與井(邢)伯、大祝行射禮，這與《禮記·射義》所言在射禮前先行燕禮是一致的。《義簋蓋》記載了穆王與“邦君、諸侯、正、有司大射”，這是“大射”一詞首次出現在彝銘中。這些記載都表明“作爲一種繁複的禮儀，射禮是在西周穆王時代成熟盛行起來的。……《儀禮》中所記的射禮，有可能就是以這個時代的實際情況爲基礎，加以推演而

① 白川静：《西周史略》，三秦出版社，1992年，第70頁。

成的”[①]。

射禮在穆王時期的成熟盛行，理所當然也會表現在用樂上。穆王前後是禮制建設的重要時期，也作爲禮儀用詩樂繁榮的時期受到學者的重視。馬銀琴依據傳世文獻和出土文獻，將《詩經》中的一些詩篇考定爲穆王時期的儀式樂歌，並得出結論：“穆王時代是儀式樂歌創作的繁榮期，樂歌的性質與功能決定了它與禮樂儀式不可分割的密切聯繫。穆王時代是周代禮樂制度的分水嶺，與此相應，這一時期的儀式樂歌也出現了一些新的特點。與西周初年的儀式樂歌相比，穆王時代儀式樂歌的内容及其性質、功能都得到了進一步的擴大。”[②]出於大興禮樂的需要，儀式樂歌的創作和采録都應以穆王時代爲一個高峰期，《貍首》應該就是在這樣的時代背景下被采録、加工並用於禮儀的。

現在我們再回頭看“貍首之班然，執女手之卷然”，如前文所述，這兩句詩描寫的是貍姓族源神話中的場景，這個神話傳説的女主角後來被置换爲昭王之房后，就成了《國語・周語上》内史過所言的故事。因爲房后來自傳説中的丹朱居地，而且這次婚姻很可能標誌着東方異族勢力對周人的影響和滲透以及由此造成的各方面變化。丹朱的傳説流傳於房國，《貍首》這首詩是其承載者之一，而這樣一首有着丹朱神話背景的詩歌，也只有在穆王時期才會被采入禮儀。受母族影響的周穆王用《貍首》作爲射節，似乎只是儀式樂歌的新增而已，對於我們研究周代禮樂文化建設的歷程卻有

① 劉雨：《西周金文中的射禮》，《考古》1986年第12期。

② 馬銀琴：《西周穆王時代的儀式樂歌》，《中國詩歌研究》第1卷，2002年。

着重要的啓發意義，啓發我們思考在這一過程的關鍵時期，異民族文化因素的實際參與及其政治契機。

有着貍姓族源神話背景的《貍首》一詩，在西周穆王時期被用爲射節，從“用樂”這一層面提示了射禮本身所具有的文化人類學意義。《禮記・内則》曰：“子生，男子設弧於門左，女子設帨於門右。”鄭玄注：“表男女也。弧者，示有事於武也；帨，事人之佩巾也。”《射義》曰：“故男子生，桑弧蓬矢六，以射天地四方。天地四方者，男子之所有事也。”可知弓箭是男子的象徵，被用在貴族男子初生的儀式上。而在求子的儀式上，也要用到弓，《禮記・月令》：“仲春之月……是月也，玄鳥至。至之日，以太牢祠于高禖。天子親往，后妃帥九嬪御，乃禮天子所御，帶以弓韣，授以弓矢，于高禖之前。”鄭玄注：“天子所御，謂今有娠者。於祠，大祝酌酒，飲於高禖之庭，以神惠顯之也。帶以弓韣，授以弓矢，求男之祥也。”因爲弓箭是男性的象徵，所以用在祭祀高禖以求子的儀式上。弓箭與求子的象徵性關係，是我們理解射節用詩的一個關鍵。除了《貍首》以外，其他三首射節用詩——《騶虞》、《采蘋》、《采蘩》都見於今本《詩經》，都在“召南”部分中，而“二南”之詩是被用爲“房中樂”的，《儀禮・燕禮》：“若與四方之賓燕……有房中之樂。”據鄭玄《注》，“房中之樂”是“弦歌《周南》、《召南》之詩”，“謂之‘房中’者，后、夫人之所諷誦，以事其君子”。《周禮・磬師》：“教縵樂、燕樂之鐘磬。”鄭玄注：“燕樂，房中之樂，所謂陰聲也。”《騶虞》等三首詩，既可用於射節，又可用於“后、夫人之所諷誦，以事其君子”的“房中之樂”。《騶虞》讚頌射技之精，爲什麼可用於“房中”？《采蘩》，《詩序》言“夫人不失職也。夫人可以奉祭祀，則不失職也”；《采蘋》，

《詩序》言“大夫妻能循法度也。能循法度,則可以承先祖共祭祀矣”。説的是夫人、大夫妻供奉祭祀之事,又爲何能用爲射節?之所以如此,應即基於弓箭與求子的象徵性關聯。同樣用爲射節,《貍首》也應具有這種雙重用途。而正因爲承載了貍姓族源神話,即貍姓始祖的感生神話,《貍首》及其被用於禮儀,能夠最明顯地顯示弓箭、射事、射禮與求子之間的内在文化關聯。

五、結　　論

通過以上四個部分的辨析,可以得出如下結論:

(一)《禮記・檀弓下》中原壤所歌就是《貍首》中的詩句,很可能是其中一章。

(二)“貍首”即鴟形神丹朱。

(三)《貍首》的内容與貍姓族源神話有關。

(四)《貍首》是在西周穆王時期被用於禮儀的。

(五)《貍首》被用爲射節,提示出弓箭、射事、射禮與求子之間的内在文化關聯。

(此文原發表於《歷史研究》2014 年第 4 期,收入本書時作了補充修改)

圖書在版編目(CIP)數據

楚簡逸詩:《上博簡》《清華簡》詩篇輯注 / 胡寧著. —上海:上海古籍出版社,2018.11
ISBN 978-7-5325-9010-0

Ⅰ.①楚… Ⅱ.①胡… Ⅲ.①古典詩歌—注釋—中國 Ⅳ.①I222

中國版本圖書館 CIP 數據核字(2018)第 238180 號

楚簡逸詩
——《上博簡》《清華簡》詩篇輯注
胡 寧 著
上海古籍出版社出版發行
(上海瑞金二路 272 號 郵政編碼 200020)
(1) 網址:www.guji.com.cn
(2) E-mail:guji1@guji.com.cn
(3) 易文網網址:www.ewen.co
浙江臨安曙光印務有限公司印刷
開本 890×1240 1/32 印張 8.25 插頁 2 字數 178,000
2018 年 11 月第 1 版 2018 年 11 月第 1 次印刷
印數:1—2,100
ISBN 978-7-5325-9010-0
H·202 定價:58.00 元
如有質量問題,請與承印公司聯繫